쉽게 읽는 월인석보 서

訓民正音序・釋譜詳節序・月印釋譜序

지은이 **나찬연**은 1960년에 부산에서 태어났다. 부산대학교 국어국문학과를 나오고(1986), 같은 학교 대학원에서 문학석사(1993)와 문학박사(1997)학위를 받았다. 지금은 경성대학교 국어국문학과에서 교수로 재직하고 있으면서 국어학, 국어 교육, 한국어 교육 분야의 강의를 맡고 있다.

* 홈페이지: '학교 문법 교실 (http://scammar.com)'에서는 이 책의 내용과 관련된 자료를 온라인으로 제공합니다. 본 홈페이지에 개설된 자료실과 문답방에 올려져 있는 다양한 정보를 자유롭게 이용할 수 있고, 이 책의 내용에 대하여 저자의 답변을 받을 수 있습니다.
* 전화번호 : 051-663-4212
* 전자메일 : ncy@ks.ac.kr

주요 논저

우리말 이음에서의 삭제와 생략 연구(1993), 우리말 의미중복 표현의 통어·의미 연구(1997), 우리말 잉여 표현 연구(2004), 옛글 읽기(2011), 벼리 한국어 회화 초급 1, 2(2011), 벼리 한국어 읽기 초급 1, 2(2011), 제2판 언어·국어·문화(2013), 제2판 훈민정음의 이해(2013), 근대 국어 문법의 이해-강독편(2013), 국어 어문 규범의 이해(2013), 표준 발음법의 이해(2013), 제5판 중세 국어 문법의 이해-이론편(2014), 제5판 중세 국어 문법의 이해-주해편(2014), 제5판 중세 국어 문법의 이해-강독편(2014), 제5판 중세 국어 문법의 이해-서답형 문제편(2014), 중세 국어 문법의 이해-입문편(2015), 학교문법의 이해1(2015), 학교문법의 이해2(2015), 제4판 현대 국어 문법의 이해(2015), 쉽게 읽는 월인석보 서·1·2·4·7·8(2017~2018), 쉽게 읽는 석보상절 3·6·9(2018)

쉽게 읽는 **월인석보 서**(月印釋譜 序)

©나찬연, 2017

1판 1쇄 발행__2017년 2월 25일
1판 2쇄 발행__2018년 11월 20일

지은이__나찬연
펴낸이__양정섭

펴낸곳__도서출판 경진
　　　　등록__제2010-000004호
　　　　이메일__mykyungjin@daum.net
　　　　주소__서울특별시 금천구 시흥대로 57길(시흥동) 영광빌딩 203호
　　　　전화__070-7550-7776 팩스__02-806-7282

값 18,000원
ISBN 978-89-5996-508-3 94810
　　　　978-89-5996-507-6 94810(세트)

쉽게 읽는

월인석보 서

訓民正音·釋譜詳節 序·月印釋譜 序

나찬연

경진출판

　『월인석보』는 조선의 제7대 왕인 세조(世祖)가 부왕인 세종(世宗)과 소헌왕후(昭憲王后), 그리고 아들인 의경세자(懿敬世子)를 추모하기 위하여 1549년에 편찬하였다.

　『월인석보』에는 석가모니의 행적과 석가모니와 관련된 인물에 관한 여러 일화가 소개되어 있다. 따라서 이 책은 불교를 배우는 이들뿐만 아니라, 국어 학자들이 15세기 국어를 연구하는 데에도 매우 귀중한 자료가 된다. 특히 이 책은 국어 문법 규칙에 맞게 한문 원문을 번역되었기 때문에 문장이 매우 자연스럽다. 따라서 『월인석보』는 훈민정음으로 지은 초기의 문헌임에도 불구하고, 당대에 간행된 그 어떤 문헌보다도 자연스러운 우리말 문장으로 지은 문헌이라고 할 수 있다.

　이처럼 『월인석보』가 중세 국어와 국어사 연구에 매우 중요한 역할을 하기 때문에, 일찍부터 이 책은 중세 국어 연구의 대상이 되었고 현대어로 옮기는 작업도 이루어졌다. 그 대표적인 성과가 '세종대왕기념사업회'에서 편찬한 『역주 월인석보』의 모둠책이다. 『역주 월인석보』의 간행 작업에는 허웅 선생님을 비롯한 그 분야의 대학자들이 참여하였기 때문에, 『역주 월인석보』는 그 차제로서 대단한 업적이다. 그러나 이 『역주 월인석보』는 1992년부터 순차적으로 간행되었는데, 간행된 책마다 역주한 이가 달라서 내용의 번역이나 형태소의 분석, 그리고 편집 방법이 통일되지 못한 아쉬움이 있다. 지은이는 이러한 점을 감안하여 15세기의 중세 국어를 익히는 학습자들이 『월인석보』를 쉽게 이해할 수 있도록, 현대어로 옮기는 방식과 형태소 분석 및 편집 형식을 새롭게 바꾸었다. 이러한 편찬 의도를 반영하여 이 책의 제호도 『쉽게 읽는 월인석보』로 정했다.

　이 책은 중세 국어 학습자들이 『월인석보』를 쉽게 이해할 수 있는 책을 편찬하겠다는 원래의 취지를 살리기 위하여, 다음과 같은 방법으로 책의 내용과 형식을 구성하였다.

　첫째, 현재 남아 있는 『월인석보』의 권 수에 따라서 이들 문헌을 현대어로 옮겼다. 이에 따라서 『월인석보』의 1, 2, 4, 7, 8, 9 등의 순서로 현대어 번역 작업이 이루진다. 둘째, 이 책에서는 『월인석보』의 원문의 영인을 페이지별로 수록하고, 그 영인 바로 아래에 현대어 번역문을 첨부했다. 셋째, 그리고 중세 국어의 문법을 익히는 이들에게 편의를 제공하기 위하여, 원문의 텍스트에 나타나는 어휘를 현대어로 풀이하고 각 어휘에 실현된 문법 형태소를 형태소 단위로 분석하였다. 넷째, 원문 텍스트에 나타나는 불교

용어를 쉽게 풀이함으로써, 불교의 교리를 모르는 일반 국어학자도 『월인석보』의 내용을 이해할 수 있도록 하였다. 다섯째, 책의 말미에 [부록]의 형식으로 [원문과 번역문의 벼리]를 실었다. 여기서는 『월인석보』의 텍스트에서 주문장의 사이에 삽입되어 있는 협주문(夾註文)을 생략하여 본문 내용의 맥락이 끊기지 않게 하였다. 여섯째, 이 책에 쓰인 문법 용어와 약어(略語)의 정의와 예시를 책 머리의 '일러두기'와 [부록]에 수록하여서, 이 책을 통하여 중세 국어를 익히려는 독자에게 도움을 주었다.

이 책에 쓰인 문법 용어는 가급적 『고등학교 문법』(2010)에서 사용되는 문법 용어를 그대로 사용하였다. 다만 일부 문법 용어는 허웅 선생님의 『우리 옛말본』(1975), 고영근 선생님의 『표준중세국어문법론』(2010), 지은이의 『중세 국어 문법의 이해-이론편』에서 사용한 용어를 빌려 썼다. 중세 국어의 어휘 풀이는 대부분 '한글학회'에서 지은 『우리말 큰사전 4-옛말과 이두 편』의 내용을 참조했으며, 일부는 남광우 님의 『교학고어사전』을 참조했다. 각 어휘에 대한 형태소 분석은 지은이가 2010년에 『우리말연구』의 제27집에 발표한 「옛말 문법 교육을 위한 약어와 약호의 체계」의 논문과 『중세 국어 문법의 이해-주해편, 강독편』에서 사용한 방법을 따랐다.

그리고 불교와 관련된 어휘는 국립국어원의 인터넷판 『표준국어대사전』, 인터넷판의 『두산백과사전』, 인터넷판의 『한국민족문화대백과』, 인터넷판의 『원불교사전』, 한국불교대사전편찬위원회의 『한국불교대사전』, 홍사성 님의 『불교상식백과』, 곽철환 님의 『시공불교사전』, 운허·용하 님의 『불교사전』 등을 참조하여 풀이하였다.

이 책을 간행하는 데에는 여러 사람의 도움이 있었다. 지은이는 2014년 겨울에 대학교 선배이자 독실한 불교 신자인 정안거사(正安居士, 현 동아고등학교의 박진규 교장)을 사석에서 만났다. 그 자리에서 정안거사로부터 국어학자뿐만 아니라 일반 사람들도 부처님의 생애를 쉽게 알 수 있는 책이 필요하다는 당부의 말을 들었는데, 이 일이 계기가 되어서 『쉽게 읽는 월인석보』의 모듬책이 세상에 나오게 되었다. 그리고 고려대학교 교육대학원의 국어교육전공에 재학 중인 나벼리 군은 『월인석보』의 원문의 모습을 디지털 영상으로 제작하고 편집하는 작업을 해 주었다. 이 책을 출판해 주신 도서출판 경진의 홍정표 대표님, 그리고 거친 원고를 수정하여 보기 좋은 책으로 편집해 주신 양정섭 이사님께 감사의 뜻을 전한다.

정안거사님의 뜻과 지은이의 바람이 이루어져서, 중세 국어를 익히거나 석가모니 부처의 일을 알고자 하는 일반인들에게 이 책이 조금이나마 도움이 되기를 바란다.

2017년 2월
나찬연

차례

1. 이 책에서 형태소 분석에 사용하는 문법적 단위에 대한 약어는 다음과 같다.

범주	약칭	본디 명칭	범주	약칭	본디 명칭
품사	의명	의존 명사	조사	보조	보격 조사
	인대	인칭 대명사		관조	관형격 조사
	지대	지시 대명사		부조	부사격 조사
	형사	형용사		호조	호격 조사
	보용	보조 용언		접조	접속 조사
	관사	관형사	어말 어미	평종	평서형 종결 어미
	감사	감탄사		의종	의문형 종결 어미
불규칙 용언	ㄷ불	ㄷ 불규칙 용언		명종	명령형 종결 어미
	ㅂ불	ㅂ 불규칙 용언		청종	청유형 종결 어미
	ㅅ불	ㅅ 불규칙 용언		감종	감탄형 종결 어미
어근	불어	불완전(불규칙) 어근		연어	연결 어미
파생 접사	접두	접두사		명전	명사형 전성 어미
	명접	명사 파생 접미사		관전	관형사형 전성 어미
	동접	동사 파생 접미사	선어말 어미	주높	상대 높임의 선어말 어미
	조접	조사 파생 접미사		객높	주체 높임의 선어말 어미
	형접	형용사 파생 접미사		상높	객체 높임의 선어말 어미
	부접	부사 파생 접미사		과시	과거 시제의 선어말 어미
	사접	사동사 파생 접미사		현시	현재 시제의 선어말 어미
	피접	피동사 파생 접미사		미시	미래 시제의 선어말 어미
	강접	강조 접미사		회상	회상 표현의 선어말 어미
	복접	복수 접미사		확인	확인 표현의 선어말 어미
	높접	높임 접미사		원칙	원칙 표현의 선어말 어미
조사	주조	주격 조사		감동	감동 표현의 선어말 어미
	서조	서술격 조사		화자	화자 표현의 선어말 어미
	목조	목적격 조사		대상	대상 표현의 선어말 어미

* 이 책에서 쓰인 '문법 용어'와 '약어(略語)'에 대한 자세한 내용은 [부록]에 첨부된 '문법 용어의 풀이'를 참고하기 바란다.

2. 이 책의 형태소 분석에서 사용되는 약호는 다음과 같다.

부호	기능	용례
#	어절의 경계 표시.	철수가 # 국밥을 # 먹었다.
+	한 어절 내에서의 형태소 경계 표시.	철수 + -가 # 먹- + -었- + -다
( )	언어 단위의 문법 명칭과 기능 설명.	먹(먹다) - + -었(과시) - + -다(평종)
[ ]	파생어의 내부 짜임새 표시.	먹이[먹(먹다) - + -이(사접)-] - + -다(평종)
	합성어의 내부 짜임새 표시.	국밥[국(국) + 밥(밥)] + -을(목조)
-a	a의 앞에 다른 말이 실현되어야 함.	-다, -냐 ; -은, -을 ; -음, -기 ; -게, -으면
a-	a의 뒤에 다른 말이 실현되어야 함.	먹(먹다)-, 자(자다)-, 예쁘(예쁘다)-
-a-	a의 앞뒤에 다른 말이 실현되어야 함.	-으시-, -었-, -겠-, -더-, -느-
a(← A)	기본 형태 A가 변이 형태 a로 변함.	지(← 짓다, ㅅ불) - + -었(과시) - + -다(평종)
a(⇐ A)	A 형태를 a 형태로 잘못 적음(오기)	국빱(⇐ 국밥) + -을(목)
Ø	무형의 형태소나 무형의 변이 형태	예쁘- + -Ø(현시) - + -다(평종)

3. 다음은 중세 국어의 문장을 약어와 약호를 사용하여 어절 단위로 분석한 예이다.

> 불휘 기픈 남ᄀᆞᆫ ᄇᆞᄅᆞ매 아니 뮐씨 곶 됴코 여름 하ᄂᆞ니　[용가 2장]

① 불휘: 불휘(뿌리, 根) + -Ø(← -이: 주조)
② 기픈: 깊(깊다, 深)- + -Ø(현시)- + -은(관전)
③ 남ᄀᆞᆫ: 낡(← 나모: 나무, 木) + -ᄋᆞᆫ(-은: 보조사)
④ ᄇᆞᄅᆞ매: ᄇᆞᄅᆞᆷ(바람, 風) + -애(-에: 부조, 이유)
⑤ 아니: 아니(부사, 不)
⑥ 뮐씨: 뮈(움직이다, 動)- + -ㄹ씨(-으므로: 연어)
⑦ 곶: 곶(꽃, 花)
⑧ 됴코: 둏(좋아지다, 좋다, 好)- + -고(연어, 나열)
⑨ 여름: 여름[열매, 實: 열(열다, 結)- + -음(명접)]
⑩ 하ᄂᆞ니: 하(많아지다, 많다, 多)- + -ᄂᆞ(현시)- + -니(평종, 반말)

4. 단, 아래의 경우에는 예외적으로 다음과 같은 방법으로 어절의 짜임새를 분석한다.

    가. 명사, 동사, 형용사는 특별한 경우가 아니면 품사의 명칭을 표시하지 않는다.
       단, 의존 명사와 보조 용언은 예외적으로 각각 '의명'과 '보용'으로 표시한다.

      ① 부톄: 부텨(부처, 佛) + -ㅣ(←-이: 주조)
      ② 괴오쇼셔: 괴오(사랑하다, 愛)- + -쇼셔(-소서: 명종)
      ③ 올ᄒᆞ시이다: 옳(옳다, 是)- + -ᄋᆞ시(주높)- + -이(상높)- + -다(평종)

    나. 한자말로 된 복합어는 더 이상 분석하지 않는다.

      ① 中國에: 中國(중국) + -에(부조, 비교)
      ② 無上涅槃을: 無上涅槃(무상열반) + -을(목조)

    다. 특정한 어미가 다른 어미의 내부에 끼어들어서 실현될 때에는 다음과 같이 표기한
       다. 이때 단일 형태소의 내부가 분리되는 현상은 '…'로 표시한다.

      ① 어리니잇가: 어리(어리석다, 愚: 형사)- + -잇(←-이-: 상높)- + -니…가(의종)
      ② 자거시늘: 자(자다, 宿: 동사)- + -시(주높)- + -거…늘(-거늘: 연어)

    라. 형태가 유표적으로 존재하지 않으면서도 문법적이 있는 '무형의 형태소'는 다음
       과 같이 'Ø'로 표시한다.

      ① 가ᄆᆞ라 비 아니 오는 짜히 잇거든
        ·가ᄆᆞ라: [가물다(동사): ᄀᆞ물(가뭄, 旱: 명사) + -Ø(동접)-]- + -아(연어)
      ② 바ᄅᆞ 自性을 ᄉᆞ뭇 아ᄅᆞ샤
        ·바ᄅᆞ: [바로(부사): 바ᄅᆞ(바르다, 正: 형사)- + -Ø(부접)]
      ③ 불휘 기픈 남ᄀᆞᆫ
        ·불휘(뿌리, 根) + -Ø(←-이: 주조)
      ④ 내 ᄒᆞ마 命終호라
        ·命終ᄒᆞ(명종하다: 동사)- + -Ø(과시)- + -오(화자)- + -라(←-다: 평종)

마. 무형의 형태소로 실현되는 시제 표현의 선어말 어미는 다음과 같이 표기한다.

① 동사나 형용사의 종결형과 관형사형에서 나타나는 '과거 시제 표현'의 무형의 선어말 어미는 '-∅(과시)-'로, '현재 시제 표현'의 무형의 선어말 어미는 '-∅(현시)-'로 표시한다.

> ㉠ 아들들히 아비 죽다 듣고
> · 죽다: 죽(죽다, 死: 동사)- + -∅(과시)- + -다(평종)
> ㉡ 엇던 行業을 지서 惡德애 뻐러딘다
> · 뻐러딘다: 뻐러디(떨어지다, 落: 동사)- + -∅(과시)- + -ㄴ다(의종)
> ㉢ 獄은 罪 지슨 사름 가도는 싸히니
> · 지슨: 짓(짓다, 犯: 동사)- + -∅(과시)- + -ㄴ(관전)
> ㉣ 닐굽 히 너무 오라다
> · 오라(오래다, 久: 형사)- + -∅(현시)- + -다(평종)
> ㉤ 여슷 大臣이 힝뎌기 왼 둘 제 아라
> · 외(외다, 그르다, 誤: 형사)- + -∅(현시)- + -ㄴ(관전)

② 동사나 형용사의 연결형에 나타나는 과거 시제나 현재 시제 표현의 무형의 선어말 어미는 표시하지 않는다.

> ㉠ 몸앳 필 뫼화 그르세 다마 男女를 내슨ᇦ니
> · 뫼화: 뫼호(모으다, 集: 동사)- + -아(연어)
> ㉡ 고히 길오 놉고 고ᄃᆞ며
> · 길오: 길(길다, 長: 형사)- + -오(←-고: 연어)
> · 놉고: 놉(높다, 高: 형사)- + -고(연어, 나열)
> · 고ᄃᆞ며: 곧(곧다, 直: 형사)- + -ᄋᆞ며(-으며: 연어)

③ 합성어나 파생어의 내부에서 실현되는 과거 시제나 현재 시제 표현의 무형의 선어말 어미는 표시하지 않는다.

> ㉠ 올ᄒᆞᆫ녁: [오른쪽, 右: 옳(옳다, 是)- + -은(관전▷관접) + 녁(녁, 쪽: 의명)]
> ㉡ 늘그니: [늙은이: 늙(늙다, 老)- + -은(관전) + 이(이, 者: 의명)]

『월인석보』의 해제

    세종대왕은 1443년(세종 25년) 음력 12월에 음소 문자(音素文字)인 훈민정음(訓民正音)의 글자를 창제하였다. 훈민정음 글자는 기존의 한자나 한자를 빌어서 우리말을 표기하는 글자인 향찰, 이두, 구결 등과는 전혀 다른 표음 문자인 음소 글자였다. 실로 글자의 역사상 유래를 찾아볼 수 없는 매우 독창적인 글자이면서도, 글자의 수가 28자에 불과하여 아주 배우기 쉬운 글자였다.

    훈민정음을 창제한 이후에 세종은 이 글자를 널리 보급하기 위하여 훈민정음의 제자 원리를 이론화하고 성리학적인 근거를 부여하는 데에 힘을 썼다. 곧, 최만리 등의 상소 사건을 통하여 사대부들이 훈민정음에 대하여 취하였던 부정적인 인식과 태도를 파악하였으므로, 이를 극복하는 적극적인 방법으로 훈민정음 글자에 대한 '종합 해설서'를 발간하기로 하였는데, 이것이 곧 『훈민정음 해례본』이다.

    그리고 새로운 글자를 창제하고 반포하는 데에 그치는 것이 아니라, 실제로 백성들이 널리 사용할 수 있도록 하기 위하여 여러 가지 뒷받침 사업을 진행하였다. 이를 위하여 세종은 새로운 문자인 훈민정음을 이용하여 국어의 입말을 실제로 문장의 단위로 적어서 그 실용성을 시험하는 작업을 수행하였다. 그 첫 번째 노력으로 『용비어천가(龍飛御天歌)』의 노랫말을 훈민정음으로 지어서 간행하였는데, 이로써 훈민정음 글자로써 국어의 입말을 실제로 적을 수 있는 가능성을 보였다. 그리고 소헌왕후 심씨가 사망함에 따라서 세종은 왕후의 명복을 빌기 위하여 아들인 수양대군(首陽大君)으로 하여금 석가모니의 연보(年譜)를 훈민정음으로 번역하여 『석보상절(釋譜詳節)』을 편찬하게 하였다. 이어서 『석보상절』의 내용을 바탕으로 『월인천강지곡(月印千江之曲)』을 직접 지어서 간행하였다. 이로써 국어의 입말을 훈민정음으로써 완벽하게 구현할 수 있음을 보였다. 그리고 한문본인 『훈민정음 해례본』의 내용 중에서 '어제 서(御製 序)'와 예의(例義)를 훈민정음으로 번역한 것도 대략 이 무렵의 일인 것으로 추정된다.

    세종이 승하한 후에 문종(文宗), 단종(端宗)에 이어서 세조(世祖)가 즉위하였는데, 1458년(세조 3년)에 세조의 맏아들인 의경세자(懿敬世子)가 요절하였다. 이에 세조는 1459년(세조 4년)에 부왕인 세종(世宗)과 세종의 정비인 소헌왕후 심씨, 그리고 요절한 의경세자의 명복을 빌기 위하여 『월인석보(月印釋譜)』를 편찬하였다. 그리고 어린 조카 단종을 폐위하고 왕위에 오른 후에, 단종을 비롯하여 자신의 집권에 반기를 든 수많은 신하를 죽인 업보에 대한 인간적인 고뇌를 불법의 힘으로 씻어 보려는 것도『월인석보』를 편찬한 간접적인 동기였다.

『월인석보』는 세종이 지은『월인천강지곡(月印千江之曲)』의 내용을 본문으로 먼저 싣고, 그에 대응되는『석보상절(釋譜詳節)』의 내용을 붙여 합편하였다. 합편하는 과정에서 책을 구성하는 방법이나 한자어 표기법, 그리고 내용도 원본인『월인천강지곡』이나『석보상절』과 부분적으로 차이를 보인다. 예를 들어서『월인천강지곡』에서는 한자음을 표기할 때 '씨時'처럼 한글을 큰 글자로 제시하고, 한자를 작은 글자로써 한글의 오른쪽에 병기하였다. 반면에『월인석보』에서는 '時씽'처럼 한자를 큰 글자로써 제시하고 한글을 작은 글자로써 한자의 오른쪽에 병기하였다. 그리고 종성이 없는 한자음을 한글로 표기할 때에『월인천강지곡』에서는 '씨時'처럼 종성 글자를 표기하지 않았는데,『월인석보』에서는 '동국정운(東國正韻)식 한자음의 표기법'에 따라서 '時씽'처럼 종성의 자리에 음가가 없는 'ㅇ' 글자를 종성의 위치에 달았다. 이러한 차이는『월인천강지곡』과『석보상절』을 합본하여『월인석보』를 편찬하는 과정에서 어쩔 수 없이 한자음을 표기하는 방법을 통일하였기 때문에 일어났다.

『월인석보』는 원간본인 1, 2, 7, 8, 9, 10, 12, 13, 14, 15, 17, 18, 23권과 중간본(重刊本)인 4, 21, 22권 등이 남아 있다. 그 당시에 발간된 책이 모두 발견된 것은 아니어서, 당초에 전체 몇 권으로 편찬하였는지 알 수가 없다.

『석보상절』,『월인천강지곡』,『월인석보』의 편찬은 세종 말엽에서 세조 초엽까지 약 13년 동안에 이룩된 사업이다. 따라서 그 최종 사업인『월인석보』는 석가모니의 일대기를 기술하는 사업을 완결 짓는 결정판이다. 따라서『월인석보』는『석보상절』,『월인천강지곡』과 더불어 훈민정음(訓民正音)이 창제된 이후 제일 먼저 나온 불경 번역서로서의 가치가 있다. 그리고 세종과 세조 당대에 쓰였던 자연스러운 말과 글의 모습이 잘 반영되어 있어서, 중세 국어나 국어사를 연구하는 데에도 매우 귀중한 가치가 있는 문헌으로 평가받고 있다.

세종 어제 훈민정음

'세종 어제 훈민정음(世宗御製訓民正)'은 1459년(세조 5)에 간행된 『월인석보(月印釋譜)』 (서강대 소장본)의 첫째 권의 책머리에 실린 것이다. 이 책은 한문본인 『훈민정음 해례 본(訓民正音, 解例本)』에 나타난 '어제 서(御製 序)'와 '예의(例義)'만을 언해하고, 거기에 중국의 치두음(齒頭音)과 정치음(正齒音)에 대한 설명을 덧붙인 것이다.

이 글은 『석보상절』과 『월인석보』가 훈민정음으로 적혀 있기 때문에, 훈민정음에 익 숙하지 못했던 당대의 독자들에게 훈민정음 각 글자의 음가와 기본적인 사용법을 간략 하게 소개하려는 목적으로 쓰인 것으로 보인다.

이 글의 내용은 다음과 같은 체제로 구성되어 있다.

체제	세부 내용
세종의 서문	훈민정음의 창제 목적 기술
글자의 음가	초성 17 글자와 중성 11 글자의 음가 설명
글자의 운용	종성법, 연서법, 합용법, 부서법, 성음법, 사성법, 치두음과 정치음의 구별

'세종 어제 훈민정음'을 제작한 연대나 번역자는 알려지지 않았다. 그러나 '이영보래 법(以影補來法)'과 '치두음, 정치음'의 구별을 규정한 점 등을 보면, 아마도 세종 시대에 『동국정운(東國正韻)』이 완성된 때로부터 『석보상절』이 간행되기까지 사이(1450년경) 에, 집현전 학자들이 『훈민정음 언해본』의 내용을 번역한 것으로 보인다.

이 글은 세종 때에 발간된 『석보상절』의 앞에도 실렸을 것으로 짐작되는데, 『석보상 절』의 제1권이 발견되지 않아서 그 사실을 확인할 수는 없다. 그러나 그 간의 사정을 종합해 볼 때에, '세종 어제 훈민정음'은 원래는 『석보상절』에 실렸던 것인데, 세조 5년 에 발간된 『월인석보』의 제1권의 맨 앞에 옮겨서 수록한 것으로 추측된다.

'세종 어제 훈민정음'은 흔히 『훈민정음 언해본(訓民正音, 諺解本)』으로 불리면서, 한문 본인 『훈민정음 해례본』과 함께 훈민정음의 글자 체계와 중세 국어 음운을 연구하는 데에 귀중한 자료가 되고 있다.

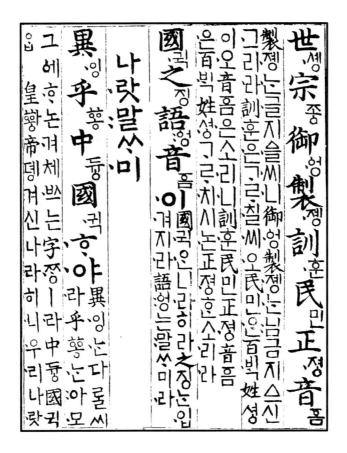

世宗御製訓民正音 (세종 어제 훈민정음)

【 製(제)는 글을 짓는 것이니 御製(어제)는 님금이 지으신 글이다. 訓(훈)은 가르치는 것이요 民(민)은 百(백성)이요 音(음)은 소리니, 訓民正音(훈민정음)은 百姓(백성)을 가르치시는 正(정)한 소리다. 】

國之語音(국지어음)이 【 國(국)은 나라이다. 之(지)는 토(어조사)이다. 語(어)는 말씀이다. 】

　　나라의 말이

異乎中國(이호중국)하여 【 異(이)는 다른 것이다. 乎(호)는 '아무에' 하는 토에 쓰는 字(자)이다. 中國(중국)은 皇帝(황제)가 계신 나라이니 우리나라의

世솅宗종 御엉製졩 訓훈民민正정音흠

【製졩는 글 지을 씨니[1] 御엉製졩는 님금 지스신[2] 그리라 訓훈은 ᄀᆞᄅᆞ칠 씨

오[3] 民민은 百빅姓셩이오 音흠은 소리니 訓훈民민正정音흠은 百빅姓셩 ᄀᆞᄅᆞ

치시논[4] 正정ᄒᆞᆫ 소리라 】

國귁之징語엉音흠이【 國귁은 나라히라 之징는 입겨지라[5] 語엉는 말ᄊᆞ미라 】

나랏[6] 말ᄊᆞ미[7]

異잉乎ᅘᅩᆼ中듕國귁ᄒᆞ야 【 異잉는 다ᄅᆞᆯ[8] 씨라 乎ᅘᅩᆼ는 아모 그에[9] ᄒᆞ논 겨체 쓰

는[10] 字ᄍᆞㅣ라[11] 中듕國귁은   皇ᅘᅪᆼ帝뎽 겨신 나라히니[12] 우리나랏

---

1) 지을 씨니: 짛(←짓다, ㅅ불: 짓다, 製)-+-을(관전)+#ㅆ(←ᄉ: 것, 의명)+-이(서조)-+-
   니(연어, 설명의 계속)

2) 지스신: 짛(←짓다, ㅅ불: 짓다, 製)-+-으시(주높)-+-∅(과시)-+-ㄴ(관전) ※ '지스신'은 '지
   스샨'의 오기인데, 대상 표현의 선어말 어미인 '-오-'를 실현하여 '지스샨'으로 표기해야 문법
   규칙에 맞는다

3) ᄀᆞᄅᆞ칠 씨오: ᄀᆞᄅᆞ치(가르치다, 敎)-+-ㄹ(관전)#ㅆ(←ᄉ: 것, 의명)+-이(서조)-+-오(←
   -고: 연어, 나열)

4) ᄀᆞᄅᆞ치시논: ᄀᆞᄅᆞ치(가르치다, 敎)-+-시(주높)-+-ㄴ(←-ᄂᆞ-: 현시)-+-오(대상)-+-ㄴ(관전)

5) 입겨지라: 입겿[←입겾(구결, 토): 입(입, 口)+겿(←겾: 부수된 것)]+-이(서조)-+-∅(현시)-
   +-라(←-다: 평종) ※ '입겿'은 '입겾'의 형태로도 쓰였는데, 이는 문법 형태소(어조사)에 해
   당한다.

6) 나랏: 나라(나라, 國)+-ㅅ(-의: 관조)

7) 말ᄊᆞ미: 말ᄊᆞᆷ[말(말, 言)+-ᄊᆞᆷ(접미: '-씨'의 뜻)]+-이(주조)

8) 다ᄅᆞᆯ: 다ᄅᆞ(다르다, 異)-+-ㄹ(관전)

9) 아모 그에: 아모(아무, 某: 관사, 부정칭)#그에(거기에, 彼處: 의명, 위치) ※ '아모 그에'는
   '아무에'로 의역하여 옮긴다.

10) 쓰는: 쓰(사용하다, 用)-+-ㄴ(←-ᄂᆞ-: 현시)-+-으(←-오-: 대상)-+-ㄴ(관전) ※ '쓰는'은
    '쓰논'의 오기이다.

11) 字ㅣ라: 字(자, 글자)+-ㅣ(←-이-: 서조)-+-∅(현시)-+-라(←-다: 평종)

12) 나라히니: 나라ㅎ(나라, 國)+-이(서조)-+-니(연어, 설명의 계속)

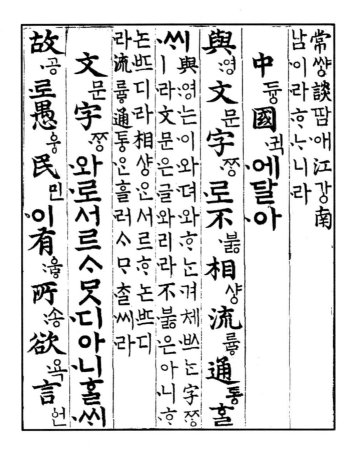

常談(상담)에 江南(강남)이라 하느니라. 】

　中國(중국)과 달라서

與文字(여문자)로 不相流通(불상유통)하므로【與(여)는 '이것과 저것과' 하는 토에 쓰는 字(자)이다. 文(문)은 글월이다. 不(불)은 '아니' 하는 뜻이다. 相(상)은 '서로' 하는 뜻이다. 流通(유통)은 흘러 통하는 것이다. 】

　文子(문자)와 서로 통하지 아니하므로

故(고)로 愚民(우민)이 有所欲言(유소욕언)

常쌍談땀¹³⁾애 江강南남이라 ᄒᆞᄂᆞ니라¹⁴⁾ 】

中듕國귁에¹⁵⁾ 달아¹⁶⁾

與영文문字쭝로 不붏相샹流륳通통ᄒᆞᆯᄊᆡ【 與영는 이와¹⁷⁾ 뎌와¹⁸⁾ ᄒᆞ는 겨체 쓰는 字쭝ㅣ라 文문은 글와리라¹⁹⁾ 不붏은 아니 ᄒᆞ논²⁰⁾ ᄠᅳ디라 相샹ᄋᆞᆫ 서르 ᄒᆞ논 ᄠᅳ디라 流륳通통ᄋᆞᆫ 흘러 ᄉᆞᄆᆞᆾ 씨라²¹⁾ 】

文문字쭝와로²²⁾ 서르²³⁾ ᄉᆞᄆᆞᆺ디²⁴⁾ 아니ᄒᆞᆯᄊᆡ²⁵⁾

故공로 愚ᅌᅮ民민이 有ᅌᅮᆯ所송欲욕言ᅌᅥᆫ

---

13) 常談: 상담. 보통의 말, 곧 늘 쓰는 예사로운 말이다.

14) ᄒᆞᄂᆞ니라: ᄒᆞ(하다, 曰)- + -ᄂᆞ(현시)- + -니(원칙)- + -라(←-다: 평종)

15) 中國에: 中國(중국) + -에(-과: 부조, 위치, 비교)

16) 달아: 달(←다ᄅᆞ다: 다르다, 異)- + -아(연어)

17) 이와: 이(이것, 此: 지대, 정칭) + -와(←-과: 접조)

18) 뎌와: 뎌(저것, 彼: 지대, 정칭) + -와(←-과: 접조)

19) 글와리라: 글왈[글월, 文: 글(글, 文) + -왈(-월: 접미)] + -이(서조)- + -Ø(현시)- + -라(←-다: 평종)

20) 아니 ᄒᆞ논: 아니(아니, 不: 부사, 부정) # ᄒᆞ(하다, 爲)- + -ㄴ(←-ᄂᆞ-: 현시)- + -오(대상)- + -ㄴ(관전)

21) ᄉᆞᄆᆞᆾ 씨라: ᄉᆞᄆᆞᆾ(통하다, 通)- + -ᄋᆞᆯ(관전) # ᄊ(←ᄉ: 것, 의명) + -이(서조)- + -Ø(현시)- + -라(←-다: 평종)

22) 文字와로: 文字(문자, 한자) + -와로(←과로: -와, 부조, 비교)

23) 서르: 서로, 相(부사)

24) ᄉᆞᄆᆞᆺ디: ᄉᆞᄆᆞᆺ(← ᄉᆞᄆᆞᆾ다: 통하다, 通)- + -디(-지: 연어, 부정)

25) 아니ᄒᆞᆯᄊᆡ: 아니ᄒᆞ[아니하다(보용, 부정): 아니(아니, 不: 부사, 부정) + -ᄒᆞ(동접)-]- + -ㄹᄊᆡ(-므로: 연어, 이유)

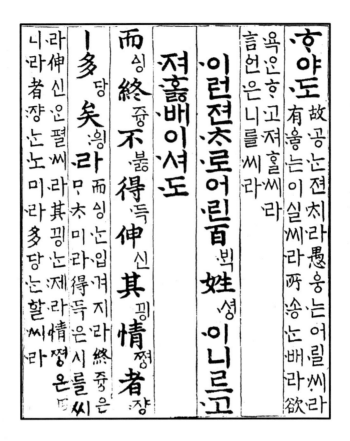

하여도 【 故(고)는 까닭이다. 愚(우)는 어리석은 것이다. 有(유)는 있는 것이다. 所(소)는 '바'이다. 欲(욕)은 하고자 하는 것이다. 言(언)은 이르는 것이다. 】

이런 까닭으로 어리석은 百姓(백성)이 이르고자 할 바가 있어도

而終不得伸其情者(이부득신기정자)가 多矣(다의)라 【 而(이)는 토(어조사)이다. 終(종)은 마치는 것이다. 得(득)은 얻는 것이다. 伸(신)은 펴는 것이다. 其(기)는 '자기'이다. 情(정)은 뜻이다. 者(자)는 놈이다. 多(다)는 많은 것이다. 矣(의)는

ᄒᆞ야도【故공ᄂᆞᆫ 젼ᄎᆞ라[26] 愚우ᄂᆞᆫ 어릴 씨라[27] 有ᅌᅮ는 이실 씨라[28] 所송ᄂᆞᆫ 배라[29] 欲욕은 ᄒᆞ고져 홀 씨라 言언은 니를 씨라】

　이런[30] 젼ᄎᆞ로[31] 어린[32] 百ᄇᆡᆨ姓셩이 니르고져[33] 홇 배[34] 이셔도[35]

而ᅀᅵᆼ終즁不붏得득伸신其끵情쪙者쟝ㅣ 多당矣ᅌᅴᆼ라【而ᅀᅵᆼᄂᆞᆫ 입겨지라 終즁은 ᄆᆞ츠미라[36] 得득은 시를[37] 씨라 伸신은 펼 씨라 其끵ᄂᆞᆫ 제라[38] 情쪙은 ᄠᅳ디라[39] 者쟝ᄂᆞᆫ 노미라 多당ᄂᆞᆫ 할[40] 씨라 矣ᅌᅴᆼᄂᆞᆫ[41]

---

26) 젼ᄎᆞ라: 젼ᄎᆞ(까닭, 由: 명사) + - ㅣ(← -이-: 서조) + -Ø(현시) + -라(← -다: 평종)

27) 어릴 씨라: 어리(어리석다, 愚)- + -ㄹ(관전) # ᄊ(← ᄉ: 것, 의명) + -이(서조)- + -Ø(현시)- + -라(← -다: 평종)

28) 이실 씨라: 이시(있다, 有)- + -ㄹ(관전) # ᄊ(← ᄉ: 것, 의명) + -이(서조)- + -Ø(현시)- + -라(← -다: 평종)

29) 배라: 바(바, 것, 所: 의명) + -ㅣ(← -이-: 서조) + -Ø(현시)- + -라(← -다: 평종)

30) 이런: ① [이런(관사): 이러(불어)- + -Ø(← -ᄒᆞ-: 형접)- + -ㄴ(관전▷관접)] ② 이러ᄒᆞ[이러(불어) + -Ø(← -ᄒᆞ-: 형접)-]- + -Ø(현시)- + -ㄴ(관전)]

31) 젼ᄎᆞ로: 젼ᄎᆞ(까닭, 故: 명사) + -로(부조, 이유)

32) 어린: 어리(어리석다, 愚)- + -Ø(현시)- + -ㄴ(관전)

33) 니르고져: 니르(이르다, 言)- + -고져(-고자: 연어, 의도)

34) 홇 배: ᄒᆞ(← ᄒᆞ다: 하다, 爲, 보용, 의도)- + -오(대상)- + -ᇙ(관전) # 바(바, 것: 의명) + -ㅣ(← -이: 주조)

35) 이셔도: 이시(있다, 有)- + -어도(연어, 양보) ※ '-어도'는 연결 어미인 '-어'에 보조사인 '-도'가 붙어서 형성된 연결 어미이다.

36) ᄆᆞ츠미라: ᄆᆞ춤[마침, 終: 몿(마치다, 終)- + -음(명접)] + -이(서조)- + -Ø(현시)- + -라(← -다: 평종)

37) 시를: 실(← 싣다, ㄷ불: 얻다, 得)- + -을(관전)

38) 제라: 저(저, 己: 인대, 재귀칭) + -ㅣ(← -이-: 서조)- + -Ø(현시)- + -라(← -다: 평종)

39) ᄠᅳ디라: ᄠᅳᆮ(뜻, 意) + -이(서조)- + -Ø(현시)- + -라(← -다: 평종)

40) 할: 하(많다, 多)- + -ㄹ(관전)

41) 矣ᄂᆞᆫ: 矣(의: 어조사) + -ᄂᆞᆫ(보조사, 주제) ※ 본문에는 '矣ᅌᅴᆼ'의 글자가 빠져 있다.

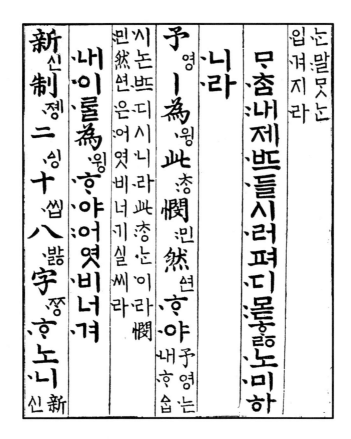

말을 마치는 토이다. 】

　마침내 제 뜻을 능히 펴지 못할 사람이 많으니라.

予(여)가 爲此憫然(위차민연)하여 【 予(여)는 '내가' 하시는 뜻이시니라. 此(차)는
'이'이다. 憫然(민연)은 불쌍히 여기는 것이다. 】

　내가 이를 爲(위)하여 불쌍히 여겨

新制二十八字(신제이십팔자)하니 【 新(신)은

말 뭋ᄂᆞᆫ[42] 입겨지라 】

ᄆᆞᄎᆞᆷ내[43] 제[44] ᄠᅳ들[45] 시러[46] 펴디 몯ᄒᆞᇙ[47] 노미 하니라[48]

予영ㅣ 爲윙此ᄎᆞᆼ憫민然연ᄒᆞ야【 予영는 내[49] ᄒᆞ숩시논[50] ᄠᅳ디시니라[51] 此ᄎᆞᆼ는 이라[52] 憫민然연은 어엿비[53] 너기실[54] 씨라 】

내[55] 이ᄅᆞᆯ 爲윙ᄒᆞ야 어엿비 너겨

新신制졩二ᅀᅵᆼ十씹八밣字ᄍᆞᆼᄒᆞ노니【 新신

42) 말 뭋ᄂᆞᆫ: 말(말, 言) # 뭋(← ᄆᆞᆾ다: 마치다, 終)- + -ᄂᆞ(현시)- + -ㄴ(관전)

43) ᄆᆞᄎᆞᆷ내: [마침내, 終(부사): ᄆᆞᆾ(마치다, 終)- + -ᄋᆞᆷ(명접) + -내(부접)]

44) 제: 저(저, 자기, 己: 인대, 재귀칭) + -ㅣ(-의: 관조)

45) ᄠᅳ들: ᄠᅳᆮ(뜻, 意) + -을(목조)

46) 시러: [능히, 能(부사): 실(←싣다, ㄷ불: 얻다, 得)- + -어(연어▹부접)] ※ '시러'에 대응되는 '得'은 한문에서 '가능성'을 나타내는 조동사로 쓰인다. 따라서 '시러'를 파생 부사로 보고 '능히… 할 수 있다'로 의역한다.

47) 몯ᄒᆞᇙ 노미: 몯ᄒᆞ[못하다(보용, 부정): 몯(못, 不能: 부사, 부정) + -ᄒᆞ(동접)-]- + -ᄚ(-을: 관전) # 놈(사람, 者: 의명) + -이(주조)

48) 하니라: 하(많다, 多)- + -Ø(현시)- + -니(원칙)- + -라(←-다: 평종)

49) 내 : 나(나, 予: 인대, 1인칭) + -ㅣ(←-이: 주조)

50) ᄒᆞ숩시논: ᄒᆞ(하다, 謂)- + -숩(객높)- + -시(주높)- + -ㄴ(←-ᄂᆞ-: 현시)- + -오(대상)- + -ㄴ(관전) ※ '予는 내 ᄒᆞ숩시논 ᄠᅳ디시니라'는 한자인 '予(= 나)'의 뜻을 풀이한 말인데, "予는 (말하는 사람인 세종이 자기 자신을) '나'라고 하시는 뜻이다"으로 직역할 수 있다. 여기서 객체 높임의 선어말 어미인 '-숩-'은 자기 자신인 '세종'을 높였으며, 주체 높임의 선어말 어미인 '-시-'는 '그 말을 하는 이(= 세종)'을 높였다.

51) ᄠᅳ디시니라: ᄠᅳᆮ(뜻, 意)- + -이(서조)- + -시(주높)- + -Ø(현시)- + -니(원칙)- + -라(←-다: 평종) ※ 주체 높임의 선어말 어미인 '-시-'는 '予(= 세종)'를 높였다.

52) 이라: 이(이것, 此: 지대, 정칭) + -Ø(←-이-: 서조)- + -Ø(현시)- + -라(←-라: 평종)

53) 어엿비: [가엾이, 불쌍히, 憐(부사): 어엿ㅂ(←어엿브다: 가엾다, 憐, 형사)- + -이(부접)]

54) 너기실: 너기(여기다, 思)- + -시(주높)- + -ㄹ(관전)

55) 내: 나(나, 予 : 인대, 1인칭) + -ㅣ(←-이: 주조)

새로스믈여듧字쫑ᄅᆞᆯ밍ᄀᆞ노니

欲욕使ᄉᆞ人ᅀᅵᆫ人ᅀᅵᆫᄋᆞ로易잉ᄒᆞ야 便뼌於헝日ᅀᅵᇙ用용耳ᅀᅵᆼ니라

'새것'이다. 制(제)는 만드는 것이다. 二十八(이십팔)은 스물여덟이다.】

　　새로　스물여덟　字(자)를　만드니

欲使人人(욕사인인)으로　易習(이습)하여　便於日用耳(편어일용이)이니라【使(사)는 '하게 하여'라고 하는 말이다. 人(인)은 사람이다. 易(이)는 쉬운 것이다. 習(습)은 익히는 것이다. 便(편)은 便安(편안)한 것이다. 於(어)는 '아무에(게)' 하는 토에 쓰는 字(자)이다. 日(일)은 날이다. 用(용)은 쓰는 것이다. 耳(이)는 '따름이다'라고 하는 뜻이다.】

은 새라⁵⁶⁾ 制_졩는 밍ᄀᆞ르실⁵⁷⁾ 씨라 二_{ᅀᅵᆼ}十_씹八_밣은 스믈여듧비라⁵⁸⁾ 】

새로⁵⁹⁾ 스믈여듧 字_쫑ᄅᆞᆯ 밍ᄀᆞ노니⁶⁰⁾

欲_욕使_{ᄉᆞᆼ}人_{ᅀᅵᆫ}人_{ᅀᅵᆫ}ᄋᆞ로 易_잉習_씹ᄒᆞ야 便_뼌於_헝日_{ᅀᅵᇙ}用_용耳_{ᅀᅵᆼ}니라【使_{ᄉᆞᆼ}는 히여⁶¹⁾ ᄒᆞ논⁶²⁾ 마리라⁶³⁾ 人_{ᅀᅵᆫ}은 사ᄅᆞ미라 易_잉는 쉬ᄫᅳᆯ⁶⁴⁾ 씨라 習_씹은 니길⁶⁵⁾ 씨라 便_뼌은 便_뼌安_한ᄒᆞᆯ 씨라 於_헝는 아모⁶⁶⁾ 그에⁶⁷⁾ ᄒᆞ논 겨체 쓰는 字_쫑ㅣ라 日_{ᅀᅵᇙ}은 나리라 用_용은 쓸⁶⁸⁾ 씨라 耳_{ᅀᅵᆼ}는 ᄯᆞᄅᆞ미라⁶⁹⁾ ᄒᆞ논 ᄠᅳ디라 】

---

56) 새라: 새(새것, 新: 명사) + -Ø(←-이-: 서조)- + -Ø(현시)- + -라(←-다: 평종)

57) 밍ᄀᆞ르실: 밍ᄀᆞᆯ(만들다, 製)- + -ᄋᆞ시(주높)- + -ㄹ(관전)

58) 스믈여듧비라: 스믈여듧(스물여덟, 二十八: 수사, 양수) + -이(서조)- + -Ø(현시)- + -라(←-다: 평종)

59) 새로: [새로(부사): 새(새것, 新: 명사) + -로(부조▷부접)]

60) 밍ᄀᆞ노니: 밍ᄀᆞ(← 밍ᄀᆞᆯ다: 만들다, 制)- + -ㄴ(←-ᄂᆞ-: 현시)- + -오(화자)- + -니(연어, 설명의 계속)

61) 히여: 히[하게 하다, 시키다, 使: ᄒᆞ(하다, 爲: 타동)- + -ㅣ(←-이-: 사접)-]- + -여(←-어←-어: 연어) ※ '히여'는 '히여'의 강조 형태이다.

62) ᄒᆞ논: ᄒᆞ(하다, 謂)- + -ㄴ(←-ᄂᆞ-: 현시)- + -오(대상)- + -ㄴ(관전)

63) 마리라: 말(말, 言) + -이(서조)- + -Ø(현시)- + -라(←-다: 평종)

64) 쉬ᄫᅳᆯ: 쉽(← 쉽다, ㅂ불: 쉽다, 易)- + -을(관전)

65) 니길: 니기[익히다, 習: 닉(익다, 慣: 자동)- + -이(사접)-]- + -ㄹ(관전)

66) 아모: 아무, 某(지대, 부정칭)

67) 그에: 그에(거기에, 彼處: 의명, 위치) ※ '아모 그에'는 '아무데'라는 뜻인데, 이는 '於'가 한문에서 장소를 나타내는 부사격 조사로 쓰는 말이라는 뜻이다.

68) 쓸: 쓰(쓰다, 用)- + -ㄹ(관전)

69) ᄯᆞᄅᆞ미라: ᄯᆞᄅᆞᆷ(따름, 耳: 의명) + -이(서조)- + -Ø(현시)- + -라(←-다: 평종)

사ᄅᆞᆷ마다 히ᅇᅧ 수ᄫᅵ니겨 날로 ᄡᅮ메 便뼌安한킈 ᄒᆞ고져 ᄒᆞᇙ ᄯᆞ ᄅᆞ미니라

ᄀᆞ는 牙ᅌᅡ音ᅙᅳᆷ이니 如ᅀᅧ君군ㄷ字ᄍᆞ初총發벓聲셩ᅙᅵ니 並뼝書셩ᅙᅵ면 如ᅀᅧ虯뀰ᄫᅮᆼ字ᄍᆞ初총發벓聲셩ᅙᅵ니라 【牙ᅌᅡ는 어미라 如ᅀᅧ는 ᄀᆞᄐᆞᆫ 씨라 初총發벓聲셩은 처엄 펴아 나ᄂᆞᆫ 소리라 並뼝書셩ᄂᆞᆫ ᄀᆞᆯ방 ᄡᅳᆯ 씨라】

사람마다 시키어 쉽게 익혀, 날마다 쓰는 데에 便安(편안)케 하고자 할 따름이니라.

ㄱ는 牙音(아음)이니 如君ㄷ字初發聲(여군자초발성)하니, 並書(평서)하면 如虯ㅸ字初發聲(여규자초발성)하니라. 【牙(아)는 어금니이다. 如(여)는 같은 것이다. 初發聲(초발성)은 처음 펴서 나는 소리이다. 並書(병서)는 나란히 쓰는 것이다. 】

사룸마다 히여⁷⁰⁾ 수비⁷¹⁾ 니겨⁷²⁾ 날로⁷³⁾ 뿌메⁷⁴⁾ 便뼌安한킈⁷⁵⁾ 호고져 흟⁷⁶⁾ 뜨ᄅ미니라⁷⁷⁾

ㄱ는 牙ᅌᅡ音ᅙᅳᆷ⁷⁸⁾이니 如ᅀᅧ君군ㄷ字쫑初총發벓聲셩ᄒᆞ니 並뼝書셩ᄒᆞ면 如ᅀᅧ虯꾸ᇢ字쫑初총發벓聲셩ᄒᆞ니라【牙ᅌᅡᄂᆞᆫ 어미라⁷⁹⁾ 如ᅀᅧᄂᆞᆫ ᄀ틀⁸⁰⁾ 씨라 初총發벓聲셩은 처섬⁸¹⁾ 펴아 나ᄂᆞᆫ⁸²⁾ 소리라 並뼝書셩ᄂᆞᆫ 글바⁸³⁾ 쓸⁸⁴⁾ 씨라】

---

70) 히여: 히[하게 하다, 시키다, 使] : ᄒᆞ(하다, 爲 : 타동)-+ -ㅣ(←-이- : 사접)-]-+ -여(←-여 ←-어 : 연어)

71) 수비: [쉽게(부사): 숩(←쉽다, ㅂ불: 쉽다, 易)-+ -이(부접)]

72) 니겨: 니기[익히다: 닉(익다, 習: 자동)-+ -이(사접)-]-+ -어(연어)

73) 날로: [날로, 날마다, 날이 갈수록(부사): 날(날, 日 : 명사) + -로(부조▷부접)]

74) 뿌메: ᄡ(←ᄡᅳ다: 쓰다, 用)-+ -움(명전) + -에(부조, 위치, 목적)

75) 便安킈: 便安ᄒᆞ[←便安ᄒᆞ다(편안하다): 便安(편안: 명사) + -ᄒᆞ(형접)-]-+ -긔(-게: 연어, 사동)

76) 흟: ᄒᆞ(하다, 爲: 보용, 사동)-+ -ㄿ(관전)

77) 뜨ᄅ미니라: 뜨름(따름: 의명) + -이(서조)-+ -Ø(현시)-+ -니(원칙)-+ -라(←-다: 평종)

78) 牙音(아음): 어금닛소리이다.

79) 어미라: 엄(어금니, 牙) + -이(서조)-+ -Ø(현시)-+ -라(←-다 : 평종)

80) ᄀ틀: ᄀᇀ(←ᄀᆮᄒᆞ다: 같다, 如)-+ -을(관전)

81) 처섬: [처음, 初(명사): 첫(첫, 初: 관사, 서수) + -엄(명접)]

82) 펴아 나ᄂᆞᆫ: 펴(펴다, 發)-+ -아(연어) # 나(나다, 出)-+ -ᄂᆞ(현시)-+ -ㄴ(관전)

83) 글바: 곫[←곫다, ㅂ불(나란히 하다, 並): 곫(갈피, 겹, 重: 명사)-+ -Ø(동접)-]-+ -아(연어)

84) 쓸: ᄡᅳ(쓰다, 書)-+ -ㄹ(관전)

ㄱ는 엄쏘리니 君군ㄷ字쭝 처엄 펴아
나 소리 ㄱᅂᆞᆮᄐ니 ᄀᆞᆯᄫᅡ쓰면 虯뀰ᄫᅟᅵᆼ字쭝
처엄 펴아 나 소리 ᄀᆞᆮᄐ니라
ㅋ는 牙ᅌᅡᆼ音흠이니 如ᅌᅧ快쾡ᅙᅙ字쭝 初
ᅘᆞ᪴ᄻᇰ發ᄫᅳᆶᆯ聲셩ᄒᆞ니라
ㅋ는 엄쏘리니 快쾡ᅙ字쭝 처엄 펴아
나 소리 ㄱᅂᆞᆮᄐ니라

ㄱ은 어금닛소리니 君(군)의 字(자)가 처음 펴서 나는 소리와 같으니, 나란히 쓰면 虯(뀰) 字(자)가 처음 펴서 나는 소리와 같으니라.

ㅋ은 牙音(아음)이니 如快ㆆ字初發聲(여쾌자초발성)하니라.

ㅋ은 어금닛소리니 快(쾡)의 字(자)가 처음 펴서 나는 소리와 같으니라.

ㄱ는 엄쏘리니[85] 君군ㄷ 字쫑[86] 처섬[87] 펴아 나는[88] 소리[89] ㄱᆞ트니[90]

글봐 쓰면[91] 虯뀽ㅸ 字쫑[92] 처섬 펴아 나는 소리 ㄱᆞ트니라[93]

ㅋᄂᆞᆫ 牙ᅌᅡ音ᅙᅳᆷ이니 如셩快쾡ᅙ 字쫑初총發벓聲셩ᄒᆞ니라

ㅋᄂᆞᆫ 엄쏘리니 快쾡ᅙ 字쫑[94] 처섬 펴아 나는 소리 ᄀᆞ트니라

---

85) 엄쏘리니: 엄쏘리[어금닛소리, 牙音: 엄(어금니, 牙) + -ㅅ(관조, 사잇) + 소리(소리, 音)] + -Ø(← -이-: 서조)- + -니(연어, 설명의 계속) ※ /ㅁ/ 아래에 쓰이는 원칙적인 관형격 조사는 '-ㅂ'이다.

86) 君ㄷ 字: 君(군) + -ㄷ(-의: 관조) # 字(자, 글자)

87) 처섬: [처음, 初(명사): 첫(← 첫: 첫, 初, 관사, 서수) + -엄(명접)]

88) 나는: 나(나다, 發)- + -ᄂᆞ(현시)- + -ㄴ(관전)

89) 소리: 소리(소리, 音) + -Ø(← -이: 부조, 비교)

90) ᄀᆞ트니: 곹(← ᄀᆞᆮᄒᆞ다: 같다, 如)- + -ᄋᆞ니(연어, 설명의 계속)

91) 글봐 쓰면: 곫[← 곫다, ㅂ불(나란히 하다, 竝): 곫(갈피, 겹, 重: 명사)- + -Ø(동접)-]- + -아(연어) ※ '곫다'는 명사인 '곫'에 동사 파생 접미사 '-Ø'가 붙어서 형성된 단어이다(허웅 1975: 207).

92) 虯ㅸ 字: 虯(뀽: 규) + -ㅸ(-의: 관조, 사잇) # 字(자, 글자)

93) ᄀᆞ트니라: 곹(← ᄀᆞᆮᄒᆞ다: 같다, 如)- + -Ø(현시)- + -ᄋᆞ니(원칙)- + -라(← -다: 평종)

94) 快ᅙ 字: 快(쾡: 쾌) + -ᅙ(-의: 관조) # 字(자, 글자)

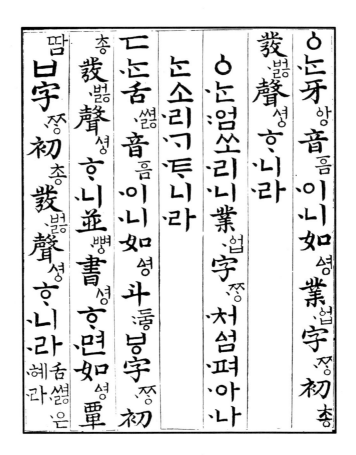

ㅇ는 牙音(아음)이니 如業字初發聲(여업자초발성)하니라.

　ㅇ은 어금닛소리니 業(업)의 字(자)가 처음 펴서 나는 소리와 같으니라.

ㄷ은 舌音(설음)이니 如斗ᄫ字初發聲(여두자초발성)하니, 並書(병서)하면 如覃ㅂ字初發聲(여담자초발성)하니라. 【 舌(설)은 혀이다. 】

ㆁ는 牙앙音흠[95]이니 如ᅀᅧᆼ業업字쭝初총發벓聲셩ᄒᆞ니라

ㆁ는 엄쏘리니[96] 業업 字쭝 처ᅀᅥᆷ 펴아 나는 소리 ᄀᆞᄐᆞ니라

ㄷ는 舌쎯音흠[97]이니 如ᅀᅧᆼ斗둫ㅸ字쭝初총發벓聲셩ᄒᆞ니 竝뼝書셩ᄒᆞ면 如ᅀᅧᆼ覃땀ㅂ字쭝初총發벓聲셩ᄒᆞ니라 【舌쎯은 혜라[98]】

95) 牙音(아음): 어금닛소리이다.

96) 엄쏘리니: 엄쏘리[어금닛소리: 엄(어금니, 牙) + -ㅅ(관조, 사잇) + 소리(소리, 音)] + -∅(← -이-: 서조)- + -니(연어, 설명의 계속) ※ /ㅁ/ 아래에 쓰이는 원칙적인 관형격 조사는 '-ㅂ'이다.

97) 舌音: 설음. 혓소리이다.

98) 혜라: 혀(혀, 舌) + -ㅣ(← -이-: 서조)- + -∅(현시)- + -라(← -다: 평종)

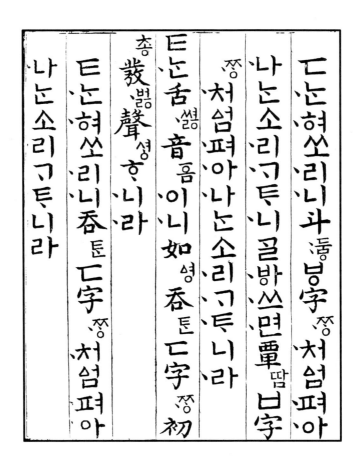

ㄷ은 혓소리니 斗(둫)의 字(ㅈ)가 처음 펴서 나는 소리와 같으니, 나란히 쓰면 覃(땀)의 字(ㅈ)가 처음 펴서 나는 소리와 같으니라.

ㅌ은 舌音(설음)이니 如呑ㄷ字初發聲(여탄ㅈ초발성)하니라.

ㅌ은 혓소리니 呑(툰)의 字(ㅈ)가 처음 펴서 나는 소리와 같으니라.

ㄷ는 혀쏘리니[99] ㅽ·ㅸ 字쭝[100] 처섬 펴아 나는 소리 ㄱ·ㅌ니

글·바 쓰면 覃땀ㅂ 字쭝[1] 처섬 펴아 나는 소리 ㄱ·ㅌ니·라

ㅌ는 舌쎪音흠이니 如셩呑튼ㄷ字쭝初총發벐聲셩ᄒ·니·라

ㅌ·는 혀쏘리니 呑튼ㄷ 字쭝[2] 처섬 펴아 나는 소리 ㄱ·ㅌ·니·라

---

99) 혀쏘리니: 혀쏘리[혓소리: 혀(혀, 舌) + -ㅅ(관조, 사잇) + 소리(소리, 音)] + -Ø(←-이-: 서
  조)- + -니(연어, 설명의 계속) ※ 모음 아래에 쓰이는 원칙적인 관형격 조사는 '-ㅎ'이다.

100) ㅽㅸ 字: ㅽ(둘: 두) + -ㅸ(-의: 관조) # 字(자, 글자)

1) 覃ㅂ 字: 覃(땀: 담) + -ㅂ(-의: 관조) # 字(자, 글자)

2) 呑ㄷ 字: 呑(튼: 탄) + -ㄷ(-의: 관조) # 字(자, 글자)

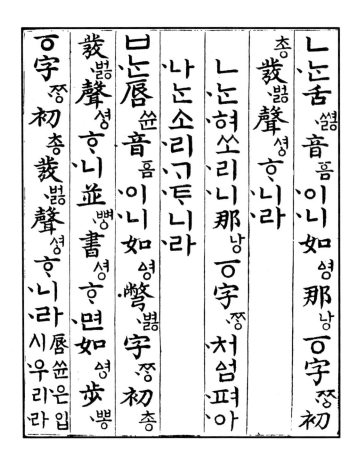

ㄴ은 舌音(설음)이니 如那ㆆ字初發聲(여나자초발성)하니라.

　ㄴ은 혓소리니 那(낭)의 字(자)가 처음 펴서 나는 소리와 같으니라.

ㅂ은 脣音(순음)이니 如彆字初發聲(여별자초발성)하니, 竝書(병서)하면 如步ㆆ字初發聲(여보자초발성)하니라.【 脣(순)은 입술이다. 】

ㄴ는 舌_쎯音_흠이니 如_셩那_낭ㆆ字_쭝初_총發_벓聲_셩ᄒ니라

　ㄴ는 혀쏘리니 那_낭ㆆ 字_쭝³⁾ 처엄 펴아 나는 소리 ᄀᆮᄐ니라

ㅂ는 唇_쓘音_흠⁴⁾이니 如_셩彆_병字_쭝初_총發_벓聲_셩ᄒ니 竝_뼁書_셩ᄒ면 如_셩步_뽕ㆆ字_쭝初_총發_벓聲_셩ᄒ니라【 唇_쓘은 입시우리라⁵⁾ 】

---

3) 那ㆆ 字: 那(낭: 나) + ㆍㆆ(ㅡ의: 관조) # 자(字, 글자)

4) 唇音: 순음. 입술소리이다.

5) 입시우리라: 입시울[입술, 唇: 입(입, 口) + 시울(시울, 가장자리: 명사)] + ‒이(서조)‒ + ‒Ø(현시)‒ + ‒라(←‒다: 평종)

ㅂ는 입시울쏘리니 彆볋 字ᄍᆞᆼ 처ᅀᅥᆷ펴 아나는소리ᄀᆞᄐᆞ니 골ᄫᅡ쓰면 步뽕ㆆ 字ᄍᆞᆼ 처ᅀᅥᆷ펴아나는소리ᄀᆞᄐᆞ니라

ㅍ는 唇쓘音ㅎᆢᆷ 이니 如ᅀᅧ 漂푱ㅸ字ᄍᆞᆼ 初총 發벓 聲셩 ᄒᆞ니라

ㅍ는입시울쏘리니 漂푱ㅸ字ᄍᆞᆼ 처ᅀᅥᆷ 펴아나는소리ᄀᆞᄐᆞ니라

ㅂ은 입술소리니 彆(볋)의 字(자)가 처음 펴서 나는 소리와 같으니, 나란히 쓰면 步(뽕)의 字(자)가 처음 펴서 나는 소리와 같으니라.

ㅍ은 脣音(순음)이니 如漂ᄫ字初發聲(여표자초발성)하니라.

ㅍ은 입술소리니 漂(푱)의 字(자)가 처음 펴서 나는 소리와 같으니라.

ㅂ는 입시울쏘리니[6] 彆_볋 字_쫑[7] 처엄 펴아 나는 소리 ㄱᆮ니

글ᄫᅡ 쓰면 步_뽕ㆆ 字_쫑[8] 처엄 펴아 나ᄂᆞ 소리 ㄱᆮ니라

ㅍ는 脣_쓘音_{ᅙᅳᆷ}이니 如_{ᅀᅧ}漂_플ᄫᅡ字_쫑初_총發_벓聲_셩ᄒᆞ니라

ㅍᄂᆞ 입시울쏘리니 漂_플ᄫᅡ 字_쫑 처엄 펴아 나는 소리 ㄱᆮ니라

---

6) 입시울쏘리니: 입시울쏘리[입술소리, 脣音: 입(입, 口) + 시울(가장자리: 명사) + ㅅ(관조, 사
   잇) + 소리(소리, 音)] + -Ø(← -이-: 서조)- + -니(연어, 설명의 계속) ※ /ㄹ/ 아래에서 원칙
   적으로 쓰이는 관형격 조사는 'ㆆ'이다.

7) 彆字: 별자. '彆(볋)字(자)'에서 '볋'의 표기는 동국정운식 한자음의 표기법인 '이영보래(以影補
   來)'를 따른 것이다. 곧 종성이 /ㄹ/인 한자음을 훈민정음 글자로 적을 때에, 'ㄹ'의 옆에 'ㆆ'
   글자를 붙여서 적음으로써, 그 음절을 입성으로 발음하게 하는 표기법이다.

8) 步ㆆ 字: 步(보) + -ㆆ(-의: 관조) # 字(자, 글자)

[6 뒤]

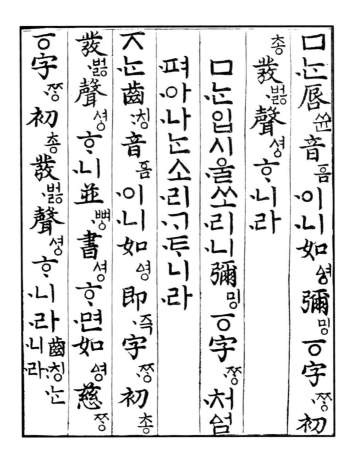

ㅁ은 脣音(순음)이니 如彌ㅎ字初發聲(여미자초발성)하니라.

　ㅁ은 입술소리니, 彌(밍)의 字(자)가 처음 펴서 나는 소리와 같으니라.

ㅈ은 齒音(치음)이니 如卽字初發聲(여즉자초발성)하니, 竝書(병서)하면 如慈
ㅎ字初發聲(여자자초발성)하니라.

ㅁᄂᆞᆫ 脣쓘音ᅙᅳᆷ이니 如ᅀᅧ彌밍ᅙ字ᄍᆞᆼ初총發벓聲셩ᄒᆞ니라

ㅁᄂᆞᆫ 입시울쏘리니 彌밍ᅙ 字ᄍᆞᆼ⁹⁾ 처ᅀᅥᆷ 펴아 나ᄂᆞᆫ 소리 ᄀᆞᆮᄐᆞ니라

ㅈᄂᆞᆫ 齒칭音ᅙᅳᆷ¹⁰⁾이니 如ᅀᅧ卽즉字ᄍᆞᆼ初총發벓聲셩ᄒᆞ니 並뼝書셩ᄒᆞ면 如ᅀᅧ慈ᄍᆞᆼᅙ字ᄍᆞᆼ初총發벓聲셩ᄒᆞ니라

---

9) 彌ᅙ 字: 彌(미) + ᅙ(-의: 관조) # 字(자, 글자)

10) 齒脣: 치음. 잇소리이다.

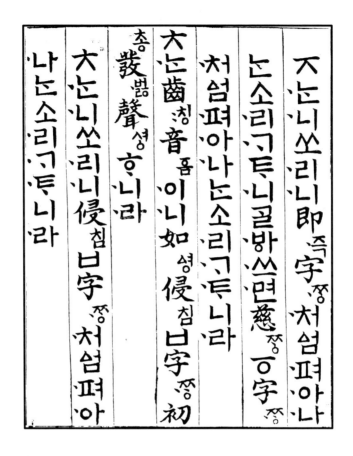

ㅈ은 잇소리니 即(즉)의 字(자)가 처음 펴서 나는 소리와 같으니, 나란히 쓰면 慈(쯩)의 字(자)가 처음 펴서 나는 소리와 같으니라.

ㅊ은 齒音(치음)이니 如侵ㅂ字初發聲(여침자초발성)하니라.

ㅊ은 잇소리니 侵(침)의 字(자)가 처음 펴서 나는 소리와 같으니라.

ㅈ는 니쏘리니[11] 即즉 字쭝 처엄 펴아 나는 소리 ㄱᄐ니 글방

쓰면 慈쭝ᅘ 字쭝 처엄 펴아 나는 소리 ㄱᄐ니라

ㅊ는 齒칭音흠이니 如셩侵침ㅂ字쭝初총發벓聲셩ᄒ니라

ㅊ는 니쏘리니 侵침ㅂ 字쭝 처엄 펴아 나는 소리 ㄱᄐ니라

---

11) 니쏘리니: 니쏘리[잇소리, 齒音: 니(이, 齒) + -ㅅ(관조, 사잇) + 소리(소리, 音)] + -∅(← -이-:
서조)- + -니(연어, 설명 계속) ※ 모음 아래에서 원칙적으로 쓰이는 관형격 조사는 'ᇂ'이다.

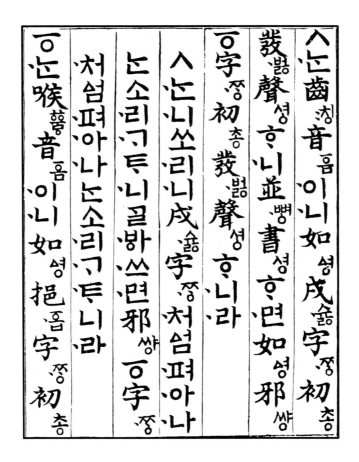

ㅅ는 齒音(치음)이니 如戌字初發聲(여술자초발성)하니, 並書(병서)하면 如邪
ㅎ字初發聲(여사자초발성)하니라.

　ㅅ은 잇소리니 戌(슗)의 字(쭝)가 처음 펴서 나는 소리와 같으니, 나란히 쓰
면 邪(썅)의 字(쭝)가 처음 펴서 나는 소리와 같으니라.

ㆆ는 喉音(후음)이니 如挹字初

ㅅ는 齒칭音흠이니 如셩戌슗字쫑初총發벓聲셩ᄒ니 並뼝書셩ᄒ면 如셩邪썅ᅙ字쫑初총發벓聲셩ᄒ니라

ㅅ는 니쏘리니 戌슗[12] 字쫑 처ᅀᅥᆷ 펴아 나는 소리 ᄀᆞ트니 글바 쓰면 邪썅ᅙ 字쫑 처ᅀᅥᆷ 펴아 나는 소리 ᄀᆞ트니라

ᅙ는 喉흫音흠[13]이니 如셩挹흡字쫑初총

---

12) 戌: 슗. '戌(슗)'에서 음절의 끝에 쓰인 'ᅙ' 글자는 동국정운식 한자음의 표기법에 쓰인 이른바 '이영보래(以影補來)'의 표기법을 따른 것이다.

13) 喉音: 후음. 목소리이다.

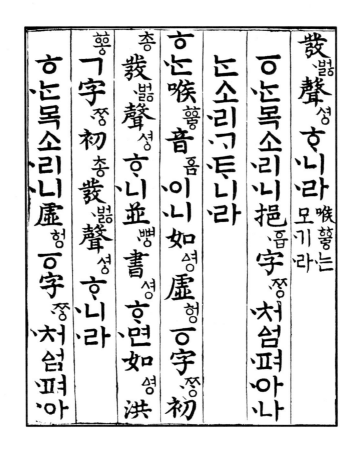

發聲(여읍자초발성)하니라. 【 喉(후)는 목이다. 】

ㆆ은 목소리니 挹(읍)의 字(자)가 처음 펴서 나는 소리와 같으니라.

ㅎ은 喉音(후음)이니 如虛ㅎ字初發聲(여허자초발성)하니, 竝書(병서)하면 如洪ㄱ字初發聲(여홍자초발성)하니라.

ㅎ은 목소리니 虛(형)의 字(자)가 처음 펴서

發벓聲셩ᄒᆞ니라【喉ᅘᅮᇂ는 모기라[14)]】

ㆆᄂᆞᆫ 목소리니 把ᄫᅡᆼ字ᄍᆞᆼ 처엄 펴아 나는 소리 ᄀᆞᄐᆞ니라

ㅎᄂᆞᆫ 喉ᅘᅮᇂ音ᅙᅳᆷ이니 如셩虛헝ㆆ字ᄍᆞᆼ初총發벓聲셩ᄒᆞ니 並뼝書셩ᄒᆞ면 如셩洪ᅘᅩᇰㄱ字ᄍᆞᆼ初총發벓聲셩ᄒᆞ니라

ㅎᄂᆞᆫ 목소리니 虛헝ㆆ 字ᄍᆞᆼ[15)] 처엄 펴아

나눈소리‧ᄀ‧ㅌ‧니 ᄀᆞᆯ‧ᄫᅡ‧ᄡᅳ‧면 洪ᅘᅩᆼㄱ字
쭝처ᅀᅥᆷ펴‧아나눈소리‧ᄀ‧ㅌ‧니라
ㆁ눈 喉ᅘᅮᇢ音ᅙᅳᆷ‧이니 如ᅀᅧᆼ欲‧욕字쭝 初총
發‧벓聲셩ᄒᆞ‧니라
ㆆ눈 목소리‧니 欲‧욕字쭝 처ᅀᅥᆷ펴‧아나
ㄹ눈 半‧반舌‧쎯音ᅙᅳᆷ‧이니 如ᅀᅧᆼ閭령ㆆ字

나는 소리와 같으니, 나란히 쓰면 洪(ᅘᅩᆼ)의 字(자)가 처음 펴서 나는 소리와 같으니라.

ㆆ은 喉音(후음)이니 如欲字初發聲(여욕자초발성)하니라.

　ㆆ은 목소리니 欲(욕)의 字(자)가 처음 펴서 나는 소리와 같으니라.

ㄹ은 半舌音(반설음)이니 如閭字

나ᄂᆞᆫ 소리 ᄀᆞᄐᆞ니 ᄀᆞᆯ바 쓰면 洪ᅘᅩᇰㄱ 字ᄍᆞᆼ 처ᅀᅥᆷ 펴아 나ᄂᆞᆫ 소리 ᄀᆞᄐᆞ니라

ㅇᄂᆞᆫ 喉ᅘᅮᇢ音ᅙᅳᆷ이니 如ᅀᅧᆼ欲욕字ᄍᆞᆼ初총發ᄇᆞᇙ聲셩ᄒᆞ니라

ㅇᄂᆞᆫ 목소리니 欲욕 字ᄍᆞᆼ 처ᅀᅥᆷ 펴아 나ᄂᆞᆫ 소리 ᄀᆞᄐᆞ니라

ㄹᄂᆞᆫ 半반舌쎠ᇙ音ᅙᅳᆷ[16]이니 如ᅀᅧᆼ閭려ᇰㆆ字ᄍᆞᆼ

16) 半舌音: 반설음. 반혓소리이다.

初發聲(여려자초발셩)하니라.

　ㄹ은 半(반)혓소리니 閭(령)의 字(자)가 처음 펴서 나는 소리와 같으니라.

△은 半齒音(반치음)이니 如穰ㄱ字初發聲(여양자초발셩)하니라.

　△은 반잇소리니 穰(샹)의 字(자)가 처음 펴서 나는 소리와 같으니라.

初_총發_벓聲_셩ᄒᆞ니라

ㄹᄂᆞᆫ 半_반혀쏘리니¹⁷⁾ 閭_령ㆆ 字_{ᄍᆞᆼ}¹⁸⁾ 처엄 펴아 나ᄂᆞᆫ 소리 ᄀᆞᆮᄐᆞ니라

ㅿᄂᆞᆫ 半_반齒_칭音_흠¹⁹⁾이니 如_셩穰_{ᄉᆉ}ㄱ字_{ᄍᆞᆼ}初_총發_벓聲_셩ᄒᆞ니라

ㅿᄂᆞᆫ 半_반니쏘리니²⁰⁾ 穰_{ᄉᆉ}ㄱ 字_{ᄍᆞᆼ}²¹⁾ 처엄 펴아 나ᄂᆞᆫ 소리 ᄀᆞᆮᄐᆞ니라

---

17) 半혀쏘리니: 半혀쏘리[반치음, 半齒音: 半(반) + 혀(혀, 舌) + -ㅅ(관조, 사잇) + 소리(소리, 音)]
   + -∅(←-이-: 서조)- + -니(연어, 설명의 계속)

18) 閭ㆆ 字: 閭(령: 려) + -ㆆ(-의: 관조) # 字(자, 글자)

19) 半齒音: 반치음. 반잇소리이다.

20) 半니쏘리니: 半혀쏘리[반치음, 半齒音: 半(반) + 니(이, 齒) + -ㅅ(관조, 사잇) + 소리(소리, 音)]
   + -∅(←-이-: 서조)- + -니(연어, 설명의 계속)

21) 穰ㆆ 字: 穰(ᄉᆉ: 양) + -ㆆ(-의: 관조) # 字(자, 글자)

·ᄂᆞᆫ 如 呑ᄐᆞᆫ ㄷ字ᄍᆞᆼ 中듕 聲셩 ᄒᆞ니라
【中듕은 가온ᄃᆡ라】

·ᄂᆞᆫ 呑ᄐᆞᆫ ㄷ字ᄍᆞᆼ 가온딧소리 ᄀᆞᄐᆞ니라

一ᄂᆞᆫ 如 卽즉 字ᄍᆞᆼ 中듕 聲셩 ᄒᆞ니라

一ᄂᆞᆫ 卽즉 字ᄍᆞᆼ 가온딧소리 ᄀᆞᄐᆞ니라

ㅣᄂᆞᆫ 如 侵침 ㅂ字ᄍᆞᆼ 中듕 聲셩 ᄒᆞ니라

·는 如呑ㄷ字中聲(여탄자중성)하니라. 【中(중)은 가운데이다.】

　·는 呑(탄)의 字(자) 가운뎃소리와 같으니라.

一는 如卽字中聲(여즉자중성)하니라.

　一는 卽(즉)의 字(자) 가운뎃소리와 같으니라.

ㅣ는 如侵ㅂ字中聲(여침자중성)하니라.

• 는 如셩呑툰ㄷ字쫑中듕聲셩ᄒᆞ니라【 中듕은 가온ᄃᆡ라[22] 】

　 • 는 呑툰ㄷ 字쫑[23] 가온딧소리 ᄀᆞᄐᆞ니라

ㅡ는 如셩卽즉字쫑中듕聲셩ᄒᆞ니라

　ㅡ는 卽즉 字쫑 가온딧소리[24] ᄀᆞᄐᆞ니라

ㅣ는 如셩侵침ㅂ字쫑中듕聲셩ᄒᆞ니라

---

22) 가온ᄃᆡ라: 가온ᄃᆡ(가운데, 中) + -Ø(서조)- + -Ø(현시)- + -라(←-다: 평종) ※ '가온ᄃᆡ'를 [가
　온(中: 접두)- + ᄃᆡ(데, 處: 의명]으로 분석하기도 한다(허웅 1975: 143). 그리고 '가온ᄃᆡ'는
　'가ᄫᆞᆫᄃᆡ'로 표기되기도 했다.

23) 呑ㄷ字: 呑(툰: 탄) + -ㄷ(관조, 사잇) # 字(자, 글자)

24) 가온딧소리: 가온딧소리[가운뎃소리, 中聲: 가온ᄃᆡ(가운데, 中) + -ㅅ(관조, 사잇) + 소리(소리,
　音)] + -Ø(←-이: -와, 부조, 비교)

ㅣ 는 侵(침)의 字(자) 가운뎃소리와 같으니라.

ㅗ 는 如洪ㄱ字中聲(여홍자중성)하니라.

  ㅗ 는 洪(홍)의 字(자) 가운뎃소리와 같으니라.

ㅏ 는 如覃ㅂ字中聲(여담자중성)하니라.

  ㅏ 는 覃(땀)의 字(자) 가운뎃소리와 같으니라.

ㅣ 는 侵침ㅂ 字쭝 가온딧소리 ㄱ트니라

ㅗ 는 如셩洪홍ㄱ字쭝中듕聲셩ᄒᆞ니라

　ㅗ 는 洪홍ㄱ 字쭝25) 가온딧소리 ㄱ트니라

ㅏ 는 如셩覃땀ㅂ字쭝中듕聲셩ᄒᆞ니라

　ㅏ 는 覃땀ㅂ 字쭝26) 가온딧소리 ㄱ트니라

---

25) 洪ㄱ 字: 洪(홍, 홍) + -ㄱ(-의: 관조) # 字(자, 글자)
26) 覃ㅂ 字: 覃(땀, 담) + -ㅂ(-의: 관조) # 字(자, 글자)

ㅜ 는 如君ㄷ字中聲(여군자중성)하니라

　　ㅜ 는 君(군)의 字(자) 가운뎃소리와 같으니라.

ㅓ 는 如業字中聲(여업자중성)하니라.

　　ㅓ 는 業(업)의 字(자) 가운뎃소리와 같으니라.

ㅛ 는 如欲字中聲(여욕자중성)하니라

ㅜ는 如ᅀᅧᆼ君군ㄷ字짱中듀ᇰ聲ᄻᅵᆼᄒᆞ니라

ㅜ는 君군ㄷ 字짱²⁷⁾ 가온ᄃᆞᆫ소리 ᄀᆞᄐᆞ니라

ㅓ는 如ᅀᅧᆼ業업字짱中듀ᇰ聲ᄻᅵᆼᄒᆞ니라

ㅓ는 業업 字짱 가온ᄃᆞᆫ소리 ᄀᆞᄐᆞ니라

ㅛᄂᆞ 如ᅀᅧᆼ欲욕字짱中듀ᇰ聲ᄻᅵᆼᄒᆞ니라

---

27) 君ㄷ 字: 君(군) + -ㄷ(-의: 관조) # 字(자, 글자)

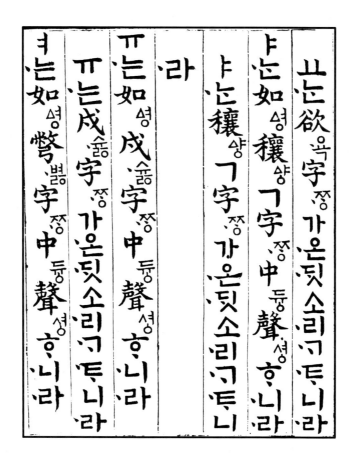

ㅛ는 欲(욕)의 字(자) 가운뎃소리와 같으니라.

ㅑ는 如穰ㄱ字中聲(여양자중성)하니라.

ㅑ는 穰(샹)의 字(자) 가운뎃소리와 같으니라.

ㅠ는 如戌字中聲(여술자중성)하니라.

ㅠ는 戌(슗)의 字(자) 가운뎃소리와 같으니라.

ㅕ는 如彆字中聲(여별자중성)하니라.

ㅛ는 欲욕 字쭝 가온딧소리 フ트니라

ㅑ는 如ᅀᅧ穰샹ㄱ字쭝中듕聲셩ᄒᆞ니라

ㅑ는 穰샹ㄱ 字쭝 가온딧소리 フ트니라

ㅠ는 如ᅀᅧ戌슗字쭝中듕聲셩ᄒᆞ니라

ㅠ는 戌슗 字쭝 가온딧소리 フ트니라

ㅕ는 如ᅀᅧ彆볋字쭝中듕聲셩ᄒᆞ니라

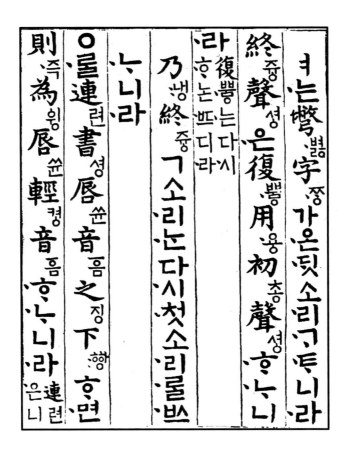

ㅕ는 彆(볋)의 字(자) 가운뎃소리와 같으니라.

終聲(종성)은 復用初聲(부용초성)하느니라.【復(부)는 '다시'라고 하는 뜻이다.】

　나중의 소리는 다시 첫소리를 쓰느니라.

ㅇ를 連書脣音之下(연서순음지하)하면　則爲脣輕音(즉위순경음)하느니라.【連(련)은

ㅕ는 彆_볋字_쫑[28] 가온딧소리 ㄱ트니라

終_즁聲_셩 復_뿧用_용初_총聲_셩ㅎㄴ니라【復_뿧는 다시 ㅎ논[29] 쁘디라[30]】

乃_냉終_즁ㄱ[31] 소리는 다시 첫 소리를[32] 쁘ㄴ니라[33]

ㅇ를 連_련書_셩脣_쓘音_흠之_징下_행ㅎ면 則_즉爲_윙脣_쓘輕_켱音_흠ㅎㄴ니라【連_련은

---

28) 彆_볋子_쫑: '彆(볋)'에서 '볋'의 표기는 동국정운식 한자음의 표기법에 쓰인 '이영보래(以影補來)'의 표기법을 따른 것이다.

29) ㅎ논: ㅎ(하다, 曰)- + -ㄴ(← -ㄴ-: 현시)- + -오(대상)- + -ㄴ(관전)

30) 쁘디라: 뜬(뜻, 意) + -이(서조)- + -Ø(현시)- + -라(← -다: 평종)

31) 乃終ㄱ: 乃終(내종, 나중) + -ㄱ(-의: 관조)

32) 첫 소리를: 첫(첫, 初: 관사, 서수) # 소리(소리, 聲) + -를(목조)

33) 쁘ㄴ니라: 쁘(쓰다, 사용하다, 用)- + -ㄴ(현시)- + -니(원칙)- + -라(← -다: 평종)

슬씨라 下ᅘᅡᆼᄂᆞᆫ 아래라 則즉은 아ᄆᆞ리ᄒᆞ면 ᄒᆞᄂᆞᆫ 겨체 쓰ᄂᆞᆫ 字ᄍᆞᆼᅵ라 爲윙ᄂᆞᆫ 두욀 ᄲᅵ씨라 輕켱은 가ᄇᆡ야ᄫᆞᆫ 씨라

○ᄅᆞᆯ 입시울쏘리 아래 니ᅀᅥ 쓰면 입시울 가ᄇᆡ야ᄫᆞᆫ 소리 ᄃᆞ외ᄂᆞ니라

初총聲셩ᄋᆞᆯ 合ᄒᆞᆸ用용ᄒᆞᇙ디면 則즉 並ᄈᅟᆼ書셩ᄒᆞ라 終즁聲셩도 同뚱ᄒᆞ니라 合ᅘᆞᆸ은 어울 씨라 同뚱은 ᄒᆞᆫ가지라 ᄒᆞᄂᆞᆫ ᄠᅳ디라

잇는 것이다. 下(하)는 아래이다. 則(즉)은 '아무리 하면'이라고 하는 토(어조사)에 쓰는 字(자)이다. 爲(위)는 되는 것이다. 輕(경)은 가벼운 것이다. 】

ㅇ를 입술소리 아래 이어 쓰면 입술 가벼운 소리가 되느니라.

初聲(초성)을 合用(합용)할 것이면, 則並書(즉병서)하라. 終聲(종성)도 同(동)하니라. 【 合(합)은 어울리는 것이다. 同(동)은 '한가지이다'라고 하는 뜻이다. 】

니슬 씨라[34) 下행는 아래라[35) 則즉은 아무리 호면[36) 호는 겨체 쓰는 字쭝ㅣ
라 爲윙는 두욀[37) 씨라 輕켱은 가비야볼[38) 씨라 】

ㅇ를 입시울쏘리[39) 아래 니서[40) 쓰면 입시울 가비야ᄫᆞᆫ[41) 소리[42) 드
외ᄂ니라[43)

初총聲셩을 合협用용 디면 則즉並뼝書셩호라 終즁聲셩도 同똥호니라 【合
협은 어울 씨라[44) 同똥은 호가지라[45) 호논 쁘디라 】

---

34) 니슬 씨라: 닝(← 닛다, ㅅ불: 잇다, 連)- + -을(관전) # 씨(← ᄉ: 것, 의명) + -이(서조)- + -Ø
(현시)- + -라(← -다: 평종)

35) 아래라: 아래(아래, 下) + -Ø(← -이-: 서조)- + -Ø(현시)- + -라(← -다: 평종)

36) 아무리 호면: 아무리(아무렇게: 부사, 지시, 부정칭) # 호(하다, 爲)- + -면(연어, 조건) ※ '아무리
호면'은 조건을 나타내는 어조사 '則'의 기능을 연결 어미인 '-면'으로 표현한 말이다.

37) 두욀: 두외(되다, 爲)- + -ㄹ(관전)

38) 가비야볼: 가비얍(← 가비얍다, ㅂ불: 가볍다, 輕)- + -을(관전)

39) 입시울쏘리: [입술소리: 입(입, 口) + 시울(시울, 가장자리: 명사) + -ㅅ(관조, 사잇) + 소리(소리, 聲)]

40) 니서: 닝(← 닛다, ㅅ불: 잇다, 連)- + -어(연어)

41) 가비야ᄫᆞᆫ: 가비얍(← 가비얍다, ㅂ불: 가볍다, 輕)- + -Ø(현시)- + -은(관전)

42) 소리: 소리(소리, 音) + -Ø(← -이: 보조)

43) 두외ᄂ니라: 두외(← 두욀다: 되다, 爲)- + -ᄂ(현시)- + -니(원칙)- + -라(← -다: 평종)

44) 어울 씨라: 어우(← 어울다: 어울리다, 합해지다, 合)- + -ㄹ(관전) # 씨(← ᄉ: 것, 의명) + -이
(서조)- + -Ø(현시)- + -라(← -다: 평종)

45) 호가지라: 호가지[한가지, 같은 것, 同(명사): 호(한, 一: 관사, 양수) + 가지(가지, 類: 의명)] +
-Ø(서조)- + -Ø(현시)- + -라(← -다: 평종)

첫소리를 어울러 쓸 것이면 (옆으로) 나란히 쓰라. 나중 소리도 한가지라.

·ㅡㅗㅜㅛㅠ은 附書初聲之下(부서초성지하)하고【附(부)는 붙은 것이다.】

　·와 ㅡ와 ㅗ와 ㅜ와 ㅛ와 ㅠ는 첫소리 아래 붙여 쓰고

ㅣㅏㅓㅑㅕ는 附書於右(부서어우)하라.

　ㅣ와 ㅏ와 ㅓ와 ㅑ와 ㅕ는 오른쪽에 붙여 쓰라.

첫 소리를 어울워[46] 뿛[47] 디면[48] 글바 쓰라[49] 乃냉終즁ㄱ[50] 소리도 ᄒᆞ가지라[51]

· ㅡ ㅗ ㅜ ㅛ ㅠ란 附뽕書셩初총聲셩之징下행ᄒᆞ고【附뽕는 브틀 씨라[52]】

·와 ㅡ와 ㅗ와 ㅜ와 ㅛ와 ㅠ와란[53] 첫소리 아래 브텨[54] 쓰고

ㅣ ㅏ ㅓ ㅑ ㅕ란 附뽕書셩於헝右ᅌᅮᆯᄒᆞ라

---

46) 어울워: 어울우[어우르다: 어울(어울리다, 合: 자동)- + -우(사접)-]- + -어(연어)

47) 뿛: ㅳ(← ᄡᅳ다: 쓰다, 사용하다, 用)- + -우(대상)- + -ᅙ(관전)

48) 디면: ㄷ(← ᄃᆞ: 것, 의명) + -이(서조)- + -면(연어, 조건)

49) 글바 쓰라: 굷[← 굷다, ㅂ불(나란히 하다): 굷(갈피, 겹, 重: 명사) + -Ø(동접)-]- + -아(연어) # 쓰(쓰다, 書)- + -라(명종, 낮춤)

50) 乃終ㄱ: 乃終(냉즁, 내종: 나중) + -ㄱ(-의: 관조)

51) ᄒᆞ가지라: ᄒᆞ가지[한가지, 마찬가지, 同: ᄒᆞᆫ(한, 一: 관사) # 가지(가지, 類: 의명)] + -Ø(← -이-: 서조)- + -Ø(현시)- + -라(← -다: 평종)

52) 브틀 씨라: 븥(붙다, 附)- + -을(관전) # 쓰(← ᄉᆞ: 것, 의명) + -이(서조)- + -Ø(현시)- + -라(← -다: 평종)

53) ㅠ와란: ㅠ(명사) + -와(접조) + -란(-는: 보조사, 대조)

54) 브텨: 브티[붙이다(附着): 븥(붙다, 附: 자동)- + -이(사접)-]- + -어(연어)

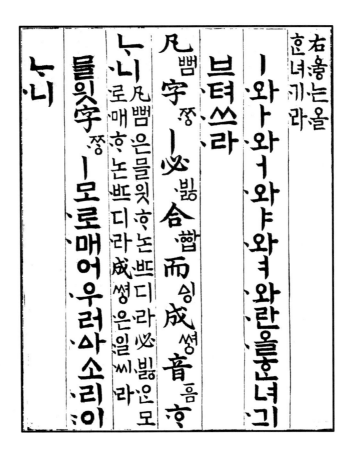

【右(우)는 오른쪽이다. 】

ㅣ와 ㅏ와 ㅓ와 ㅑ와 ㅕ는 오른쪽에 붙여 쓰라.

凡字(범자)가 必合而成音(필합이성음)하나니【凡(범)은 '무릇'이라고 하는 뜻이다. 必(필)은 '모름지기'라고 하는 뜻이다. 成(성)은 이루어지는 것이다. 】

무릇(모든) 글자는 반드시 어울려야 소리가 이루어지느니.

【右_:는 올흔녀기라⁵⁵⁾】

ㅣ와 ㅏ와 ㅓ와 ㅑ와 ㅕ와란⁵⁶⁾ 올흔녀긔⁵⁷⁾ 브텨⁵⁸⁾ 쓰라

凡_뻠字_쫑ㅣ 必_빓合_합而_싱成_쎵音_흠ㅎㄴ니【凡_뻠은 믈윗⁵⁹⁾ ㅎ논 ㄸ디라 必_빓은 모로매⁶⁰⁾ ㅎ논 ㄸ디라 成_쎵은 일 씨라⁶¹⁾】

믈윗 字_쫑ㅣ⁶²⁾ 모로매⁶³⁾ 어우러사⁶⁴⁾ 소리⁶⁵⁾ 이ᄂ니⁶⁶⁾

---

55) 올흔녀기라: 올흔녁[오른쪽, 右: 옳(옳다, 是: 형사)- + -은(관전▷관접) + 녁(녁, 쪽: 의명)] + -이(서조)- + -Ø(현시)- + -라(← -다: 평종)

56) ㅕ와란: ㅠ(ㅠ: 명사) + -와(접조) + -란(-는: 보조사, 대조)

57) 올흔녀긔: 올흔녁[오른쪽, 右: 옳(옳다, 是: 형사)- + -은(관전▷관접) + 녁(녁, 쪽: 의명)] + -의(-에: 부조, 위치) ※ '옳다'는 '是'의 뜻을 나타내는 형용사인데, '올흔녁'의 '올흔'은 '右'의 뜻을 나타낸다. 따라서 '올흔'을 형용사에서 파생된 관형사로 처리하였다.

58) 브텨: 브티[붙이다: 븥(붙다, 附: 자동)- + -이(사접)-]- + -어(연어)

59) 믈윗: ① 무릇, 대체로 보아서, 凡(부사) ② 모든, 全(관사)

60) 모로매: 반드시, 必(부사)

61) 일 씨라: 일(이루어지다, 成)- + -ㄹ(관전) # 씨(← ᄉ: 것, 의명) + -이(서조)- + -Ø(현시)- + -라(← -다: 평종)

62) 字ㅣ: 字(자, 글자) + -ㅣ(← -이: 주조)

63) 모로매: 반드시, 모름지기, 必(부사)

64) 어우러사: 어울(어울리다, 合)- + -어사(-어야: 연어, 필연적 조건) ※ '-아사/-어사'는 연결 어미인 '-아/-어'에 보조사 '-사'가 붙어서 형성된 연결 어미이다.

65) 소리: 소리(소리, 音) + -Ø(← -이: 주조)

66) 이ᄂ니: 이(← 일다: 이루어지다, 成)- + -ᄂ(현시)- + -니(연어, 설명의 계속)

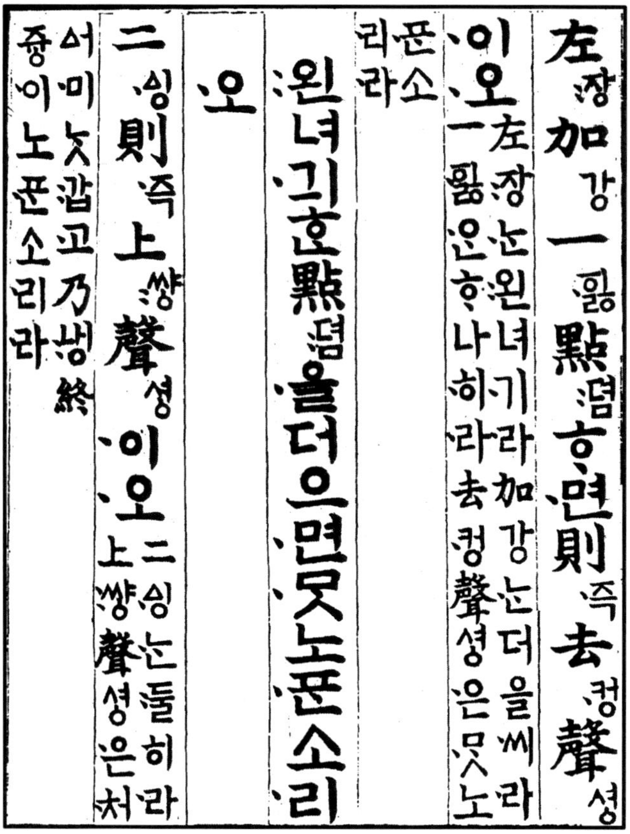
左장加강一ᅙᅵᇙ點뎜ᄒᆞ면則즉去컹聲셩이오 左장ᄂᆞᆫ 왼녀기라 加강ᄂᆞᆫ 더을씨라 一ᅙᅵᇙ은 ᄒᆞ나히라 去컹聲셩은 ᄆᆞᆺ노ᄑᆞᆫ소리라
왼녀긔ᄒᆞᆫ點뎜을더으면ᄆᆞᆺ노ᄑᆞᆫ소리오
二ᅀᅵᆼ則즉上썅聲셩이오 二ᅀᅵᆼᄂᆞᆫ 둘히라 上썅聲셩은 처ᅀᅥ미 ᄂᆞᆽ갑고 乃냉終즁이 노ᄑᆞᆫ소리라

左加一點(좌가일점)하면 則去聲(즉거성)이요【左(좌)는 왼쪽이다. 加(가)는 더하는 것이다. 一(일)은 하나이다. 去聲(거성)은 가장 높은 소리이다.】

왼쪽에 한 點(점)을 더하면 가장 높은 소리요

二則上聲(이즉상성)이요【二(이)는 둘이다. 上聲(상성)은 처음이 낮고 乃終(내종, 나중)이 높은 소리이다.】

左장加강一힗點뎜ᄒ면 則즉去컹聲셩이오【左장ᄂᆞᆫ 왼녀기라[67] 加강ᄂᆞᆫ 더을 씨라[68] 一힗은 ᄒᆞ나히라[69] 去컹聲셩은 ᄆᆞᆺ[70] 노ᄑᆞᆫ 소리라】

왼녀긔[71] ᄒᆞᆫ 點뎜을 더으면 ᄆᆞᆺ 노ᄑᆞᆫ 소리오

二ᅀᅵᆼ則즉上썅聲셩이오【二ᅀᅵᆼᄂᆞᆫ 둘히라[72] 上썅聲셩은 처서미[73] ᄂᆞᆺ갑고[74] 乃냉終즁이[75] 노ᄑᆞᆫ 소리라】

---

67) 왼녀기라: 왼녁[왼쪽, 左: 외(그르다, 誤: 형사)- + -ㄴ(관전▷관접) + 녁(녘, 쪽: 의명)] + -이(서조)- + -∅(현시)- + -라(←-다: 평종) ※ '외다'는 '그르다(誤)'의 뜻인데 '왼'은 '左'의 방향을 나타낸다. 따라서 '왼'은 형용사에서 파생된 관형사로 처리한다.

68) 더을 씨라: 더으(더하다, 加)- + -ㄹ(관전) # ᄊ(← ᄉ: 것, 의명) + -이(서조)- + -∅(현시)- + -라(←-다: 평종)

69) ᄒᆞ나히라: ᄒᆞ나ㅎ(하나, 一: 수사, 양수) + -이(서조)- + -∅(현시)- + -라(←-다: 평종)

70) ᄆᆞᆺ: 제일, 가장, 最(부사)

71) 왼녀긔: 왼녁[왼쪽, 左: 외(외다, 誤: 형사)- + -ㄴ(관전▷관접) + 녁(녘, 쪽: 의명)] + -의(-에: 부조, 위치)

72) 둘히라: 둘ㅎ(둘, 二: 수사, 양수)- + -이(서조)- + -∅(현시)- + -라(←-다: 평종)

73) 처서미: 처섬[처음, 初(명사): 첫(← 첫: 첫, 관사) + -엄(명접)] + -이(주조)

74) ᄂᆞᆺ갑고: ᄂᆞᆺ갑[낮다, 低: ᄂᆞᆺ(← ᄂᆞᆽ다: 낮다, 低, 형사)- + -갑(형접)-]- + -고(연어, 나열, 대조)

75) 乃終이: 乃終(내종, 나중) + -이(주조)

點(점)이 둘이면 上聲(상성)이요

無則平聲(무즉평성)이오【 無(무)는 없는 것이다. 平聲(평성)은 가장 낮은 소리다. 】

點(점)이 없으면 平聲(평성)이요

入聲(입성)은 加點(가점)이 同而促急(동이촉급)하니라【入聲(입성)은 빨리 끝나는 소리다. 促急(촉급)은 빠른 것이다. 】

入聲(입성)은 점(點)을 더하는 것은 한가지이되

點뎜이 둘히면[76] 上썅聲셩이오[77]

無뭉則즉平뼝聲셩이오【無뭉는 업슬 씨라 平뼝聲셩은 뭇 눗가본[78] 소리라[79]】

點뎜이 업스면 平뼝聲셩이오

入십聲셩은 加강點뎜이 同똥而ᅀᅵ促촉急급ᄒ니라【入십聲셩은 샐리[80] 긋듣
는[81] 소리라 促촉急급은 샌룰 씨라[82]】

入십聲셩은 點뎜 더우믄[83] 흔가지로ᄃᆡ[84]

---

76) 둘히면: 둘ㅎ(둘, 二: 수사, 양수) + -이(서조)- + -면(연어, 조건)

77) 上聲이오: 上聲(상성) + -이(서조)- + -오(←-고: 연어, 나열)

78) 눗가본: 눗갈[← 눗갑다, ㅂ불(낮다, 低): 눗(← 눗다: 낮다, 低, 형사)- + -갑(형접)-]- + -은(관전)

79) 소리라: 소리(소리, 聲) + -∅(서조)- + -∅(현시)- + -라(←-다: 평종)

80) 샐리: [빨리(부사): 샐ᄅ(← 샌룹다: 빠르다, 急, 형사)- + -이(부접)]

81) 긋듣는: 긋듣[그치다, 끝나다, 止: 긋(← 긏다: 끊어지다, 斷)- + 듣(닫다, 달리다, 走)-]- + -ᄂ(현시)- + -ㄴ(관전)

82) 샌룰 씨라: 샌ᄅ(빠르다, 急)- + -ㄹ(관전) # 씨(← 스: 것, 의명) + -이(서조)- + -∅(현시)- + -라(←-다: 평종)

83) 더우믄: 더(← 더으다: 더하다, 加)- + -움(명전) + -은(보조사, 주제, 대조)

84) 흔가지로ᄃᆡ: 흔가지[한가지, 同(명사): 흔(한, 一: 관사, 양수) + 가지(가지, 類: 의명)] + -∅(←-이-: 서조)- + -로ᄃᆡ(←-오ᄃᆡ: -되, 연어, 설명의 계속)

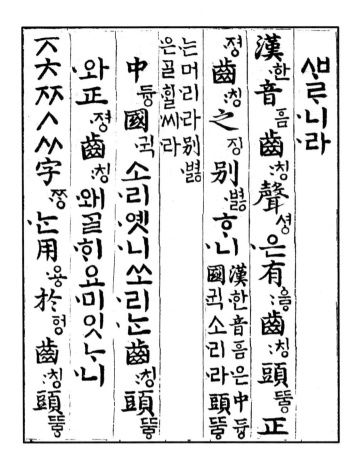

빠르니라.

漢音齒聲(한음치성)은 有齒頭正齒之別(유치두정치지별)하니【漢音(한음)은 中
國(중국) 소리이다. 頭(두)는 머리이다. 別(별)은 구별하는 것이다. 】

중국 소리에 있는 잇소리는 齒頭(치두)와 正齒(정치)를 구별함이 있으니

ㅈㅊㅉㅅㅆ 字(자)는 用於齒頭(용어치두)

샌ᄅ니라[85]

漢_한音_{ᅙᅳᆷ}齒_칭聲_셩은 有_{ᅌᅮᇂ}齒_칭頭_뚷正_졍齒_칭之_징別_볋ᄒᆞ니【漢_한音_{ᅙᅳᆷ}은 中_듕國_귁
소리라 頭_뚷는 머리라 別_볋은 글힐[86] 씨라】

中_듕國_귁 소리옛[87] 니쏘리ᄂᆞᆫ 齒_칭頭_뚷와[88] 正_졍齒_칭왜[89] 글히요미[90]
잇ᄂᆞ니

ᅎ ᅔ ᅏ ᄼ ᄽ 字_{ᄍᆞᆼ}ᄂᆞᆫ 用_{ᅭᆼ}於_{ᅙᅥᆼ}齒_칭頭_뚷

---

85) 샌ᄅ니라: 샌ᄅ(빠르다, 急)- + -Ø(현시)- + -니(원칙)- + -라(←-다: 평종)

86) 글힐: 글히(가리다, 구분하다, 選)- + -ㄹ(관전)

87) 소리옛: 소리(소리, 音) + -예(←-에: 부조, 위치) + -ㅅ(-의: 관조)

88) 齒頭와: 齒頭(치두) + -와(접조) ※ '齒頭音(치두음)'은 중국어에서 혀끝을 윗니 뒤에 가까이 하고 내는 치음(齒音)의 하나이다.

89) 正齒왜: 正齒(정치) + -와(접조) + -ㅣ(←-이: 주조) ※ '正齒音(정치음)'은 중국어에서 혀를 말아 아래 잇몸에 가까이 하고 내는 치음(齒音)의 하나이다. 권설음(捲舌音)에 해당한다. 그리고 '齒頭와 正齒왜 글히요미'는 타동사의 서술어인 '글히다'와의 격 관계를 감안하여 '齒頭와 正齒를 구별함'이로 의역하여 옮긴다.

90) 글히요미: 글히(가리다, 구분하다, 選)- + -욤(←-옴: 명전) + -이(주조)

[15 앞]

하고【 이 소리는 우리나라의 소리에서 엷으니 혀끝이 윗니의 머리에 닿느니라. 】

　　ㅈ ㅊ ㅉ ㅅ ㅆ 字(자)는 齒頭(치두) 소리에 쓰고

ㅈ ㅊ ㅉ ㅅ ㅆ 　字(자)는 用於正齒(용어정치)하나니【 이 소리는 우리 나라의 소리에서 두터우니 혀끝이 아랫잇몸에 닿느니라. 】

　　ㅈ ㅊ ㅉ ㅅ ㅆ 　字(자)는 正齒(정치)의 소리에

ㅎ고【이 소리ᄂᆞᆫ 우리 나랏 소리예셔[91] 열ᄫᆞ니[92] 혓그티[93] 웃닛[94] 머리예 다ᄔᆞ니라[95]】

ㅈㅊㅉㅅㅆ 字ᄍᆞᆼᄂᆞᆫ 齒칭頭뚤ㅅ 소리예 쓰고

ㅈㅊㅉㅅㅆ 字ᄍᆞᆼᄂᆞᆫ 用용於ᅙᅥᆼ正졍齒칭ᄒᆞᄂᆞ니【이 소리ᄂᆞᆫ 우리 나랏 소리예셔 두터ᄫᆞ니[96] 혓그티 아랫[97] 닛므유메[98] 다ᄔᆞ니라】

ㅈㅊㅉㅅㅆ 字ᄍᆞᆼᄂᆞᆫ 正졍齒칭ㅅ 소리예

---

91) 소리예셔: 소리(소리, 音) + -예(←-에: 부조, 위치, 비교) + -셔(-서: 보조사, 위치 강조) ※ 여기서 '-예셔(←-에셔)'는 문맥상 비교의 뜻을 나타내므로 '-보다'로 의역할 수 있다.

92) 열ᄫᆞ니: 엷(← 엶다, ㅂ불: 엶다, 薄)- + -ᄋᆞ니(연어, 이유)

93) 혓그티: 혓긑[혀끝, 舌端: 혀(혀, 舌) + -ㅅ(-의: 관조, 사잇) + 긑(끝, 端)] + -이(주조)

94) 웃닛: 웃니[윗니: 우(← 우ㅎ: 위, 上) + -ㅅ(관조, 사잇) + 니(이, 齒)] + -ㅅ(-의: 관조)

95) 다ᄔᆞ니라: 단(← 닫다 ← 닿다: 닿다, 接)- + -ᄂᆞ(현시)- + -니(원칙)- + -라(←-다: 평종) ※ '다ᄔᆞ니라'는 '닿ᄂᆞ니라 → 닫ᄂᆞ니라 → 단ᄂᆞ니라/다ᄔᆞ니라'로 변동한 형태로 보이는데, 이는 평파열음화와 비음화의 변동 현상이 연속적으로 일어난 결과이다.

96) 두터ᄫᆞ니: 두텁(← 두텁다, ㅂ불: 두텁다, 厚)- + -ᄋᆞ니(연어, 설명의 계속)

97) 아랫: 아래(아래, 下) + -ㅅ(-의: 관조)

98) 닛므유메: 닛므윰[잇몸, 齒莖: 니(이, 齒) + -ㅅ(관조, 사잇) + 므윰(몸, 莖)] + -에(부조, 위치)

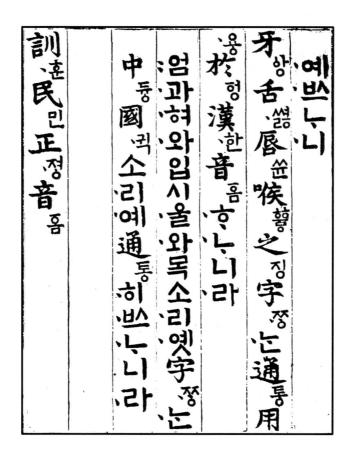

쓰나니

牙舌脣喉之字(아설순후지자)는 通用於漢音(통용어한음)하느니라.

　어금니와 혀와 입술과 목소리의 字(자)는 中國(중국)의 소리에 두루 쓰느니라.

訓民正音(훈민정음)

쓰ᄂᆞ니[99]

牙ᅌᅡ舌쎯唇쓘喉ᅙᅮᇢ之징字쫑ᄂᆞᆫ 通통用용於ᅙᅥᆼ漢한音ᅙᅳᆷᄒᆞᄂᆞ니라

엄과[100] 혀와 입시울와 목소리옛[1] 字쫑ᄂᆞᆫ 中듀ᇰ國귁 소리예 通통히[2] 쓰ᄂᆞ니라[3]

訓훈民민正졍音ᅙᅳᆷ

---

99) 쓰ᄂᆞ니: 쓰(쓰다, 用)- + -ᄂᆞ(현시)- + -니(연어, 설명의 계속)

100) 엄과: 엄(어금니, 牙) + -과(접조)

1) 목소리옛: 목소리[후음(喉音): 목(목, 喉) + 소리(소리, 音)] + -예(← -에: 부조, 위치) + -ㅅ(-의: 관조)

2) 通히: [두루, 통하게(부사): 通(통: 불어) + -ᅙ(← -ᅙ-: 동접)- + -이(부접)]

3) 쓰ᄂᆞ니라: 쓰(쓰다, 用)- + -ᄂᆞ(현시)- + -니(원칙)- + -라(← -다: 평종)

팔상도[*]

　'팔상(八相)'은 부처가 중생을 제도하려고 이 세상에 나타내 보인 여덟 가지 모습(相, 상)이다. 대승 불교에서는 '종도솔천퇴상(從兜率天退相), 입태상(入胎相), 주태상(住胎相), 출태상(出胎相), 출가상(出家相), 성도상(成道相), 전법륜상(轉法輪相), 입열반상(入涅槃相)'을 팔상이라고 이른다.

　이러한 팔상을 그림으로 표현한 것이 '팔상도(八相圖)'이다. 팔상도는 매 그림마다 제목을 달아서 그림의 내용을 쉽게 이해할 수 있게 하였다. 곧, 부처가 도솔천에서 내려오는 '도솔래의상(兜率來儀相)', 룸비니동산에서 탄생하는 '비람강생상(毘藍降生相)', 사문(四門)에 나가 세상을 보는 '사문유관상(四門遊觀相)', 성을 넘어 출가하는 '유성출가상(踰城出家相)', 설산에서 수도하는 '설산수도상(雪山修道相)', 보리수 아래에서 마귀의 항복을 받는 '수하항마상(樹下降魔相)', 녹야원에서 첫 설교를 하는 '녹원전법상(鹿苑轉法相)', 사라쌍수 아래에서 열반에 드는 '쌍림열반상(雙林涅槃相)'의 8장면이다. 보통은 이러한 8장면을 한 폭으로 그려서 전체를 여덟 폭으로 그림을 구성하지만, 한 폭에 두 상씩 묶어서 그리기도 한다.

　팔상도는 석가모니가 열반에 든 지 약 백여 년 후부터 만들어진 것으로 알려져 있다. 처음에는 네 장면뿐이었으나 대승불교에서 여덟 장면으로 분화되었다고 한다. 우리나라에서는 대개 『불본행집경(佛本行集經)』의 설을 참고하여 팔상도를 제작하였는데, 『법화경(法華經)』을 숭신(崇信)하는 사람들에 의하여 그 사상(事相)이 묘사되어 왔다. 팔상도는 절에서 팔상전(八相殿)이나 영산전(靈山殿)에 탱화(幀畵)로 많이 전해진다.

　『월인석보』에 실린 팔상도는 우리나라에 제작된 팔상도의 원류가 되는데, 『월인석보』권 1, 2에 첨부되어 있는 팔상도는 하나의 상을 두 폭의 그림으로 묘사했다. 참고로 『월인석보』권 1, 2에는 팔상도 중에서 여덟 번째인 '쌍림열반상(雙林涅槃相)'이 빠져 있는 것이 특징이다. 이에 반해서 『월인석보』 9, 10에 실려 있는 팔상도에는 '쌍림열반상'을 포함하고 있다

---

[*] '팔상도'에 관한 해제는 『표준국어대사전』, 『한국민족문화대백과』, 『원불교사전』, 『한국불교대사전』, 『불교상식백과』, 『시공불교사전』의 내용을 참조하였다.

* '도솔래의상(兜率來儀相)'은 석가모니가 탄생을 위하여 도솔천을 떠나 흰코끼리를 타고 북인도의 가비라(카필라) 왕궁을 향하고 있는 모습이다.

[毘藍降生]

* '비람강생상(毘藍降生相)'은 마야(摩耶)부인이 산달을 맞아 친정으로 가던 도중에 산기가 있어
  룸비니 동산에서 싯다르타 태자를 낳는 모습이다. 싯다르타 태자는 부인의 오른쪽 옆구리로 출
  생하였다.

[四門遊觀]

* '사문유관상(四門遊觀相)'은 싯다르타 태자가 도성의 성문을 나가 노인과 아픔을 호소하는 병
  자, 죽어 실려 나가는 시체를 동, 서, 남문에서 본다. 한편 북문에서는 출가하는 사문(沙門)을
  만나서 출가를 결심하는 그림이다.

[逾城出家]

---

* '유성출가상(踰城出家相)'은 싯다르타 태자가 29세 되던 해에 사랑하는 처자와 왕위를 계승할
  태자의 자리를 버리고 성을 떠나 출가하는 모습이다.

[雪山修道]

* '설산수도상(雪山修道相)'은 싯다르타 태자가 6년 동안 갖은 고행을 겪으며 스승을 찾아다니다가, 스승은 밖에 있지 않고 자기 안에 있음을 깨달아서 붓다가야의 보리수 아래에서 선정(禪定)에 들어가는 모습이다.

[樹下降魔]

* '수하항마상(樹下降魔相)'은 싯다르타 태자가 선정(禪定)에 들어가 갈등이 심하지만 수행이 자
  신과의 투쟁임을 깨닫고, 용맹 정진하여 마침내 마군의 항복을 받고 대오각성(大悟覺醒)의 경
  지에 드는 모습이다.

[鹿苑轉法]

* '녹원전법상(鹿苑轉法相)'은 대오각성한 석가모니가 그곳에서 500리쯤 떨어진 녹야원(鹿野苑)으로 가서, 처음으로 5명의 수행자에게 설법하여 그들을 귀의시키는 모습이다.

석보상절 서

 1446년(세종 28년)에 세종의 왕비인 소헌왕후(昭憲王后) 심씨(沈氏)가 사망했다. 세종은 그녀의 명복을 빌기 위하여 수양대군(훗날의 세조)에게 명하여 석가모니불의 연보인 『석보상절(釋譜詳節)』을 엮게 하였다. 이에 수양대군은 김수온 등과 더불어 '석가씨보(釋迦氏譜), 석가보(釋迦譜), 법화경(法華經), 지장경(地藏經), 아미타경(阿彌陀經), 약사경(藥師經)' 등에서 석가모니 부처와 관련이 있는 글을 뽑아서 모은 글을 훈민정음으로 옮겨서 만들었다. 『석보상절』이라는 제목은 석가모니의 일생의 일을 가려서, 중요한 일을 자세히 기록하고 그렇지 않은 일은 생략하였다는 뜻이다.

 『석보상절(釋譜詳節)』이 언제 간행되었는지는 확실하지 않다. 하지만 서강대본 『월인석보』의 1, 2권에 끼어 있는 '석보상절 서(序)'의 끝에 이 글이 正統 十二年(1447년, 세종 29)에 지어진 것으로 적혀 있다. 그리고 권 9의 표지 안에 '正統拾肆年(1449년, 세종 31년)'이란 글귀가 적혀 있다. 이를 보면 『석보상절』이 세종 29년(1447년)에서 세종 31년(1449년) 사이에 만들어졌다는 것을 짐작할 수 있다. 이와 같은 사실을 정리하면, 1447년(세종 29년)에 책의 원고를 완성하였고, 1449년(세종 31)에 책으로 간행한 것으로 볼 수 있다.

 그리고 '석보상절 서(釋譜詳節 序)'는 독립된 책이 아니고 서강대본 『월인석보』 1, 2의 앞에 '세종어제훈민정음'과 '어제월인석보서'와 함께 들어 있다. 이 글은 수양대군(首陽大君)이 직접 지은 것으로 처음에는 『석보상절』에 실려 있었던 것으로 보인다. 그리고 나중에 세조가 1459년(세조 2년)에 『월인석보』를 편찬하면서, '석보상절 서'를 『월인석보』 제1·2권의 앞 부분에 옮겨 실은 것이다.

 '석보상절 서'의 내용을 간략히 요약하면 다음과 같다. 삼계의 지존이신 석가모니가 중생을 제도하는 공덕을 칭송하고, 『석보상절』을 편찬하게 된 동기를 밝히고, 『석보상절』을 편찬 과정을 밝혔으며, 끝으로 『석보상절』을 통해서 모든 중생들이 삼보(三寶)에 귀의할 것을 희망하였다.

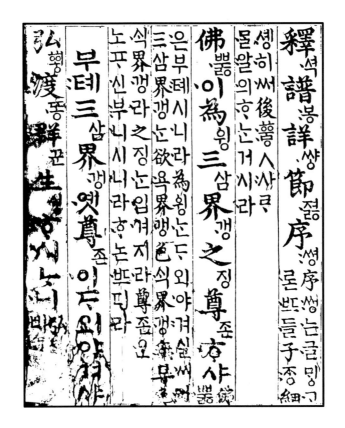

釋譜詳節(석보상절) 序(서) 【序(서)는 글을 만든 뜻을 子細(자세)히 써서 後(후)의 사람을 알게 하는 것이다. 】

佛(불)이 爲三界之尊(위삼계지존)하시어 【佛(불)은 부처이시니라. 爲(위)는 되어 계시는 것이다. 三界(삼계)는 欲界(욕계), 色界(색계), 無色界(무색계)이다. 之(지)는 토(허사)이다. 尊(존)은 '높으신 분이시니라'고 하는 뜻이다. 】

　　부처가 三界(삼계)에 있는 尊(존)이 되어 계시어

弘渡群生(홍도군생)하시나니 【弘(홍)은 '널리(넓게)' 하는

釋_석譜_봉詳_썅節_졇 序_쎵【序_쎵는 글 밍ᄀ론¹⁾ ᄠᅳ들 子_즁細_솅히 써 後_흏ㅅ 사ᄅ
ᄆᆞᆯ 알의²⁾ ᄒᆞᄂᆞᆫ 거시라 】

佛_뿛이 爲_윙三_삼界_갱之_징尊_존ᄒᆞ샤【佛_뿛은 부톄시니라³⁾ 爲_윙ᄂᆞᆫ ᄃᆞ외야 겨실
ᄊᆡ라 三_삼界_갱ᄂᆞᆫ 欲_욕界_갱⁴⁾ 色_{ᄉᆡᆨ}界_갱⁵⁾ 無_뭉色_{ᄉᆡᆨ}界_갱⁶⁾라 之_징ᄂᆞᆫ 입겨지라⁷⁾ 尊
_존ᄋᆞᆫ 노ᄑᆞ신 부니시니라⁸⁾ ᄒᆞ논⁹⁾ ᄠᅳ디라 】

　부톄 三_삼界_갱옛¹⁰⁾ 尊_존이 ᄃᆞ외야 겨샤¹¹⁾

弘_{ᅘᅯᆼ}渡_똥群_꾼生_{ᄉᆡᆼ}ᄒᆞ시ᄂᆞ니【弘_{ᅘᅯᆼ}은 너비¹²⁾ ᄒᆞ논 ᄠᅳ

---

1) 밍ᄀ론: 밍글(만들다, 製)- + -오(대상)- + -Ø(과시)- + -ㄴ(관전)

2) 알의: 알(알다, 知)- + -의(←-긔: -게, 연어, 사동)

3) 부톄시니라: 부텨(부처, 佛) + -ㅣ(←-이-: 서조)- + -시(주높)- + -Ø(현시)- + -니(원칙)- + -라
(←-다: 평종)

4) 欲界: 욕계. 삼계(三界)의 하나이다. 유정(有情)이 사는 세계로서 지옥·악귀·축생·아수라·인간·
육욕천을 함께 이르는 말이다. 여기에 있는 유정에게는 식욕, 음욕, 수면욕이 있어 이렇게 이
른다.

5) 色界: 색계. 욕계에서 벗어난 깨끗한 물질의 세계를 이른다. 선정(禪定)을 닦는 사람이 가는 곳
으로, 욕계와 무색계의 중간 세계이다.

6) 無色界: 무색계. 오온(五蘊) 중 색(色)을 제외한 '수(受)·상(想)·행(行)·식(識)'만으로 구성된 세
계를 말한다. 이것은 욕계정(欲界定), 색계정(色界定)보다 정적(淨寂)하며 욕망이나 물질에 대
한 상념(想念)이 없게 된 경지이다.

7) 입겨지라: 입겿[←입겿(구결, 토): 입(입, 口) + 겿(← 겿: 부수된 것)] + -이(서조)- + -Ø(현시)-
+ -라(←-다: 평종)

8) 부니시니라: 분(분: 의명) + -이(서조)- + -시(주높)- + -Ø(현시)- + -니(원칙)- + -라(←-다:
평종)

9) ᄒᆞ논: ᄒᆞ(하다, 曰)- + -ㄴ(←-ᄂᆞ-: 현시)- + -오(대상)- + -ㄴ(관전)

10) 三界옛: 三界(삼계) + -예(←-에: 부조, 위치) + -ㅅ(-의: 관조)

11) 겨샤: 겨샤(← 겨시다: 계시다, 보용, 완료 지속)- + -Ø(←-아: 연어)

12) 너비: [널리(부사): 넙(넓다, 廣: 형사)- + -이(부접)]

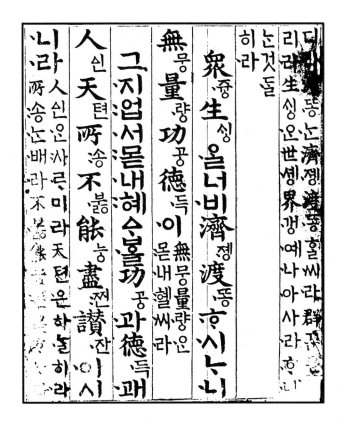

뜻이다. 渡(도)는 濟渡(제도)하는 것이다. 群(군)은 무리이다. 生(생)은 世界(세계)에 나서 살아 움직이는 것들이다. 】

　　衆生(중생)을 널리 濟渡(제도)하시나니

無量功德(무량공덕)이【 無量(무량)은 못내 헤아리는 것이다. 】

　　그지없어서 끝내 못 헤아릴 功(공)과 德(덕)이

人天所不能盡讚(인천소불능진찬)이시니라【 人(인)은 사람이다. 天(천)은 하늘이다. 所(소)는 바이다. 不能(불능)은 '못 한다'라고

디라 渡똥ᄂᆞᆫ 濟졩渡똥홀 씨라 群꾼은 무리라¹³⁾ 生ᄉᆡᆼᄋᆞᆫ 世솅界갱예 나아 사라 ᄒᆞ니ᄂᆞᆫ¹⁴⁾ 것들히라¹⁵⁾】

衆즁生ᄉᆡᆼ을 너비 濟졩渡똥ᄒᆞ시ᄂᆞ니

無뭉量량功공德득이 【無뭉量량ᄋᆞᆫ 몯내¹⁶⁾ 헬¹⁷⁾ 씨라】

그지업서¹⁸⁾ 몯내 혜ᅀᆞᄫᅳᆯ¹⁹⁾ 功공과 德득괘²⁰⁾

人ᅀᅵᆫ天텬所송不붏能능盡찐讚잔이시니라 【人ᅀᅵᆫ은 사ᄅᆞ미라 天텬은 하ᄂᆞᆯ히라 所송ᄂᆞᆫ 배라 不붏能능은 몯 ᄒᆞᄂᆞ다

---

13) 무리라: 물(무리, 衆) + -이(서조)- + -Ø(현시)- + -라(← -다: 평종)

14) ᄒᆞ니ᄂᆞᆫ: ᄒᆞ니(움직이다, 動)- + -ᄂᆞ(현시)- + -ㄴ(관전)

15) 것들히라: 것들ㅎ[것들ㅎ[것(것, 者: 의명) + -들ㅎ(-들: 복접)] + -이(서조)- + -Ø(현시)- + -라(← -다: 평종)

16) 몯내: [못내, 끝까지는 못하여(부사, 부정): 몯(못, 不能: 부사, 부정) + -내(-내: 접미)]

17) 헬: 혜(세다, 헤아리다, 생각하다, 量)- + -을(관전)

18) 그지업서: 그지없[그지없다, 無限: 그지(끝, 限: 명사) + 없(없다, 無)-]- + -어(연어)

19) 혜ᅀᆞᄫᅳᆯ: 혜(세다, 헤아리다, 생각하다, 量)- + -ᅀᆞ(← -ᅀᆞᇦ-: 객높)- + -을(← -올: 관전) ※ '혜ᅀᆞᄫᅳᆯ'은 '혜ᅀᆞᄫᅩᆯ'의 오기이다.

20) 功과 德괘: 功(공)과 + -과(접조) # 德(덕) + -과(접조) + -ㅣ(← -이: 주조) ※ '功德(공덕)'은 좋은 일을 행한 덕으로 훌륭한 결과를 가져오게 하는 능력이다. 종교적으로 순수한 것을 진실 공덕(眞實功德)이라 이르고, 세속적인 것을 부실공덕(不實功德)이라 한다.

ᄒᆞᄂᆞᆫ ᄠᅳ디라 盡진은 다ᄋᆞᆯ
씨라 讚잔은 기릴 씨라 】

사ᄅᆞᆷᄃᆞᆯ콰 하ᄂᆞᆯᄃᆞᆯ히 내내 기리ᅀᆞᆸ디 몯

ᄒᆞᅀᆞᆸ논 배시니라

世셍之징學ᄒᆞᆨ佛뿛者쟝ᅵ【世셍ᄂᆞᆫ世
셍間간이라 學ᄒᆞᆨ은 비홀 씨라 者쟝ᄂᆞᆫ 사
ᄅᆞ미라 ᄒᆞ ᄃᆞᆺ ᄒᆞᆫ ᄠᅳ디라 】

世셍間간애 부텻 道ᄯᅳᇢ理링ᄅᆞᆯ 비호ᅀᆞᇦᄫᆡ

하는 뜻이다. 盡(진)은 다하는 것이다. 讚(찬)은 기리는 것이다. 】

사람들과 하늘(天神)들이 내내 기리지 못하는 바이시니라.

世之學佛者(세지학불자)가 【 世(세)는 世間(세간)이다. 學(학)은 배우는 것이다. 者(자)는 '사람'이라고 하듯 한 뜻이다. 】

世間(세간)에 부처의 道理(도리)를 배우는 이가

ᄒᆞᄂᆞᆫ ᄠᅳ디라 盡_찐은 다ᄋᆞᆯ²¹⁾ 씨라 讚_잔은 기릴 씨라 】

사ᄅᆞᆷ들콰²²⁾ 하ᄂᆞᆯ들히²³⁾ 내내²⁴⁾ 기리ᅀᆞᇦ디²⁵⁾ 몯ᄒᆞᅀᆞᇦᄂᆞᆫ²⁶⁾ 배시니라²⁷⁾

世_솅之_징學_{ᅘᅡᆨ}佛_{뿌ᇙ}者_쟝ㅣ【世_솅ᄂᆞᆫ 世_솅間_간이라 學_{ᅘᅡᆨ}은 비홀 씨라 者_쟝ᄂᆞᆫ 사ᄅᆞ미라 ᄒᆞ듯²⁸⁾ ᄒᆞᆫ ᄠᅳ디라 】

世_솅間_간²⁹⁾애 부텻 道_똫理_링 비호ᅀᆞᇦ리³⁰⁾

---

21) 다ᄋᆞᆯ: 다ᄋᆞ(다하다, 盡)- + -ㄹ(관전)

22) 사ᄅᆞᆷ들콰: 사ᄅᆞᆷ들ㅎ[사람들: 사람(사람, 人) + -들ㅎ(-들: 복접)] + -과(접조)

23) 하ᄂᆞᆯ들히: 하ᄂᆞᆯ들ㅎ[하늘들: 하ᄂᆞᆯ(← 하ᄂᆞᆯㅎ : 하늘, 천신, 天神) + -들ㅎ(-들: 복접)] + -이(주조)

24) 내내: [내내(부사): 내(부사) + 내(부사)] ※ '내내'는 '처음부터 끝까지 계속해서'의 뜻을 나타내는데, 여기서는 '모두 다'의 뜻으로 쓰였다.

25) 기리ᅀᆞᇦ디: 기리(기리다, 높이 칭찬하다, 譽)- + -ᅀᆞᇦ(객높)- + -디(-지: 연어, 부정)

26) 몯ᄒᆞᅀᆞᇦᄂᆞᆫ: 몯ᄒᆞ[못하다(보용, 부정): 몯(못, 不能: 부사, 부정) + -ᄒᆞ(동접)-]- + -ᅀᆞᇦ(객높)- + -ᄂᆞ(←-ᄂᆞ-: 현시)- + -오(대상)- + -ㄴ(관전)

27) 배시니라: 바(바, 所: 의명) + -ㅣ(←-이-: 서조)- + -시(주높)- + -Ø(현시)- + -니(원칙)- + -라(←-다: 평종)

28) ᄒᆞ듯: ᄒᆞ(하다, 曰)- + -듯(연어, 흡사)

29) 世間: 세간. 세상 일반이다.

30) 비호ᅀᆞᇦ리: 비호[배우다, 學: 빛(버릇이 되다, 길들다, 習: 자동)- + -오(사접)-]- + -ᅀᆞᇦ(←-ᅀᆞᇦ-: 객높)- + -ᄋᆞᆯ(관전) # 이(이, 사람, 人) + -Ø(←-이: 주조)

鮮有知出處始終(선유지출처시종)하나니【鮮有(선유)는 '많이 있지 아니하다'라고 하는 뜻이다. 知(지)는 아는 것이다. 出(출)은 나가서 움직이는 것이다. 處(처)는 나가서 움직이지 아니하여 가만히 있는 것이다. 始(시)는 처음이다. 終(종)은 마침이다.】

부처가 나서 다니시며 가만히 계시던 처음(始)과 마침(終)을 알 이가 드무니

雖欲知者(수욕지자)이라도【雖(수)는 '비록'이라고 하는 뜻이다.

鮮_션有_윻知_딩出_츓處_청始_싱終_즁ᄒᆞᄂᆞ니【鮮_션有_윻는 풋바리³¹⁾ 잇디 아니타³²⁾ ᄒᆞ논 ᄠᅳ디라 知_딩는 알 씨라 出_츓은 나아 ᄒᆞ닐 씨라 處_청는 나아 ᄒᆞ니디 아니ᄒᆞ야 ᄀᆞ마니 이실 씨라 始_싱는 처ᅀᅥ미라 終_즁은 ᄆᆞᄎᆞ미라】

부텨 나아 ᄃᆞ니시며³³⁾ ᄀᆞ마니³⁴⁾ 겨시던 처ᅀᅥᆷ³⁵⁾ ᄆᆞᄎᆞᄆᆞᆯ³⁶⁾ 알리³⁷⁾ 노니³⁸⁾

雖_슁欲_욕知_딩者_쟝ㅣ라도【雖_슁는 비록 ᄒᆞ논 ᄠᅳ디라

---

31) 풋바리: 흔히, 많이, 多(부사)

32) 아니타: 아니ᄒ[← 아니ᄒᆞ다(아니하다: 보용, 부정) : 아니(아니, 不: 부사, 부정) + -ᄒᆞ(동접)-] - + -∅(현시)- + -다(평종)

33) ᄃᆞ니시며: ᄃᆞ니[다니다: ᄃᆞᆮ(닫다, 달리다, 走)- + 니(가다, 行)-]- + -시(주높)- + -며(연어, 나열)

34) ᄀᆞ마니: [가만히(부사): ᄀᆞ만(가만: 불어) + -∅(← -ᄒᆞ-: 형접)- + -이(부접)]

35) 처ᅀᅥᆷ: 처ᅀᅥᆷ[처음, 初(명사): 첫(← 첫: 첫, 初, 관사) + -엄(명접)]

36) ᄆᆞᄎᆞᄆᆞᆯ: ᄆᆞᄎᆞᆷ[마침: 몾(마치다, 終)- + -ᄋᆞᆷ(명접)] + -ᄋᆞᆯ(목조)

37) 알리: 알(알다, 知)- + -ㄹ(관전) # 이(이, 사람, 者: 의명) + -∅(주조)

38) 노니: 노(← 놀다: 드물다, 鮮)- + -니(연어, 설명의 계속)

欲욕을 호려 ᄒᆞ고
져 홀씨라

비록알오져호리라도

亦역不붏過광八밟相샹而ᅀᅵ止징ᄒᆞᄂ
니라 亦역은 ᄯᅩ ᄒᆞ논 ᄠᅳ디니 ᄉᆞᄅᆞ미 다 모ᄅᆞ거늘 其끵中듕에 알오져 ᄒᆞ
ᄅᆞ리 이셔도 子ᄌᆞ細솅히 모ᄅᆞᆯᄊᆡ 過광ᄒᆞᄂ녀 ᄠᅳᆯ
ᄊᆡ라 八밟ᄋᆞᆫ 여듧비라 相샹ᄋᆞᆫ 양ᄌᆡ라 八밟相샹ᄋᆞᆫ 兜둘率ᅀᅲᆶ來ᄅᆡᆼ儀ᅙᅴᆼ 毗뼁藍람
降ᄀᆞᆼ生ᄉᆡᆼ 四ᄉᆞᆼ門몬遊ᅌᅲᆼ觀관逾ᅌᅲᆼ
出츓家강 雪ᅀᅯᆶ山산修쓤道ᄯᅭᇢ 樹쑹下ᅘᅡᆼ

欲(욕)은 하고자 하는 것이다. 】

비록 (그 사실을) 알고자 하는 이라도

亦不過八相而止(역불과팔상이지)하느니라【亦(역)은 '또'라고 하는 뜻이니, 사람이 다 모르거늘 其中(기중, 그 중)에 알고자 할 이가 비록 있어도 子細(자세)히 모르므로 '또'라고 하였니라. 不(불)은 '아니'라고 하는 뜻이다. 過(과)는 넘는 것이다. 八(팔)은 여덟이다. 相(상)은 모습이다. 八相(팔상)은 兜率來儀(도솔래의), 毘藍降生(비람강생), 四門遊觀(사문유관), 逾成出家(유성출가), 雪山修道(설산수도), 樹下

欲욕ᄋᆞᆫ ᄒᆞ고져[39] 홀 씨라】

비록 알오져[40] ᄒᆞ리라도[41]

亦역不볿過광八밣相샹而싱止징ᄒᆞᄂᆞ니라【亦역은 ᄯᅩ[42] ᄒᆞ논 ᄠᅳ디니 사ᄅᆞ미 다 모ᄅᆞ거늘 其끵中듕[43]에 알오져 ᄒᆞ리[44] 비록 이셔도[45] 子ᄌᆞ細솅히 모ᄅᆞᆯ씨[46] ᄯᅬ라[47] ᄒᆞ니라[48] 不볿은 아니 ᄒᆞ논 ᄠᅳ디라 過광ᄂᆞᆫ 너믈 씨라 八밣ᄋᆞᆫ 여듧이라 相샹ᄋᆞᆫ 양ᄌᆡ라[49] 八밣相샹[50]ᄋᆞᆫ 兜둘率숧來링儀읭 毘삥藍람降강生싱 四ᄉᆞᆼ門몬遊윻觀관 逾융成쎵出츓家강 雪숧山산修슐道똘 樹쓩下향

---

39) ᄒᆞ고져: ᄒᆞ(하다, 爲)- + -고져(-고자: 연어, 의도)

40) 알오져: 알(알다, 知)- + -오져(← -고져: -고자, 연어, 의도)

41) ᄒᆞ리라도: ᄒᆞ(하다, 爲: 보용, 의도)- + -ㄹ(관전) # 이(이, 사람, 者: 의명) + -라도(보조사, 양보)
※ '-(이)라도'는 서술격 조사인 '-이-'에 연결 어미인 '-아도'가 결합하여 형성된 보조사이다.

42) ᄯᅩㅣ라: ᄯᅩ(또, 又: 부사) + -ㅣ(← -이-: 서조)- + -라(← -다: 평종)

43) 其中: 기중. 그 중(中)

44) ᄒᆞ리: ᄒᆞ(하다: 보용, 의도)- + -ㄹ(관전) # 이(이, 사람, 者: 의명) + -∅(← -이: 주조)

45) 이셔도: 이시(있다, 有)- + -어도(연어, 양보)

46) 모ᄅᆞᆯ씨: 모ᄅᆞ(모르다, 不知)- + -ㄹ씨(-므로: 연어, 이유)

47) ᄯᅬ라: ᄯᅩ(또, 又: 부사) + -ㅣ(← -이-: 서조)- + -∅(현시)- + -라(← -다: 평종)

48) ᄒᆞ니라: ᄒᆞ(하다, 曰)- + -∅(과시)- + -니(원칙)- + -라(← -다: 평종)

49) 양ᄌᆡ라: 양ᄌᆞ(모습, 相) + -ㅣ(← -이-: 서조)- + -∅(현시)- + -라(← -다: 평종)

50) 八相: 팔상. 부처가 중생을 제도하려고 이 세상에 나타내 보인 여덟 가지 상(相)이다. 팔상은 '兜率來儀(도솔래의: 도솔에 온 일), 毘藍降生(비람강생: 람비니원에 탄생), 四門遊觀(사문유관: 네 문을 돌아봄), 逾成出家(유성출가: 성을 넘어 집을 나감), 雪山修道(설산수도: 설산에서 도를 닦음), 樹下降魔(수하강마: 나무 밑에서 악마를 항복시킴), 鹿苑轉法(녹원전법: 녹야원에서 설법함), 雙林涅槃(쌍림열반: 쌍림에서 열반함)'이다.

降魔망鹿록苑원轉둰法법雙솽林림
涅녏槃빤이라而싱입껴지라止징는
마누다ㅎ
논쁘디라

쏘八밣相샹을넘디아니ㅎ야셔마ㄴ
니라

頃켱에因힌追둰薦젼ㅎ수봐頃켱은近
라因힌은그이리젼太로ㅎ돗ㅎ쁘디라
追둰薦젼은爲윙ㅎ수봐佛뿓事쑹ㅎ수
나방쯔ㅎ홀씨해가
시께홀씨라

降魔(수하항마), 鹿苑轉法(녹원전법), 雙林涅槃(쌍림열반)이다. 而(이)는 '토'이다. 止(지)는 '만다(그치다)'라고 하는 뜻이다. 】

또 八相(팔상)을 넘지 아니하여서 (아는 것을) 마느니라.

頃(경)에 因追薦(인추천)하여【頃(경)은 近間(근간)이다. 因(인)은 '그 일의 까닭으로'라고 하듯 한 뜻이다. 追薦(추천)은 (어떤 이를) 爲(위하여) 佛事(불사)하여 좋은 땅에 가서 나시게 하는 것이다. 】

降ᅘᅡᆼ魔망 鹿록苑원轉뒨法법 雙솽林림涅넗槃빤이라 而ᅀᅵᆼ는 입겨지라 止징는 마
ᄂ다⁵¹⁾ ᄒ논 ᄠᅳ디라 】

　　ᄯᅩ⁵²⁾ 八밣相샹을 넘디 아니하야셔⁵³⁾ 마ᄂ니라⁵⁴⁾

頃꾕에 因힌追뒹薦쪈ᄒᆞᅀᆞᄫᅡ【 頃꾕은 近끈間간이라 因힌은 그 이릴⁵⁵⁾ 젼ᄎ로⁵⁶⁾
ᄒᆞᆮ ᄒᆞᆫ ᄠᅳ디라 追뒹薦쪈⁵⁷⁾은 爲윙ᄒᆞᅀᆞᄫᅡ⁵⁸⁾ 佛뿛事쌍ᄒᆞᅀᆞᄫᅡ⁵⁹⁾ 됴ᄒᆞᆫ⁶⁰⁾ ᄯᅡ해⁶¹⁾ 가
나시게 ᄒᆞᆯ 씨라 】

---

51) 마ᄂ다: 마(← 말다: 말다, 그만두다, 그치다, 止)- + -ᄂ(현시)- + -다(평종)

52) ᄯᅩ: 또, 又(부사, 접속)

53) 아니하야셔: 아니ᄒᆞ[아니하다(보용, 부정): 아니(아니, 非: 부사, 부정) + -ᄒᆞ(동접)-]- + -야셔
(←-아셔: -아서, 연어, 동작의 지속, 강조) ※ '-아셔'는 연결 어미인 '-아'에 보조사인 '-셔'
가 붙어서 형성된 연결 어미이다.

54) 마ᄂ니라: 마(← 말다: 말다, 그치다, 止)- + -ᄂ(현시)- + -니(원칙)- + -라(←-다: 평종)
※ 문맥상 '아는 것을 그치다(그만두다)'로 의역하여서 옮길 수 있다.

55) 이릴: 일(일, 事) + -의(-의: 관조)

56) 젼ᄎ로: 젼ᄎ(까닭, 因: 명사) + -로(부조, 방편)

57) 追薦: 추천. '追薦(추천)'은 죽은 사람의 넋의 괴로움을 덜고 명복을 축원하려고 선근 복덕(善
根福德)을 닦아 그 공덕을 회향(廻向)함을 이른다. 여기서는 세종의 정비이며 수양대군의 친모
인 소헌왕후(昭憲王后) 심씨(沈氏)의 명복을 비는 추천을 이른다.

58) 爲ᄒᆞᅀᆞᄫᅡ: 爲ᄒᆞ[위하다: 爲(위: 불어) + -ᄒᆞ(동접)-]- + -ᅀᆞ(←-ᅀᆞᆸ-: 객높)- + -아(연어)

59) 佛事ᄒᆞᅀᆞᄫᅡ: 佛事ᄒᆞ[불사하다: 佛事(불사: 명사) + -ᄒᆞ(동접)-]- + -ᅀᆞ(←-ᅀᆞᆸ-: 객높)- + -아
(연어) ※ '佛事(불사)'는 불가(佛家)에서 행하는 모든 일을 이른다.

60) 됴ᄒᆞᆫ: 둏(좋다, 好)- + -Ø(현시)- + -ㄴ(관전)

61) ᄯᅡ해: ᄯᅡ(땅, 地) + -애(-에: 부조, 위치)

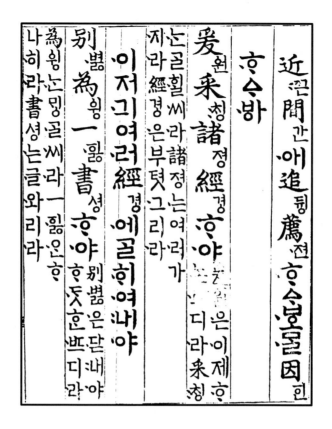

近間(근간)에 (소헌왕후를) 追薦(추천)함을 因(인)하여서

爰采諸經(원채제경)하여【 爰(원)은 '이제'라고 하는 뜻이다. 采(채)는 가리는 것이다. 諸(제)는 여러 가지이다. 經(경)은 부처의 글이다. 】

이때에 여러 經(경)에서 (내용을) 가려 내어

別爲一書(별위일서)하여【 別(별)은 '따로 내어'라고 하듯 한 뜻이다. 爲(위)는 만드는 것이다. 一(일)은 하나이다. 書(서)는 글월이다. 】

近근間간[62]애 追뒹薦젼ᄒᆞᅀᆞᄫᅩᄆᆞᆯ[63] 因인ᄒᆞᅀᆞᄫᅡ[64]

爰원采ᄎᆡᆼ諸졍經경ᄒᆞ야【爰원은 이제 ᄒᆞᄂᆞᆫ ᄠᅳ디라 采ᄎᆡᆼᄂᆞᆫ ᄀᆞᆯᄒᆡᆯ[65] ᄡᅵ라 諸졍는 여러 가지라 經경은 부텻 그리라[66]】

이 저긔[67] 여러 經경[68]에 ᄀᆞᆯᄒᆡ여[69] 내야[70]

別볋爲윙一ᅙᅵᇙ書셩ᄒᆞ야【別볋은 닫[71] 내야 ᄒᆞᄃᆞᆺ ᄒᆞᆫ ᄠᅳ디라 爲윙ᄂᆞᆫ ᄆᆡᇰᄀᆞᆯ[72] ᄡᅵ라 一ᅙᅵᇙ은 ᄒᆞ나히라[73] 書셩는 글와리라[74]】

62) 近間: 근간. 요사이(명사)

63) 追薦ᄒᆞᅀᆞᄫᅩᄆᆞᆯ: 追薦ᄒᆞ[추천하다: 追薦(추천: 명사) + -ᄒᆞ(동접)-]- + -ᅀᆞᇦ(←-ᅀᆞᆸ-: 객높)- + -옴(명전) + -ᄋᆞᆯ(목조)

64) 因ᄒᆞᅀᆞᄫᅡ: 因ᄒᆞ[인하다: 因(인: 불어) + -ᄒᆞ(동접)-]- + -ᅀᆞᇦ(←-ᅀᆞᆸ-: 객높)- + -아(연어)

65) ᄀᆞᆯᄒᆡᆯ: ᄀᆞᆯᄒᆡ(가리다, 가려내다, 采)- + -ㄹ(관전)

66) 그리라: 글(글, 書) + -이(서조)- + -Ø(현시)- + -라(←-다: 평종)

67) 이 저긔: 이(이, 此: 관사, 지시, 정칭) # 적(적, 때) + -의(-에: 부조, 시간)

68) 여러 經: '석가보(釋迦譜), 법화경(法華經), 지장경(地藏經), 아미타경(阿彌陀經), 약사경(藥師經)' 등을 이른다.

69) ᄀᆞᆯᄒᆡ여: ᄀᆞᆯᄒᆡ(가리다, 뽑다, 采)- + -여(←-어: 연어)

70) 내야: 내(내다: 보용, 완료)- + -야(←-아: 연어)

71) 닫: 따로, 別(부사)

72) ᄆᆡᇰᄀᆞᆯ: ᄆᆡᇰᄀᆞᆯ(만들다, 爲)- + -ㄹ(관전)

73) ᄒᆞ나히라: ᄒᆞ나ㅎ(하나, 一: 수사, 양수) + -이(서조)- + -Ø(현시)- + -라(←-다: 평종)

74) 글와리라: 글왈[글월: 글(글, 書) + -왈(-월: 접미)] + -이(서조)- + -Ø(현시)- + -라(←-다: 평종)

각別 히 흔 글 를 밍 ᄀ 라

쓸 란 �些 라 러 하 와 리 라 詳 쎵 節 졇 은 조 수 룹 디 아 니 ᄒ ᆫ 말 빵 生 싱 앳 처 엄 乃 냉 終 즁 ㅅ 이 룰 다 쓴 글 라 釋 셕 은 釋 셕 迦 강 ㅣ 시 니 라 譜 뽕 ᄂ ᆫ 平 뼝 ᄒ ᆞ 고 名 명 은 일 후 미 니 名 명 之 징 ᄂ ᆞ ᆫ 일 훔 지 흐 ㄱ 로 뎌 ᄒ ᆞ ᄂ ᆞ ᆫ ᄹ ᅳ 디

名 명 之 징 曰 ᄫ ᅡ ᇙ 釋 셕 譜 뽕 詳 쎵 節 졇 이 라

일 훔 지 허 ㄱ ᅩ 로 뒤 釋 셕 譜 뽕 詳 쎵 節 졇

各別(각별)히 한(一) 글을 만들어

名之曰釋譜詳節(명지왈석보상절)이라 하고 【 名(명)은 이름이니 名之(명지)는 '이름 붙이다'라고 하는 뜻이다. 曰(왈)은 '말하되'라고 하는 뜻이다. 釋(석)은 釋迦(석가)이시니라. 譜(보)는 平生(평생)에 있는 처음과 乃終(내종, 나중)의 일을 다 쓴 글월이다. 詳(상)은 종요로운 말은 子細(자세)히 다 쓰는 것이다. 節(절)은 종요롭지 아니한 말은 덜어 내고 쓰는 것이다. 】

이름을 붙여 말하되, 釋譜詳節(석보상절)

各각別별히[75] 흔 그를 밍ㄱ라[76]

名명之징曰욇釋셕譜봉詳썅節졇이라 ᄒ고【名명은 일후미니 名명之징ᄂ 일훔 지

홀[77] 씨라 曰욇은 ᄀ로딕[78] ᄒ논 ᄠ드리라 釋셕은 釋셕迦강ㅣ시니라[79] 譜봉ᄂ

平뼝生싱앳[80] 처섬 乃냉終즁ㅅ 이ᄅᆯ 다 쑨[81] 글와리라 詳썅은 조ᅀᆞ르빈[82] 말

란[83] 子중細솅히 다 쓸 씨라 節졇은 조ᅀᆞ릅디 아니ᄒᆫ 말란 더러[84] 쓸 씨라 】

일훔 지허[85] ᄀ로딕[86] 釋셕譜봉詳썅節졇[87]

---

75) 各別히: [각별히(부사): 各別(각별: 불어) + -ᄒ(←-ᄒᆞ-: 형접)- + -이(부접)]

76) 밍ᄀ라: 밍ᄀᆯ(만들다, 製)- + -아(연어)

77) 지홀: 짛(붙이다, 附)- + -올(관전)

78) ᄀ로딕: ᄀᆯ(말하다, 이르다, 曰)- + -오딕(-되: 연어, 설명의 계속)

79) 釋迦ㅣ시니라: 釋迦(석가) + -ㅣ(←-이-: 서조)- + -시(주높)- + -Ø(현시)- + -니(원칙)- + -라(←-다: 평종)

80) 平生앳: 平生(평생) + -애(-에: 부조, 위치) + -ㅅ(-의: 관조)

81) 쑨: 쓰(←쓰다: 쓰다 書)- + -우(대상)- + -Ø(과시)- + -ㄴ(관전)

82) 조ᅀᆞ르빈: 조ᅀᆞ릅[←조ᅀᆞ롭다, ㅂ불(종요롭다, 중요하다): 조ᅀᆞᆯ(요체, 요점, 핵심: 명사) + -르빈(형접)-]- + -Ø(현시)- + -ㄴ(관전)

83) 말란: 말(말, 言) + -란(-은: 보조사, 주제)

84) 더러: 덜(덜다, 減)- + -어(연어)

85) 지허: 짛(붙이다, 名)- + -어(연어)

86) ᄀ로딕: ᄀᆯ(말하다, 이르다, 曰)- + -오딕(-되: 연어, 설명의 계속)

87) 釋譜詳節: 석보상절. 석가모니의 일생의 중요한 일을 가려서 자세히 기록한 것이라는 뜻이다. '상(詳)'은 중요한 일을 상세히 썼다는 것이며, '절(節)'은 중요하지 않을 일을 덜어내고 썼다는 것이다.

이라ᄒᆞ고

既긩據껑所송次총ᄒᆞ야【既긩ᄂᆞᆫ ᄒᆞ마 ᄒᆞᆫ ᄠᅳᆮ디라 據껑ᄂᆞᆫ 브틀씨라 次총ᄂᆞᆫ 次총第똉 혜여 글왈 밍골 씨라】

ᄒᆞ마 次총第똉 혜여 밍ᄀᆞ론 바ᄅᆞᆯ 브터

繪ᅘᅬᆼ成쎵世솅尊존成쎵道똘之징迹적ᄒᆞᆫ고【繪ᅘᅬᆼᄂᆞᆫ 그릴 씨라 成쎵은 일울 씨라 世솅尊존은 世솅界갱예 ᄆᆞᆺ 尊존ᄒᆞ샤ᇝ ᄠᅳᆮ디라 道똘ᄂᆞᆫ 부텻 法법이라 迹적은 처ᅀᅥᆷ브터 ᄆᆞᄎᆞᆷ 니를리 ᄒᆞ샨 ᄆᆞᆯ】

이라 하고

既據所次(기거소차)하여 【旣(기)는 '이미'라고 하는 뜻이다. 據(거)는 붙는 것이다. 次(차)는 次第(차제, 차례)를 헤아려 글월을 만드는 것이다.】

이미 次第(차례)를 헤아려 만든 바를 의지하여

繪成世尊成道之迹(회성세존성도지적)하고 【繪(회)는 그리는 것이다. 成(성)은 이루는 것이다. 世尊(세존)은 世界(세계)에 가장 尊(존)하시다는 뜻이다. 道(도)는 부처의 法(법)이다. 迹(적)은 처음으로부터 마침에 이르도록 하신

이라 ᄒᆞ고

旣긩據겅所송次ᄎᆞ ᄒᆞ야【旣긩는 ᄒᆞ마[88] ᄒᆞ논 ᄠᅳ디라 據겅는 브틀 씨라 次ᄎᆞ는 次ᄎᆞ第똉[89] 혜여[90] 글왈 ᄆᆡᆼᄀᆞᆯ 씨라】

ᄒᆞ마 次ᄎᆞ第똉 혜여 ᄆᆡᆼᄀᆞ론[91] 바ᄅᆞᆯ[92] 브터[93]

繪ᅘᅬᆼ成쎵世솅尊존成쎵道똫之징迹젹ᄒᆞᅀᆞᆸ고【繪ᅘᅬᆼ는 그릴 씨라 成쎵은 일울[94] 씨라 世솅尊존은 世솅界갱예 ᄆᆞᆺ[95] 尊존ᄒᆞ시닷[96] ᄠᅳ디라 道똫는 부텻 法법이라 迹젹은 처ᅀᅥᆷ으로셔 ᄆᆞᄎᆞᆷ 니르리[97] ᄒᆞ샨[98]

---

88) ᄒᆞ마: 이미, 旣(부사)

89) 次第: 차제. 차례(次例). 석보상절에 기술된 내용이 부처님의 전생과 이 세상에 태어난 일의 차례대로 기술되어 있음을 표현한 말이다.

90) 혜여: 혜(세다, 헤아리다, 생각하다, 量)-+-여(←-어: 연어)

91) ᄆᆡᆼᄀᆞ론: ᄆᆡᆼᄀᆞᆯ(만들다, 製)-+-오(대상)-+-Ø(과시)-+-ㄴ(관전)

92) 바ᄅᆞᆯ: 바(바, 것: 의명)+-ᄅᆞᆯ(목조)

93) 브터: 븥(의지하다, 근거로 하다, 據)-+-어(연어)

94) 일울: 일우[이루다, 成(타동): 일(이루어지다, 成: 자동)-+-우(사접)-]-+-ㄹ(관전)

95) ᄆᆞᆺ: 가장, 제일, 最(부사)

96) 尊ᄒᆞ시닷: 尊ᄒᆞ[尊하다, 존귀하다: 尊(존: 불어)+-ᄒᆞ(형접)-]-+-시(주높)-+-Ø(현시)-+-다(평종)+-ㅅ(관조) ※ '-ㅅ'은 '世界예 ᄆᆞᆺ 尊ᄒᆞ시다'의 문장을 관형어로 쓰이게 하는 관형격 조사이다.

97) 니르리: [이르도록(부사): 니를(이르다, 至)-+-이(부접)]

98) ᄒᆞ샨: ᄒᆞ(하다, 爲)-+-샤(←-시-: 주높)-+-Ø(←-오-: 대상)-+-Ø(과시)-+-ㄴ(관전)

世·솅尊존ㅅ道:똥 일·우·샨·이·릴 양·ㅈ·ᄌᆞ·롤 ·그·려일·우·숩·고
又·ᅌᅮᆷ以·잉正정音흠·으·로 就·쯜加강譯·역解·갱·ᄒᆞ노·니
【又·ᅌᅮᆷ는 ·ᄯᅩ·ᄒᆞ논·ᄠᅳ·디·라 以·잉·는 ·ᄡᅳ·논·ᄠᅳ·디·니 우·리·나·랏 ·말·ᄊᆞ·ᄆᆞ·ᄅᆞᆯ 正정音흠
·은正정·호소·리니 우·리나·랏 ·말·ᄊᆞ·ᄆᆞ·ᄅᆞᆯ 正정·히
반·드·기 ·올·히 ·ᄡᅳ·논 글·ᄫᅵᆯ 후·ᄆᆞᆯ 正정音흠
·이·라·ᄒᆞ·ᄂᆞ·니·라 就·쯜·는 ·곧 因힌·ᄒᆞ·야·ᄒᆞ
·ᄃᆞᆺ·호·ᄠᅳ·디·니 漢·한字·ᄍᆞᆼ·로 ·몬·져 그·를 밍·ᄀᆞᆯ

모든 일이다. 】

世尊(세존)이 道(도)를 이루신 일의 모습을 그려서 이루고

又以正音(우이정음)으로 就加譯解(취가역해)하노니 【 又(우)는 '또'라고 하는 뜻이다. 以(이)는 '그로써'라고 하는 뜻이다. 正音(정음)은 正(정)한 소리니, 우리나라의 말을 正(정)히 반듯하게 옳게 쓰는 글이므로, 이름을 '正音(정음)'이라고 하느니라. 就(취)는 '곧 因(인)하여'라고 하듯 한 뜻이니, 漢字(한자)로 먼저 글을 만들고

믈읫[99] 이리라 】

世‧솅尊존ㅅ 道뚤 일우샨[100] 이릐[1] 양ᄌᆞ를[2] 그려[3] 일우ᅀᆞᆸ고[4]

又‧ᅌᅮᆼ以‧잉正‧정音흠‧으로 就‧쭇加강譯‧역解갱ᄒᆞ노니[5]【又‧ᅌᅮᆼ는 ᄯᅩ ᄒᆞ논[6] ᄠᅳ디라 以‧잉는 ᄡᅥ[7] ᄒᆞ논 ᄠᅳ디라 正‧정音흠‧은 正‧정ᄒᆞᆫ 소리니 우리나랏 마를 正‧정히 반ᄃᆞ기[8] 올히[9] ᄡᅳ논[10] 그릴ᄊᆡ[11] 일후믈 正‧정音흠‧이라 ᄒᆞᄂᆞ니라[12] 就‧쭇는 곧 因힌ᄒᆞ야 ᄒᆞ듯 ᄒᆞᆫ ᄠᅳ디니 漢‧한字‧ᄍᆞᆼ로 몬져[13] 그를[14] 밍ᄀᆞᆯ오[15]

---

99) 믈읫: 모든, 凡(관사)

100) 일우샨: 일우[이루다, 成(타동사): 일(이루어지다, 成: 자동)- + -우(사접)-]- + -샤(←-시-: 주높)- + -Ø(과시)- + -Ø(←-오-: 대상)- + -ㄴ(관전)

1) 이릐: 일(일, 事) + -의(-의: 관조)

2) 양ᄌᆞ를: 양ᄌᆞ(양자, 모습, 迹) + -를(목조)

3) 그려: 그리(그리다, 繪)- + -어(연어) ※ 석가모니의 일생을 중요한 일을 그림(八相圖)으로 그려서, 석보상절의 맨 앞에 붙인 것을 이른다. 이 책 76쪽에서 89쪽까지의 그림(팔상도)를 이른다.

4) 일우ᅀᆞᆸ고: 일우[이루다, 成(타동): 일(이루어지다, 成: 자동)- + -우(사접)-]- + -ᅀᆞᆸ(객높)- + -고(연어, 계기)

5) ᄒᆞ노니: ᄒᆞ(하다, 爲)- + -ㄴ(←-ᄂᆞ-: 현시)- + -오(화자)- + -니(연어, 설명의 계속)

6) ᄒᆞ논: ᄒᆞ(하다, 曰)- + -ㄴ(←-ᄂᆞ-: 현시)- + -오(대상)- + -ㄴ(관전)

7) ᄡᅥ: ① ᄡᅳ(←ᄡᅳ다: 쓰다, 用)- + -어(연어) ② [그로써, 以(부사): ᄡᅳ(←ᄡᅳ다: 쓰다, 用)- + -어(연어▷부접)] ※ 'ᄡᅥ'는 'ᄡᅳ다'의 어간에 연결 어미 '-어'가 붙어서 활용한 형태인데, 윔문의 한자 '以'를 번역한 말이다. 우리말로는 부사격 조사인 '-로써'의 뜻을 나타낸다.

8) 반ᄃᆞ기: [반듯이, 반듯하게(부사): 반ᄃᆞ(반듯: 불어) + -Ø(←-ᄒᆞ-: 형접)- + -이(부접)]

9) 올히: [옳게(부사): 옳(옳다, 是, 형사)- + -이(부접)]

10) ᄡᅳ논: ᄡᅳ(쓰다, 書)- + -ㄴ(←-ᄂᆞ-: 현시)- + -오(대상)- + -ㄴ(관전)

11) 그릴ᄊᆡ: 글(글, 書) + -이(서조)- + -ㄹᄊᆡ(-므로: 연어, 이유)

12) ᄒᆞᄂᆞ니라: ᄒᆞ(하다, 曰)- + -ᄂᆞ(현시)- + -니(원칙)- + -라(←-다: 평종)

13) 몬져: 먼저, 先(부사)

14) 그를: 글(글, 書) + -을(목조)

15) 밍ᄀᆞᆯ오: 밍ᄀᆞᆯ(만들다, 製)- + -오(←-고: 연어, 계기)

그를 곧 因(인)하여 正音(정음)으로 만들므로 곧 '因(인)하였다'라고 하였니라. 加(가)는 '힘들여 하였다'라고 하듯 한 뜻이다. 譯(역)은 飜譯(번역)이니 남의 나라의 글을 제 나라의 글로 고쳐 쓰는 것이다. 】

또 正音(정음)으로써 곧 因(인)하여 더 翻譯(번역)하여 새기니

庶幾人人(서기인인)이 易曉(역효)ᄒᆞ야 而歸依三寶焉(이귀의삼보언)이니라【庶幾(서기)는 '그러하게 하고자 바란다'라고 하는 뜻이다. 人人(인인)은 '사람마다'이다. 易(이)는 쉬운 것이다. 】

그를[16] 곧 因힌ᄒᆞ야 正정音흠으로 밍글씨 곧 因힌ᄒᆞ다 ᄒᆞ니라[17] 加강ᄂᆞᆫ 힘드려[18] ᄒᆞ다 ᄒᆞ듯 ᄒᆞᆫ ᄠᅳ디라 譯역은 飜편譯역이니 ᄂᆞ미[19] 나랏 그를 제[20] 나랏 글로 고텨[21] 쓸 씨라 】

ᄯᅩ 正정音흠으로ᄡᅥ[22] 곧 因힌ᄒᆞ야 더 翻편譯역ᄒᆞ야 사기노니[23]

庶셩幾긩人ᅀᅵᆫ人ᅀᅵᆫ이 易잉曉ᅘᅭᇢᄒᆞ야 而ᅀᅵᆼ歸귕依ᅙᅵᆼ三삼寶볼焉언이니라【庶셩幾긩ᄂᆞᆫ 그러ᄒᆞ긧고[24] ᄇᆞ라노라[25] ᄒᆞ논 ᄠᅳ디라 人ᅀᅵᆫ人ᅀᅵᆫᄋᆞᆫ 사름마대라[26] 易잉ᄂᆞᆫ 쉬ᄫᅳᆯ[27] 씨라

---

16) 그를: 그(그것, 彼: 지대, 정칭) + -를(목조)

17) ᄒᆞ니라: ᄒᆞ(하다, 曰)- + -Ø(과시)- + -니(원칙)- + -라(←-다: 평종)

18) 힘드려: 힘들이[힘들이다, 加力: 힘(힘, 力: 명사) + 들(들다, 入: 자동)- + -이(사접)-]- + -어(연어)

19) ᄂᆞ미: 놈(남, 他) + -이(관조)

20) 제: 저(자기, 己: 인대, 재귀칭) + -ㅣ(-의: 관조)

21) 고텨: 고티[고치다, 改: 곧(곧다, 直: 형사)- + -이(사접)-]- + -어(연어)

22) 正音으로ᄡᅥ: 正音(정음, 훈민정음) + -으로ᄡᅥ(-으로써: 부조, 방편) ※ '-으로ᄡᅥ'는 [-으로(부조) + ᄡᅳ(←ᄡᅳ다: 쓰다, 用)- + -어(연어▷부접)]의 방식으로 형성된 부사격 조사이다.

23) 사기노니: 사기(새기다, 풀이하다, 解)- + -ㄴ(←-ᄂᆞ-: 현시)- + -오(화자)- + -니(연어, 설명의 계속)

24) 그러ᄒᆞ긧고: 그러ᄒᆞ[그러하다: 그러(그러: 불어) + -ᄒᆞ(형접)-]- + -긧고(-게 하고자: 연어, 희망) ※ '그러ᄒᆞ긧고'는 '그러ᄒᆞ게 ᄒᆞ고 → 그러ᄒᆞ게 + ᄒᆞ고 → 그러ᄒᆞ겡고 → 그러ᄒᆞ긧고'의 변동 과정을 거친 것으로 볼 수 있다.

25) ᄇᆞ라노라: ᄇᆞ라(바라다, 望)- + -ㄴ(←-ᄂᆞ-: 현시)- + -오(화자)- + -라(←-다: 평종)

26) 사름마대라: 사름(사람, 人) + -마다(보조사, 각자) + -ㅣ(←-이-: 서조)- + -Ø(현시)- + -라(←-다: 평종)

27) 쉬ᄫᅳᆯ: 쉽(← 쉽다, ㅂ불: 쉽다, 易)- + -을(관전)

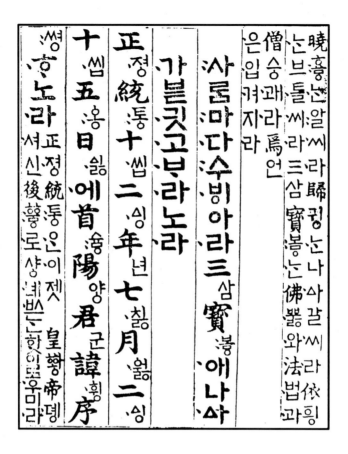

[6 뒤]

曉(효)는 아는 것이다. 歸(귀)는 나아가는 것이다. 依(의)는 붙는 것이다. 三寶(삼보)는 佛(불)과 法(법)과 僧(승)이다. 焉(언)은 토(허사)이다. 】

    사람마다 쉽게 알아 三寶(삼보)에 나아가서 (삼보에) 의지하게 하고자 바라노라.

正統(정통) 十二年(십이년) 七月(칠월) 二十五日(이십오일)에 首陽君(수양군) 諱(휘) 序(서)하노라. 【 正統(정통)은 지금의 皇帝(황제)가 서신 後(후)로 늘 쓰는 해의 이름(연호)이다. 】

曉_흫ᄂᆞᆫ 알 씨라 歸_귕ᄂᆞᆫ 나ᅀᅡ갈 씨라 依_힁ᄂᆞᆫ 브틀 씨라 三_삼寶_봏ᄂᆞᆫ 佛_뿛와 法_법과 僧_승괘라[28] 焉_언은 입겨지라[29]

사ᄅᆞᆷ마다 수비[30] 아라 三_삼寶_봏[31]애 나ᅀᅡ가[32] 븓긧고[33] ᄇᆞ라노라

正_정統_통 十_씹二_{ᅀᅵᆼ}年_년[34] 七_칧月_윓 二_{ᅀᅵᆼ}十_씹五_{ᅌᅩᆼ}日_{ᅀᅵᇙ}에 首_슣陽_양君_군 諱_휭[35] 序_쎵ᄒᆞ노라[36]【正_정統_통은 이젯 皇_{ᅘᅪᆼ}帝_뎽 셔신[37] 後_{ᅘᅮᇢ}로 샹녜[38] ᄡᅳᄂᆞᆫ 힛[39] 일후미라 】

---

28) 僧괘라: 僧(승, 승려) + -과(접조) + - ㅣ(←-이-: 서조) + -Ø(현시) + -라(←-다: 평종)

29) 입겨지라: 입겿[←입겿(구결, 토): 입(口) + 겿(← 겿: 부수된 것)] + -이(서조) + -Ø(현시) + -라(←-다: 평종) ※ '입겿'은 '입겾'의 형태로도 쓰였는데, 이는 문법 형태소(어조사)에 해당한다.

30) 수비: [쉽게(부사): 슇(← 쉽다, ㅂ불: 쉽다, 易, 형사)- + -이(부접)]

31) 三寶: 삼보. 불교도가 귀의(歸依)하는 세 가지의 근본 대상으로서, '불보(佛寶), 법보(法寶), 승보(僧寶)'를 이르는 말이다.

32) 나ᅀᅡ가: 나ᅀᅡ가[나아가다: 났(← 낫다: 나아가다, 進)- + -아(연어) + 가(가다, 去)-]- + -Ø(←-아: 연어)

33) 븓긧고: 븓(← 븥다: 의지하다, 귀의하다, 附)- + -긧고(-게 하고자: 연어, 희망)

34) 正統 十二年(정통 십이년): '正統(정통)'은 중국 명(明)나라 영종(英宗) 때의 연호(1436~1449년)이며, 정통 십이년은 1447년(세종 29년)이다.

35) 諱(휘): 왕이나, 죽은 아버지나 할아버지의 이름을 함부로 사용하지 못하게 하기 위해서, 삼가하여서 회피함을 나타내는 글자이다.

36) 序ᄒᆞ노라: 序ᄒᆞ[서문을 짓다: 序(서, 서문: 명사) + -ᄒᆞ(동접)-]- + -ㄴ(←-ᄂᆞ-: 현시)- + -오(화자)- + -라(←-다: 평종)

37) 셔신: 셔(서다, 즉위하다, 立) + -시(주높)- + -Ø(과시)- + -ㄴ(관전)

38) 샹녜: 늘, 常例(부사)

39) 힛: 히(해, 年) + -ㅅ(-의: 관조) ※ '힛 일훔'은 연호(年號)이다.

어제 월인석보 서

　수양대군이 단종을 폐하고 왕위에 등극한 뒤에 1459년(세조 4)에 부왕인 세종(世宗)과 세종의 정비인 소헌왕후(昭憲王后) 심씨(沈氏), 그리고 요절한 맏아들인 '의경세자(懿敬世子)'의 명복을 빌기 위하여 『월인석보』를 발간하였다. '어제 월인석보 서'는 『월인석보』의 서문인데, 그 내용에 따르면 1459년(세조 5년) 음력 7월 7일에 세조가 지은 것으로 되어 있다.

　'월인석보 서'에서는 앞서 세종 때에 『석보상절』을 편찬하는 데에 가장 기본적인 저본(底本)이 된 책이 중국의 고승인 승우(僧祐)와 도선(道宣)이 각각 지은 『석가씨보』와 『석가보』였음을 밝혔다. 그리고 『월인천강지곡』과 『석보상절』을 합하여 『월인석보』를 새로이 편찬할 때에 자문(諮問)을 구한 승려와 유학자의 이름과 직책이 상세하게 적혀 있어서, 『석보상절』과 『월인석보』를 연구하는 데에 귀중한 단서를 제공하고 있다.

　'월인석보 서'에서는 『석보상절』, 『월인천강지곡』, 『월인석보』를 편찬하게 된 동기와 과정을 다음과 같이 자세히 밝혔다.

　석가모니 부처님의 무한한 공덕은 아무리 기려도 다 기려 낼 수가 없다. 예전에 세종의 정비인 소헌왕후 심씨가 세상을 떠나자, 세종께서 심씨를 추모하기 위하여 『석보상절』을 만들어 훈민정음으로 번역할 것을 나(= 수양대군)에게 명하셨다. 이에 예전에 중국의 고승인 승우(僧祐)와 도선(道宣)이 각각 편찬한 석보(釋譜)를 합쳐서 한문본인 『석보상절』을 만들고, 훈민정음으로 번역하여 세종께 진상하였다. 세종께서는 『석보상절』의 내용을 직접 감수하고 『월인천강지곡』을 친히 지으셨다. 세월이 흘러서 내(= 세조)가 왕위에 오른 뒤(세조 4년)에 맏아들인 의경세자가 요절하였다. 이에 나(세조)는 세종과 소헌왕후, 그리고 요절한 맏아들인 '의경세자'를 추모하기 위하여, 『월인천강지곡』과 『석보상절』의 내용을 합하여 『월인석보』를 편찬하였다. 예전에 만들었던 글(= 석보상절)을 강론하여 새로운 글(= 월인석보의 초고)을 다시 가다듬고, 의심되는 곳이 있으면 신미(信眉)와 수미(守眉)를 비롯한 여러 승려와 유학자인 김수온(金守溫)에게 세세하게 자문(諮問)을 구하였다. 이렇게 원래 서천(西天)의 글자로 적힌 경전을 우리나라의 말로 번역하여 편찬한 『월인석보』로써, 국태민안(國泰民安)을 이루고 나아가 일체의 유정(有情)과 더불어서 보리(菩提)의 피안(彼岸) 세계에 빨리 가기를 바란다.

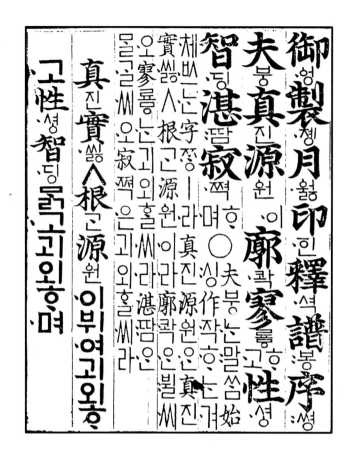

御製(어제) **月印釋譜**(월인석보)　**序**(서)

夫眞源(부진원)이　廓寥性智湛寂(곽요성지담적)하며【 夫(부)는　말씀을　始作(시작)하는　토(허사)에　쓰는　글자이다. 眞源(진원)은　眞實(진실)의　根源(근원)이다. 廓(곽)은　빈　것이요　寥(요)는　고요한　것이다. 湛(담)은　맑은　것이요　寂(적)은　고요한　것이다.】

眞實(진실)의　根源(근원)이　비어　고요하고, 性智(성지)가　맑고　고요하며

御_엉製_졩　月_윓印_힌釋_셕譜_봉　序_셩

夫_붕眞_진源_원이　廓_콱寥_륳性_셩智_딩湛_땀寂_쪅ᄒ며【夫_붕ᄂᆞᆫ 말ᄊᆞᆷ 始_싱作_작ᄒᆞᄂᆞᆫ 겨체 쓰ᄂᆞᆫ 字_쭝ㅣ라　眞_진源_원은 眞_진實_씷ㅅ 根_군源_원이라　廓_콱은 뷜¹⁾ 씨오 寥_륳ᄂᆞᆫ 괴외ᄒᆞᆯ²⁾ 씨라　湛_땀ᄋᆞᆫ 몱글³⁾ 씨오　寂_쪅은 괴외ᄒᆞᆯ 씨라】

　眞_진實_씷ㅅ　根_군源_원⁴⁾이　뷔여⁵⁾ 괴외ᄒᆞ고⁶⁾ 性_셩智_딩⁷⁾ 몱고 괴외ᄒᆞ며

---

1) 뷜: 뷔(비다, 空)- + -ㄹ(관전)
2) 괴외ᄒᆞᆯ: 괴외ᄒᆞ[고요하다, 靜(형사): 괴외(고요, 寂: 명사) + -ᄒᆞ(형접)-]- + -ㄹ(관전)
3) 몱글: 몱(맑다, 湛)- + -을(관전)
4) 眞實 根源: 진실 근원. 나면서부터 타고난 본 마음이다.
5) 뷔여: 뷔(비다, 空)- + -여(←-어: 연어)
6) 괴외ᄒᆞ고: 괴외ᄒᆞ[고요하다, 靜(형사): 괴외(고요, 寂: 명사) + -ᄒᆞ(형접)-]- + -고(연어, 나열)
7) 性智: 성지. 타고난 지혜이다.

靈光(영광)이 獨耀(독요)하고 法身(법신)이 常住(상주)하여【光(광)은 빛이다. 獨(독)은 혼자이요 耀(요)는 빛나는 것이다. 身(신)은 몸이다. 住(주)는 머물러 있는 것이다. 】

靈(영)한 光明(광명)이 홀로 빛나고 法身(법신)이 늘 있어서

色相(색상)이 一泯(일민)하며 能所(능소)가 都亡(도망)하니【色(색)은 빛이요 相(상)은 모습이다.

靈_령光_광이 獨_똑耀_욜ᄒ고 法_법身_신이 常_쌍住_뜽ᄒ야【光_광은 비치라[8] 獨_똑은 ᄒᆞ오새오[9] 耀_욜ᄂᆞᆫ 빗날[10] 씨라 身_신은 모미라 住_뜽ᄂᆞᆫ 머므러[11] 이실 씨라 】

靈_령[12]ᄒᆞᆫ 光_광明_명이 ᄒᆞ오ᅀᅡ[13] 빗나고[14] 法_법身_신[15]이 샹녜[16] 이셔[17]

色_식相_샹이 一_{ᅙᅵᆯ}泯_민ᄒ며 能_능所_송ㅣ 都_동亡_망ᄒ니【色_식은 비치오 相_샹은 얼구리라[18]

---

8) 비치라: 빛(빛, 光) + -이(서조)- + -∅(현시)- + -라(←-다: 평종)

9) ᄒᆞ오새오: ᄒᆞ오ᅀᅡ(혼자, 獨: 명사) + -ㅣ(←-이-: 서조)- + -오(←-고: 연어, 나열)

10) 빗날: 빗나[빛나다, 光: 빗(←빛: 빛, 光) + 나(나다: 出)-]- + -ㄹ(관전)

11) 머므러: 머믈(머물다, 住)- + -어(연어)

12) 靈: 영. 신령스러움이나 신비스러움이다.

13) ᄒᆞ오ᅀᅡ: 홀로, 혼자, 獨(부사)

14) 빗나고: 빗나[빛나다: 빗(←빛: 빛, 光) + 나(나다, 現)-]- + -고(연어, 나열)

15) 法身: 법신. 삼신(三身)의 하나이다. 법신은 불법의 이치와 일치하는 부처의 몸을 이른다. 곧, 현실로 출현하는 부처님을 초월한 영원한 부처의 본체이다. ※ 삼신(三身): 성질에 따라 나눈 부처의 세 가지 몸이다. '법신(法身)·보신(報身)·응신(應身)/화신(化神)' 또는 '자성신(自性身)·수용신(受用身)·변화신(變化身)' 따위가 있다.

16) 샹녜: 늘, 항상, 常(부사)

17) 이셔: 이시(있다, 住)- + -어(연어)

18) 얼구리라: 얼굴(모습, 형상, 相) + -이(서조)- + -∅(현시)- + -라(←-다: 평종)

泯(민)은 없는 것이다. 能(능)은 내가 하는 것이요, 所(소)는 나를 對(대)한 것이다. 都(도)는 '다'라고 하는 뜻이요 亡(은) 없는 것이다. 】

　色相(색상)이 한가지로 없으며, 能所(능소)가 다 없으니

旣無生滅(기무생멸)커니　焉有去來(언유거래)리오【生(생)은 나는 것이요 滅(멸)은 없는 것이다. 焉(언)은 '어찌'라고 하는 뜻이요 有(유)는 있는 것이다. 去(거)는 가는 것이요 來(래)는 오는 것이다. 】

泯_민은 업슬 씨라 能_능은 내¹⁹⁾ 호미오²⁰⁾ 所_송는 날²¹⁾ 對_됭혼 것²²⁾이라 都_동는 다 호논 뜨디오 亡_망은 업슬 씨라 】

色_싃相_샹²³⁾이 혼가지로²⁴⁾ 업스며 能_능所_송²⁵⁾ ㅣ 다 업스니

既_긩無_뭉生_싱滅_몊커니 焉_현有_울去_컹來_링리오 【 生_싱은 날 씨오 滅_몊은 업슬 씨라 焉_현은 엇뎨²⁶⁾ 호논 뜨디오 有_울는 이실 씨라 去_컹는 갈 씨오 來_링는 올 씨라 】

---

19) 내: 나(나, 我: 인대, 1인칭) + -ㅣ(←-의: 관조, 의미상 주격) ※ '내'의 성조가 평성이므로, '내'는 관형격이다. 그러나 이 문맥에서는 명사절 속에서 '제'가 관형격으로 쓰였는데, 이러한 경우의 '내'는 주격으로 해석하여야 문장이 자연스럽다.

20) 호미오: ᄒᆞ(←ᄒᆞ다: 하다, 爲)- + -옴(명전) + -이(서조)- + -오(←-고: 연어, 나열) ※ '내가 하는 것'은 작용하는 주체이다.

21) 날: 나(나, 我: 인대, 1인칭) + -ㄹ(←-를: 목조)

22) 날 對혼 것: '나를 對한 것'은 작용을 받는 객체이다.

23) 色相: 색상. '色(색)'과 '相(상)'을 아울러 이르는 말이다. '색(色)'은 '빛(光)'을 이르고, '상(相)'은 '모습'을 이른다. 곧, '색상'은 빛깔과 형태가 있는 신상(身相)이며, 형체가 없는 법신(法身)에 대립되는 말이다.

24) 혼가지로: 혼가지[한가지, 마찬가지(명사): 혼(한, 一: 관사, 양수) + 가지(가지, 種: 의명)] + -로(부조, 방편)

25) 能所: 능소. '能(능)'과 '所(소)'를 아울러 이르는 말이다. '능(能)'은 작용하는 주체(능동적인 것)이고, '소(所)'는 작용을 받는 객체(피동적인 것)이다.

26) 엇뎨: 어찌, 焉(부사, 지시, 미지칭)

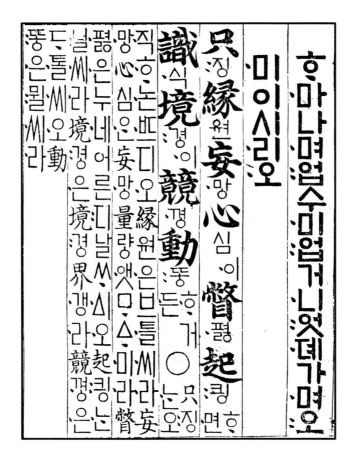

이미 나며 없어짐이 없는데 어찌 가며 오는 것이 있으리오?

只緣妄心(지연망심)이 瞥起(별기)하면 識境(식경)이 競動(경동)하거든【 只(지)
는 '오직'이라고 하는 뜻이요, 緣(연)은 붙는 것이다. 妄心(망심)은 妄量(망량)하
는 마음이다. 瞥(별)은 눈에 얼른 지나는 것이요, 起(기)는 일어나는 것이다. 境
(경)은 境界(경계)이다. 競(경)은 다투는 것이요, 動(동)은 움직이는 것이다.

ᄒᆞ마 나며[27] 업수미[28] 업거니[29] 엇뎨[30] 가며 오미[31] 이시리오[32]

只징緣원妄망心심이 瞥폃起킝ᄒᆞ면 識식境경이 競꼉動똥ᄒᆞ거든【只징는 오직 ᄒᆞ논 ᄠᅳ디오 緣원은 브틀 씨라 妄망心심은 妄망量량앳[33] ᄆᆞᅀᆞ미라 瞥폃은 누네 어른[34] 디날[35] 씨오 起킝는 닐[36] 씨라 境경은 境경界개라[37] 競꼉은 ᄃᆞ톨[38] 씨오 動똥은 뮐[39] 씨라

---

27) 나며: 나(나다, 出)-+-며(연어, 나열)

28) 업수미: 없(없어지다, 無: 동사)-+-움(명전)+-이(주조)

29) 업거니: 없(없다, 無: 형사)-+-거(확인)-+-니(연어, 이유)

30) 엇뎨: 어찌, 焉(부사, 지시, 미지칭)

31) 오미: 오(오다, 來)-+-ㅁ(←-옴: 명전)+-이(주조)

32) 이시리오: 이시(있다, 有)-+-리(미시)-+-오(←-고: -느냐, 의종, 설명)

33) 妄量앳: 妄量(망량)+-애(-에: 부조, 위치)+-ㅅ(-의: 관조) ※ '妄量(망량)'은 망령되이 분별하는 마음이다.

34) 어른: 얼른, 速(부사)

35) 지날: 디나(지나다, 過)-+-ㄹ(관전)

36) 닐: 닐(일어나다, 起)-+-ㄹ(관전)

37) 境界라: 境界(경계)+-Ø(←-이-: 서조)-+-Ø(현시)-+-라(←-다: 평종)

38) ᄃᆞ톨: ᄃᆞ토(다투다, 競)-+-ㄹ(관전)

39) 뮐: 뮈(움직이다, 動)-+-ㄹ(관전)

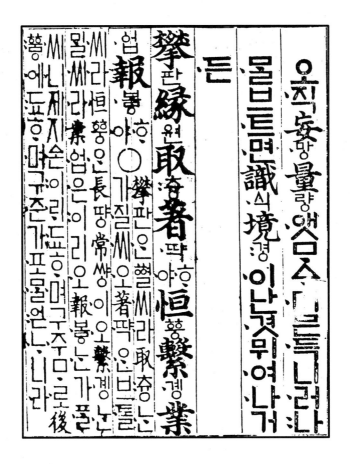

오직 妄量(망량)된 마음이 문득 일어나게 되면, 識境(식경)이 다투어서 움직여서 나므로

攀緣取著(반연취저)하여 恒繫業報(항계업보)하여 【攀(반)은 당기는 것이다. 取(취)는 가지는 것이요, 著(저)는 붙는 것이다. 恒(항)은 長常(장상: 항상, 늘)이요, 繫(계)는 매는 것이다. 業(업)은 일이요, 報(보)는 갚는 것이니, 자기가 지은 일이 좋으며 궂음으로써 後(후)에 좋으며 궂은 갚음을 얻느니라. 】

오직 妄_망量_량앳⁴⁰⁾ ᄆᅀᅢ미⁴¹⁾ 믄득 니러나ᄆᆞᆯ⁴²⁾ 브트면⁴³⁾ 識_식境_경이 난겻⁴⁵⁾ 뮈여⁴⁶⁾ 나거든

攀_판緣_원⁴⁷⁾取_츙著_땨ᄒᆞ야 恒_{ᅘᅥᆼ}繫_곙業_업報_봏ᄒᆞ야【攀_판ᄋᆞᆫ 혈⁴⁸⁾ 씨라 取_츙ᄂᆞᆫ 가질 씨오 著_땨ᄋᆞᆫ 브틀 씨라 恒_{ᅘᅥᆼ}ᄋᆞᆫ 長_땽常_쌍이오⁴⁹⁾ 繫_곙ᄂᆞᆫ 밀 씨라 業_업은 이리오⁵⁰⁾ 報_봏ᄂᆞᆫ 가플 씨니 제⁵¹⁾ 지손⁵²⁾ 이릐 됴ᄒᆞ며⁵³⁾ 구주ᄆᆞ로⁵⁴⁾ 後_{ᅘᅮᇢ}에 됴ᄒᆞ며 구즌 가포ᄆᆞᆯ⁵⁵⁾ 얻ᄂᆞ니라⁵⁶⁾】

---

40) 妄量앳: 妄量(망량, 헛된 마음) + -애(-에: 부조, 위치) + -ㅅ(-의: 관조)

41) ᄆᅀᅢ미: ᄆᅀᆞᆷ(마음, 心) + -이(주조)

42) 니러나ᄆᆞᆯ: 니러나[일어나다: 닐(일어나다, 起)- + -어(연어) + 나(나다, 生)-]- + -ㅁ(←-옴: 명전) + -ᄋᆞᆯ(목조)

43) 브트면: 븥(말미암다, 의지하다, 따르다, 由, 依, 從)- + -으면(연어, 조건) ※ '妄量앳 ᄆᅀᅢ미 믄득 니러나ᄆᆞᆯ 브트면'을 '망량된 마음이 문득 일어나게 되면'으로 의역하여 옮긴다.

44) 識境: 식경. 어떤 일에 대하여 인식하는 마음의 작용이다.

45) 난겻: 겨루어, 경쟁적으로, 競(부사)

46) 뮈여: 뮈(움직이다, 動)- + -여(←-어: 연어)

47) 攀緣: 반연. 속된 일에 이끌리는 것이다.

48) 혈: 혀(끌다, 攀)- + -ㄹ(관전)

49) 長常이오: 長常(장상, 항상: 부사) + -이(서조)- + -오(←-고: 연어, 나열)

50) 이리오: 일(일, 事) + -이(서조)- + -오(←-고: 연어, 나열)

51) 제: 저(저, 자기, 己: 인대, 재귀칭) + -ㅣ(←-의: 관조, 의미상 주격) ※ '제'의 성조가 평성이므로, '제'는 관형격이다. 그러나 이 문맥에서는 관형절 속에서 '제'가 관형격으로 쓰였는데, 이러한 경우의 '내'는 주격으로 해석하여야 문장이 자연스럽다.

52) 지손: 짓(←짓다, ㅅ불: 짓다, 作)- + -∅(과시)- + -오(대상)- + -ㄴ(관전)

53) 됴ᄒᆞ며: 둏(좋다, 好)- + -ᄋᆞ며(연어, 나열)

54) 구주ᄆᆞ로: 궂(궂다, 惡)- + -움(명전) + -ᄋᆞ로(부조, 방편)

55) 가포ᄆᆞᆯ: 갚(갚다, 報)- + -옴(명전) + -ᄋᆞᆯ(목조)

56) 얻ᄂᆞ니라: 얻(얻다, 得)- + -ᄂᆞ(현시)- + -니(원칙)- + -라(←-다: 평종)

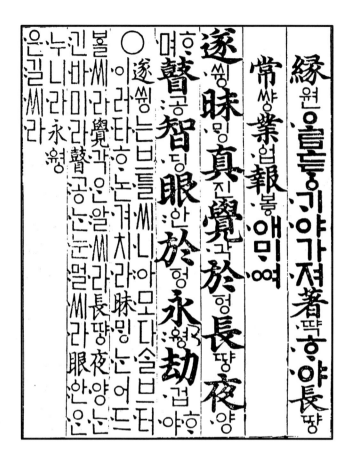

緣(연)을 붙당기어 가져서 (緣에) 붙어, 長相(장상) 業報(업보)에 매여

逐昧眞覺於長夜(수매진각어장야)하며 瞽智眼於永劫(고지안어영겁)하여 【逐(수)는 붙는 것이니, 어떤 탓에 붙어서 '이렇다'라고 하는 토(허사)이다. 昧(매)는 어두운 것이다. 覺(각)은 아는 것이다. 長夜(장야)는 긴 밤이다. 瞽(고)는 눈이 머는 것이다. 眼(안)은 눈이다. 永(영)은 긴 것이다. 】

緣원⁵⁷⁾을 븓둥긔야⁵⁸⁾ 가져 著땩ᄒᆞ야⁵⁹⁾ 長땽常썅⁶⁰⁾ 業업報ᄫᅩᇢ⁶¹⁾애 ᄆᆡ

여⁶²⁾

遂쒱昧밍眞진覺각於헝長땽夜양ᄒᆞ며 瞽공智딩眼안於헝永ᄫᅱᇰ劫겁ᄒᆞ야【遂쒱는 브

틀 씨니 아모⁶³⁾ 다ᄉᆞᆯ⁶⁴⁾ 브터⁶⁵⁾ 이러타⁶⁶⁾ ᄒᆞ논 겨치라 昧밍는 어드볼⁶⁷⁾ 씨라 覺

각ᄋᆞᆫ 알 씨라 長땽夜양ᄂᆞᆫ 긴 바미라 瞽공ᄂᆞᆫ 눈 멀 씨라 眼안ᄋᆞᆫ 누니라 永ᄫᅱᇰ

ᄋᆞᆫ 길 씨라 】

---

57) 緣: 연. '攀緣(반연)'이다. 속된 일에 이끌리는 것이다.

58) 븓둥긔야: [붙당기다, 붙잡아서 당기다: 븥(← 븥다: 붙다, 附)- + 둥긔(당기다, 引)-]- + -야(←
   -아: 연어)

59) 著ᄒᆞ야: 著ᄒᆞ[저하다, 붙다(동사): 著(저: 불어) + -ᄒᆞ(동접)-]- + -야(← -아: 연어) ※ '븥-'은
   '븥다(붙다, 附)'의 어간인 '븥-'을 달리 적은 형태이다.

60) 長常: 장상. 늘, 항상(부사)

61) 業報: 업보. 전생에 지은 선악에 따라 현재의 행과 불행이 있고, 현세에서의 선악의 결과에 따
   라 내세에서 행과 불행이 있는 일이다.

62) ᄆᆡ여: ᄆᆡ예[매이다(자동): ᄆᆡ(매다, 繫: 타동)- + -ㅇ예(← -이-: 피접)-]- + -어(연어) ※ 'ᄆᆡ여'
   는 'ᄆᆡ여'의 강조 형태이다.

63) 아모: 아무, 어떤, 某(관사, 지시, 부정칭)

64) 다ᄉᆞᆯ: 닷(탓, 이유: 의명) + -ᄋᆞᆯ(-에: 목조, 보조사적 용법) ※ '-ᄋᆞᆯ'은 목적격 조사의 보조사적
   용법(강조 용법)으로 쓰였다. 문맥을 감안하면 부사격 조사인 '-에'가 실현되어야 자연스럽다.

65) 아모 다ᄉᆞᆯ 브터: '어떤 이유를 근거로 하여'로 의역할 수 있다.

66) 이러타: 이러ᄒᆞ[← 이러ᄒᆞ다(이러하다): 이러(이러: 불어) + -ᄒᆞ(형접)-]- + -다(평종)

67) 어드볼: 어듭[← 어듭다, ㅂ불: 어둡다, 昧)- + -을(관전)

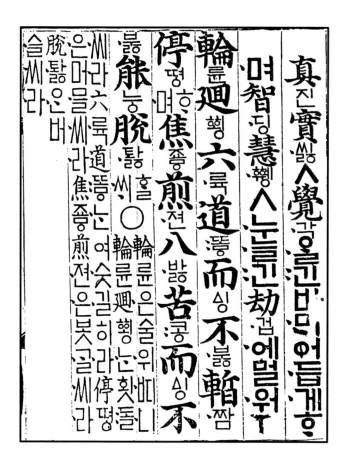

眞實(진실)의 覺(각)을 긴 밤에 어둡게 하며, 智慧(지혜)의 눈을 긴 劫(겁)에 눈멀게 하여

輪回六道而不暫停(윤회륙도이불잠정)하며 焦煎八苦而不能脫(초전팔고이불능탈)하므로【輪(윤)은 수레바퀴니 輪回(윤회)는 휘도는 것이다. 六道(육도)는 여섯 길이다. 停(정)은 머무는 것이다. 焦煎(초전)은 볶는 것이다. 脫(탈)은 벗는 것이다.】

眞진實씷ㅅ 覺각[68]을 긴 바미 어듭게 ᄒᆞ며 智딩慧ᅘᆒㅣㅅ 누늘 긴 劫겁[69]에 멀워[70]

輪륜回ᅘᆔ六륙道똘而ᅀᅵ不붏暫짬停뗭ᄒᆞ며 焦쥴煎젼八밣苦콩而ᅀᅵ不붏能ᄂᆞᆼ脫뤓ᄒᆞᆯ씨【輪륜은 술위삐니[71] 輪륜回ᅘᆔ[72]ᄂᆞᆫ 횟돌[73] 씨라 六륙道똘[74]ᄂᆞᆫ 여슷 길히라[75] 停뗭은 머믈 씨라 焦쥴煎젼은 봇글[76] 씨라 脫뤓ᄋᆞᆫ 버슬 씨라】

---

68) 覺: 각. 깨달음이다.

69) 劫: 겁. 하늘과 땅이 한 번 개벽할 때부터 다음 개벽할 때까지의 동안이란 뜻으로, 지극히 길고 오랜 시간을 일컫는 말이다. 불교에서는 보통 연월일시로써는 헤아릴 수 없는 아득한 시간을 의미한다. 우주론적 시간에서 범천(神, Brahmā)의 하루(1,000yuga)에 해당하며 '영겁(永劫)', '아승기겁(阿僧祇劫)', '조재영겁(兆載永劫)' 등 광원(曠遠)한 시간을 표시하는 데에 쓰인다. 여기서 '아승기'나 '조재'는 수의 단위이다.

70) 멀워: 멀우[눈을 멀게 하다: 멀(눈이 멀다, 瞖: 자동)- + -우(사접)-]- + -어(연어)

71) 술위삐니: [수레바퀴, 輪: 술위(수레, 車) + 삐(바퀴, 輪)] + -Ø(←-이-: 서조)- + -니(연어, 설명의 계속)

72) 輪回: 윤회. 수레바퀴가 끊임없이 구르는 것과 같이, 중생이 번뇌와 업에 의하여 삼계 육도(三界六道)의 생사 세계를 그치지 아니하고 돌고 도는 일이다.

73) 횟돌: 횟돌[휘돌다: 횟(휘-: 강접)- + 돌(돌다, 回: 자동)-]- + -ㄹ(관전)

74) 六道: 육도. 불교에서 깨달음을 얻지 못한 무지한 중생이 윤회전생(輪廻轉生)하게 되는 6가지 세계 또는 경계이다. 망자가 죽어서 가게 되는 곳 중에 가장 좋지 못한 곳인 삼악도(三惡道)는 지옥도(地獄道), 아귀도(餓鬼道), 축생도(畜生道)이다. 반면에 선인이 죽어서 가는 세 가지의 세계인 삼선도(三善道)는 아수라도(阿修羅道) 또는 수라도, 인간도(人間道), 천상도(天上道)이다.

75) 길히라: 길ㅎ(길, 道) + -이(서조)- + -Ø(현시)- + -라(← -다: 평종)

76) 봇글: 볶(볶다, 焦)- + -을(관전)

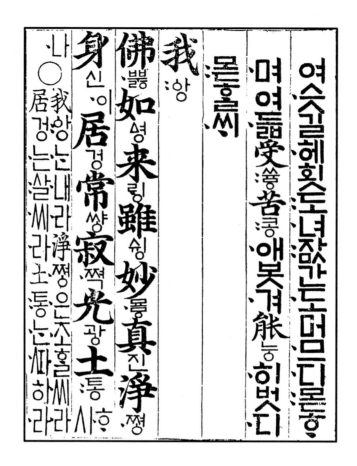

여섯 길(六道)에 휘돌아다녀서 잠깐도 머물지 못하며, 여덟 受苦(수고)에 복여서 能(능)히 (여덟 수고를) 벗지 못하므로

我(아)

佛如來雖妙眞淨身(불여래수묘진정신)이 居常寂光土(거상적광토)하시나【○我(아)는 '나'이다. 淨(정)은 맑은 것이다. 居(거)는 사는 것이다. 土(토)는 땅이다.

여슷 길헤⁷⁷⁾ 횟도녀⁷⁸⁾ 잢간도⁷⁹⁾ 머므디⁸⁰⁾ 몯ᄒ며 여듧 受_쓩苦_콩⁸¹⁾

애 봇겨⁸²⁾ 能_능히 벗디⁸³⁾ 몯홀씨⁸⁴⁾

我_앙

佛_뿛如_{ᅀᅧ}來_링雖_쉉妙_묳眞_진淨_쪙身_신이 居_겅常_썅寂_쪅光_광土_통ᄒ시나【○ 我_앙ᄂᆞᆫ
내라⁸⁵⁾ 淨_쪙은 조홀⁸⁶⁾ 씨라 居_겅ᄂᆞᆫ 살⁸⁷⁾ 씨라 土_통ᄂᆞᆫ 짜히라⁸⁸⁾

---

77) 六道: 불교에서 깨달음을 얻지 못한 무지한 중생이 윤회전생(輪廻轉生)하게 되는 6가지 세계 또는 경계이다. 망자가 죽어서 가게 되는 곳 중에 가장 좋지 못한 곳인 '삼악도(三惡道)'에는 지옥도(地獄道), 아귀도(餓鬼道), 축생도(畜生道)가 있다. 그리고 망자가 죽은 뒤에 가는 곳 중에서 좋은 곳인 '삼선도(三善道)'에는 아수라도(阿修羅道) 또는 수라도, 인간도(人間道), 천상도(天上道)의 여섯 갈래로 갈라져 있다. 이것을 육도(六道)라고 하며 여기에 삼계(三界)인 욕계(慾界), 색계(色界), 무색계(無色界)를 더하여 삼계육도(三界六道)라고 부른다.

78) 횟도녀: 회도니[휘돌아 다니다: 횟(휘-: 접두, 강조)- + 도(← 돌다: 돌다, 回)- + 니(가다, 다니다, 行)-]- + -여(← -어: 연어)

79) 잢간도: 잢간[잠깐: 잠(잠, 暫: 불어) + -ㅅ(관조, 사잇) + 간(간, 間: 불어)] + -도(보조사, 강조)

80) 머므디: 머므(← 머믈다: 머물다, 留)- + -디(-지: 연어, 부정)

81) 여듧 受苦: 여덟 수고. 사람이 세상에서 면하기 어렵다고 하는 여덟 가지 괴로움이다. 곧 '생고(生苦), 노고(老苦), 병고(病苦), 사고(死苦), 애별리고(愛別離苦), 원증회고(怨憎會苦), 구부득고(求不得苦), 오음성고(五陰盛苦)'를 이른다.

82) 봇겨: 봇기[볶이다, '볶다'의 피동사: 봇(볶다, 焦煎: 타동)- + -이(피접)-]- + -어(연어)

83) 벗디: 벗(← 밧다: 벗다, 脫)- + -디(-지: 연어, 부정)

84) 몯홀씨: 몯ᄒ[못하다(보용, 부정): 몯(못, 不能: 부사, 부정) + -ᄒ(동접)-]- + -ㄹ씨(-므로: 연어, 이유)

85) 내라: 나(나, 我: 인대, 1인칭) + -ㅣ(←-이-: 서조)- + -Ø(현시)- + -라(←-다: 평종)

86) 조홀: 좋(맑다, 깨끗하다, 淨)- + -올(관전)

87) 살: 살(살다, 居)- + -Ø(←-ㄹ: 관전)

88) 짜히라: 짜ㅎ(땅, 地) + -이(서조)- + -Ø(현시)- + -라(←-다: 평종)

[5 앞]

妙眞淨身(묘진정신)은 淸淨(청정)한 法身(법신)을 사뢰셨니라. ○ 묻되, "寂寂(적적)함이 이름이 끊어지거늘 어찌 法身(법신)이라고 이름을 붙였느냐?" 對答(대답)하되, "法(법)이 實(실)로 이름이 없건마는, 機(기, 중생)를 爲(위)하여 구분하여 이르느라고 하여, 寂寂體(적적체)를 사뢰되 구태여 法身(법신)이라 일컬었니라." ○ 常(상)은 곧 法身(법신)이요, 寂(적)은 곧 解脫(해탈)이요, 光(광)은 곧 般若(반야)이니, 옳디 아니하며 變(변)치 아니하는 것이 常(상)이요, 있는 것을 떨치며 없는 것을 떨치는 것이 寂(적)이요, 俗(속)을 비추며 眞(진)을 비추는 것이 光(광)이다. 】

妙_묠眞_진 淨_쪙身_신은 淸_청淨_쪙 法_법身_신을 솔ᄫᅵ시니라⁸⁹⁾ ○ 무로ᄃᆡ⁹⁰⁾ 寂_쪅寂_쪅⁹¹⁾

호미 일후미 긋거늘⁹²⁾ 엇뎨 法_법身_신이라 일훔지ᄒᆞ뇨⁹³⁾ 對_됭答_답호ᄃᆡ 法_법이

實_씷로 일훔 업건마른⁹⁴⁾ 機_긩⁹⁵⁾를 爲_윙ᄒᆞ야 글ᄒᆞ야⁹⁶⁾ 니르노라⁹⁷⁾ ᄒᆞ야 寂_쪅寂_쪅

體_톙를 솔보ᄃᆡ 구틔여⁹⁸⁾ 法_법身_신이라 일ᄏᆞᆮᄫᅵ니라⁹⁹⁾ ○ 常_쌍은 곧 法_법身_신이

오 寂_쪅은 곧 解_갱脫_퇋¹⁰⁰⁾이오 光_광은 곧 般_반若_샹¹⁾ㅣ니 옮디 아니ᄒᆞ며 變_변티

아니호미 常_쌍이오 이슘²⁾ 여희며 업숨 여희유미³⁾ 寂_쪅이오 俗_쇽 비취며 眞_진

비취유미⁴⁾ 光_광이라 】

---

89) 솔ᄫᅵ시니라: 솗(← 솗다, ㅂ불: 사뢰다, 아뢰다, 奏)- + -ᄋᆞ시(주높)- + -Ø(과시)- + -니(원칙)- + -라(← -다: 평종)

90) 무로ᄃᆡ: 물(← 묻다, ㄷ불: 묻다, 問)- + -오ᄃᆡ(-되: 설명의 계속)

91) 寂寂: 적적. 번뇌나 망상(妄念, 無明)이 일어나지 않는 해탈(解脫)의 상태이다.

92) 긋거늘: 긋(← 긏다: 끊어지다, 없어지다, 斷)- + -거늘(연어, 상황)

93) 일훔지ᄒᆞ뇨: 일훔짛[이름 붙이다, 名: 일훔(이름, 名) + 짛(짓다, 붙이다, 附)-]- + -Ø(과시)- + -ᄋᆞ뇨(-느냐: 의종, 설명)

94) 업건마른: 업(← 없다: 없다, 無)- + -건마른(-건마는: 연어, 인정 대조)

95) 機: 기. 부처의 가르침 대상인 중생(衆生)이다.

96) 글ᄒᆞ야: 글ᄒᆞ(← 글히다: 가리다, 구분하다, 分)- + -야(← -아: 연어)

97) 니르노라: 니르(이르다, 曰)- + -노라(-느라고: 연어, 목적, 원인)

98) 구틔여: [구태여(부사): 구틔(굳이 하게 하다, 강요하다, 强: 타동)- + -여(← -어: 연어 ▷부접)]

99) 일ᄏᆞᆮᄫᅵ니라: 일ᄏᆞᆮ(일컫다, 曰)- + -줗(← -줍-: 객높)- + -Ø(과시)- +-ᄋᆞ니(원칙)- + -라(← -다: 평종)

100) 解脫: 해탈. 번뇌의 얽매임에서 풀리고 미혹의 괴로움에서 벗어나는 것이다.

1) 般若: 반야. 대승 불교에서, 만물의 참다운 실상을 깨닫고 불법을 꿰뚫는 지혜이다.

2) 이슘: 이시(있다, 有)- + -움(명전)

3) 여희유미 : 여희(여의다, 떠나다, 떨치다, 버리다, 別)- + -윰(← -움 : 명전) + -이(주조)

4) 비취유미: 비취(비추다, 照: 타동)- + -윰(← -움 : 명전) + -이(주조)

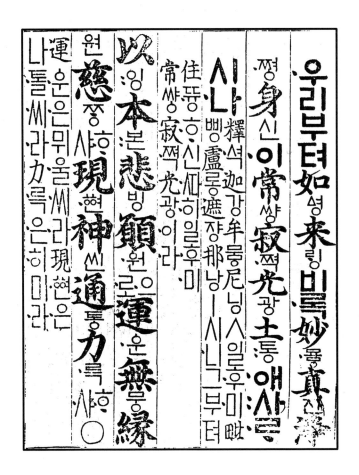

우리 부처 如來(여래)가 비록 妙眞淨身(묘진정신)이 常寂光土(상적광토)에 사
시나 【釋迦牟尼(석가모니)의 이름이 毗盧遮那(비로자나)이시니, 그 부처가 住
(주)하신 땅이 이름이 常寂光(상적광)이다. 】

以本悲願(이본비원)으로 運無緣慈(운무연자)하시어 現神通力(현신통력)하시어
【 運(운)은 움직이는 것이다. 現(현)은 나타내는 것이다. 力(역)은 힘이다. 】

우리 부텨 如_셩來_링⁵⁾ 비록 妙_묠眞_진淨_쪙身_신⁶⁾이 常_쌍寂_쪅光_광土_퉁⁷⁾애 사르시나⁸⁾ 【釋_셕迦_강牟_뭏尼_닝ㅅ 일후미 毗_삥盧_롱遮_쟝那_낭⁹⁾ㅣ시니 그 부텨 住_뜡ᄒ신¹⁰⁾ 싸히 일후미 常_쌍寂_쪅光_광이라 】

以_잉本_본悲_빙願_원으로 運_운無_뭉緣_원慈_쭝ᄒ샤 現_현神_씬通_통力_륵ᄒ샤 【運_운은 뮈울¹¹⁾ 씨라 現_현은 나톨¹²⁾ 씨라 力_륵은 히미라 】

---

5) 如來: 如來(여래) + -∅(← -이: 주조) ※ '如來(여래)'는 부처님을 가리키는 여러 가지 이름 중의 하나이다. 지금까지의 부처들과 같은 길을 걸어서 열반의 피안에 간 사람, 또는 진리에 도달한 사람이라는 뜻이 된다. 따라서 여래는 '여실히 오는 자', '진여(眞如)에서 오는 자'라는 뜻이며, 진여세계에서 와서 진여를 깨치고 여실한 교화 활동 등의 생활을 한 뒤에 사라져 가는 이로서, 부처와 같은 뜻을 나타낸다.

6) 妙眞淨身: 묘진정신. 나쁜 짓으로 지은 허물이나 번뇌(煩惱)의 더러움에서 벗어나서, 불법의 이치와 일치하는 부처의 몸을 이른다.

7) 常寂光土: 상적 광토. 사토(四土) 중의 하나로서, 부처가 머무는 진리의 세계 또는 깨달음의 세계를 이르는 말이다. 참고로 '사토(四土)'는 불토(佛土)를 넷으로 나눈 땅인데, 사토에는 '범성 동거토(凡聖同居土), 방편유여토(方便有餘土), 실보 무장애토(實報無障碍土), 상적 광토(常寂光土)' 등이 있다.

8) 사르시나: 살(살다, 住)- + -ᄋ시(주높)- + -나(연어, 대조)

9) 毗盧遮那: 비로자나. 부처님의 진신(眞身)을 나타내는 이름이다.

10) 住ᄒ신: 住ᄒ[주하다, 살다, 거주하다: 住(주: 불어) + -ᄒ(동접)-]- + -시(주높)- + -∅(과시)- + -ㄴ(관전)

11) 뮈울: 뮈우[움직이게 하다, 運: 뮈(움직이다, 動: 자동)- + -우(사접)-]- + -ㄹ(관전)

12) 나톨: 나토[나타내다, 現: 낟(나타나다, 現: 자동)- + -호(사접)-]- + -ㄹ(관전)

本來(본래)의 悲願(비원)으로 無緣慈(무연자)를 움직이시어, 神通力(신통력)을
나타내시어

降誕閻浮(강탄염부)하시어 示成正覺(시성정각)하시어【降誕(강탄)은 내려서 나
시는 것이다. 示(시)는 (남에게) 보이는 것이다.】

閻浮(염부)에 내려 나시어, 正覺(정각)을 이루시는 것을 보이시어

本_본來_링ㅅ 悲_빙願_원¹³⁾으로 無_뭉緣_원慈_쭝¹⁴⁾를 뮈우샤¹⁵⁾ 神_씬通_통力_륵¹⁶⁾을 나토샤¹⁷⁾

降_강誕_딴閻_염浮_뿔ᄒᆞ샤 示_씽成_쎵正_졍覺_각ᄒᆞ샤【降_강誕_딴은 ᄂᆞ려¹⁸⁾ 나실 씨라 示_씽ᄂᆞᆫ 뵐¹⁹⁾ 씨라 】

閻_염浮_뿔²⁰⁾에 ᄂᆞ려 나샤 正_졍覺_각²¹⁾ 일우샤ᄆᆞᆯ²²⁾ 뵈샤²³⁾

---

13) 悲願: 비원. 부처와 보살의 자비심에서 우러난 중생 구제의 소원이다.

14) 無緣慈: 무연자. '삼연자비(三緣慈悲)'의 하나인 무연자비(無緣慈悲)이다. 참고로 '삼연자비(三緣慈悲)'에는 '중생연자비, 법연자비, 무연자비'가 있다. 먼저 '중생연자비(衆生緣慈悲)'는 친한 사람이나 친분이 없는 사람 모두를 친한 사람에게 하는 것과 똑같이 베푸는 자비이다. '법연자비(法緣慈悲)'는 일체의 법(法)이 5온(蘊)의 거짓된 화합임을 알고, 대상과 마음의 본체가 공(空)한 줄을 깨달은 성자(聖者)들이 일으키는 자비이다. '무연자비(無緣慈悲)'는 온갖 차별된 견해를 여의고 모든 법의 실상(實相)을 아는 부처에게만 있는 자비인데, 부처가 모든 중생에게 차별 없이 베푸는 절대 평등의 자비이다.

15) 뮈우샤: 뮈우[움직이게 하다, 運: 뮈(움직이다, 動: 자동)- + -우(사접)-]- + -샤(←-시-: 주높)- + -∅(←-아: 연어)

16) 神通力: 신통력. 무슨 일이든지 해낼 수 있는 영묘하고 불가사의한 힘이나 능력이다. 불교에서는 선정(禪定)을 수행함으로써 이를 얻을 수 있다고 한다.

17) 나토샤: 나토[나타내다, 現: 낟(나타나다, 現: 자동)- + -호(사접)-]- + -샤(←-시-: 주높)- + -∅(←-아: 연어)

18) ᄂᆞ려: ᄂᆞ리(내리다, 降)- + -어(연어)

19) 뵐: 뵈[뵈다, 보이다, 示: 보(보다, 見: 타동)- + -ㅣ(←-이-: 사접)-]- + -ㄹ(관전)

20) 閻浮: 염부. '염부제(閻浮提)'의 준말이다. 사주(四洲)의 하나로서, 수미산 남쪽에 있다는 대륙으로서 인간들이 사는 곳이다.

21) 正覺: 정각. '정등각(正等覺)'의 준말이다. 올바른 깨달음, 곧 일체의 참된 모습을 깨달은 더할 나위 없는 지혜이다

22) 일우샤ᄆᆞᆯ: 일우[이루다: 일(이루어지다, 成: 자동)- + -우(사접)-]- + -샤(←-시-: 주높)- + -ㅁ(←-옴: 명전) + -ᄋᆞᆯ(목조)

23) 뵈샤: 뵈[뵈다, 보이다, 示: 보(보다, 見: 타동)- + -ㅣ(←-이-: 사접)-]- + -샤(←-시-: 주높)- + -∅(←-아: 연어)

[6 뒤]

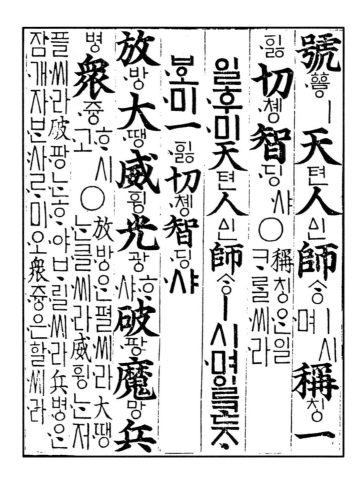

號(호)가 天人師(천인사)이시며 稱一切智(칭일체지)셔【稱(칭)은 일컫는 것이다. 】

　이름이 天人師(천인사)이시며, 일컫는 것이 一切智(일체지)이시어

放大威光(방대위광)하시어 破魔兵衆(파마병중)하시고【放(방)은 펴는 것이다. 大(대)는 큰 것이다. 威(위)는 두려운 것이다. 破(파)는 헐어버리는 것이다. 兵(병)은 무기를 잡은 사람이요, 衆(중)은 많는 것이다. 】

號흫ㅣ 天텬人신師ᄉㅣ시며 稱칭一힗切쳉智딩샤【稱칭은 일ㅋ를²⁴⁾ 씨라】

일후미 天텬人신師ᄉㅣ시며²⁵⁾ 일ᄏᄋᆞᆯᄌᆞᄫᅩ미²⁶⁾ 一힗切쳉智딩샤²⁷⁾

放방大땡威윙光광ᄒᆞ샤 破팡魔망兵병衆즁ᄒᆞ시고【放방은 펼 씨라 大땡ᄂᆞᆫ 클 씨라 威윙ᄂᆞᆫ 저플²⁸⁾ 씨라 破팡ᄂᆞᆫ ᄒᆞ야ᄇᆞ릴²⁹⁾ 씨라 兵병은 잠개³⁰⁾ 자본 사ᄅᆞ미오 衆즁은 할³¹⁾ 씨라 】

---

24) 일ᄏᄋᆞᆯ: 일ᄏᆞᆯ(← 일ᄏᆞᆮ다, ㄷ불: 일컫다, 稱)- + -ᄋᆞᆯ(관조)

25) 天人師ㅣ시며: 天人師(천인사) + -ㅣ(← -이-: 서조)- + -시(주높)- + -며(연어, 나열) ※ '天人師(천인사)'는 '부처'를 달리 이르는 말로서, 여래 십호(如來十號)의 하나이다. 곧 하늘과 인간 세상의 모든 중생들의 스승이라는 뜻으로 쓰이는 말이다.

26) 일ᄏᄋᆞᆯᄌᆞᄫᅩ미: 일ᄏᆞᆯ(일컫다, 稱)- + -ᄌᆞᇦ(← -ᄌᆞᆸ-: 객높)- + -옴(명전) + -이(주조)

27) 一切智샤: 一切智(일체지) + -Ø(서조)- + -샤(← -시-: 주높)- + -Ø(← 아: 연어) ※ '一切智(일체지)'는 현상계의 모든 존재의 각기 다른 모습과 그 속에 감추어져 있는 참모습을 알아내는 부처의 지혜이다. '一切種智(일체종지)'라고도 한다.

28) 저플: 저프[두렵다, 무섭다, 威(형사): 젛(두려워하다, 畏: 동사)- + -브(형접)-]- + -ㄹ(관전)

29) ᄒᆞ야ᄇᆞ릴: ᄒᆞ야ᄇᆞ리(헐어버리다, 破)- + -ㄹ(관전)

30) 잠개: 무기, 병기(兵器)

31) 할: 하(많다, 多)- + -ㄹ(관전)

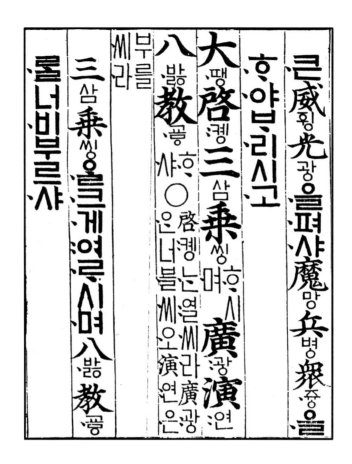

큰 威光(위광)을 펴시어 魔兵衆(마병중)을 헐어버리시고

大啓三乘(대계삼승)하시며 廣演八敎(광연팔교)하시어【啓(계)는 여는 것이다.
廣(광)은 넓은 것이요 演(연)은 퍼트리는 것이다.】

三乘(삼승)을 크게 여시며 八敎(팔교)를 널리 퍼뜨리시어 큰 威_횡光_광³²⁾을 펴샤 魔_망兵_병衆_즁³³⁾을 ᄒᆞ야ᄇᆞ리시고³⁴⁾

大_땡啓_켕三_삼乘_씽ᄒᆞ시며 廣_광演_연八_밣教_굘ᄒᆞ샤【啓_켕ᄂᆞᆫ 열 씨라 廣_광ᄋᆞᆫ 너블³⁵⁾ 씨오 演_연ᄋᆞᆫ 부를³⁶⁾ 씨라 】

三_삼乘_씽³⁷⁾을 크게 여르시며³⁸⁾ 八_밣教_굘³⁹⁾를 너비⁴⁰⁾ 부르샤⁴¹⁾

---

32) 威光: 위광. 감히 범하기 어려운 위엄과 권위이다.

33) 魔兵衆: 마병중. 마귀의 병사들이다.

34) ᄒᆞ야ᄇᆞ리시고: ᄒᆞ야ᄇᆞ리(헐어버리다, 破)- + -시(주높)- + -고(연어, 나열)

35) 너블: 넙(넓다, 廣)- + -을(관전)

36) 부를: 부르(불리다, 널리 퍼트리다, 演)- + ㄹ(관전)

37) 三乘: 삼승. 중생을 열반에 이르게 하는 세 가지 교법이다. 성문승(聲聞乘), 독각승(獨覺乘), 보살승(菩薩乘)이 있다. '성문승(聲聞乘)'은 부처의 설법을 듣고 아라한의 깨달음을 얻게 하는 교법을 이른다. '독각승(獨覺乘)'은 홀로 수행하여 깨달음의 경지에 이르는 교법을 이른다. 보살승(菩薩乘)은 보살이 큰 서원(誓願)을 세워서, 위로는 보리를 구하고 아래로는 중생을 교화하는 교법을 이른다.

38) 여르시며: 열(열다, 啓)- + -ᄋᆞ시(주높)- + -며(연어, 나열)

39) 八教: 팔교. '화의사교(化儀四敎)'와 '화법사교(化法四敎)'를 통틀어 이르는 말이다. '화의사교'는 설법의 형식에 따라 넷으로 나눈 부처의 가르침으로써, '돈교(頓敎), 점교(漸敎), 비밀교(秘密敎), 부정교(不定敎)'이다. 그리고 '화법사교'는 내용에 따라 네 가지로 분류한 석가모니의 가르침인데, '장교(藏敎), 통교(通敎), 별교(別敎), 원교(圓敎)'이다.

40) 너비: [넓게, 널리, 廣(부사): 넙(넓다, 廣: 형사) + -이(부접)]

41) 부르샤: 부르(불리다, 널리 퍼뜨리다, 演)- + -샤(←-시-: 주높)- + -Ø(←-아: 연어)

潤之六合(윤지륙합)하시며 沾之十方(첨지십방)하셔 【潤沾(윤첨)은 적시는 것이다. 合(합)은 對(대)하여 서로 짝을 마추는 것이니, 六合(육합)은 天地四方(천지사방)이다. 】

(팔교가) 六合(육합)에 적시시며 十方(시방)에 적시시어

言言(언언)이 攝無量妙義(섭무량묘의)하시고 句句(구구)가 舍恒沙(함항사

潤_슌之_징六_륙合_합ᄒ시며 沾_뎜之_징十_씹方_방ᄒ샤【潤_슌沾_뎜은 저질⁴²⁾ 씨라 合_합은 對_됭ᄒ야 서르⁴³⁾ ᄧ⁴⁴⁾ 마촐⁴⁵⁾ 씨니 六_륙合_합은 天_텬地_띵四_{ᄉᆞ}方_방이라】

六_륙合_합⁴⁶⁾애 저지시며⁴⁷⁾ 十_씹方_방⁴⁸⁾애 저지샤

言_언言_언이 攝_셥無_뭉量_량妙_묠義_의ᄒ시고 句_궁句_궁ㅣ 含_{ᄒᆞᆷ}恒_{ᅘᅵᆼ}沙_상

---

42) 저질: 저지[적시다, 젖게 하다 : 젖(젖다, 潤 : 자동)- + -이(사접)-]- + -ㄹ(관전)

43) 서르: 서로, 相(부사)

44) ᄧ: 짝(雙)

45) 마촐: 마초[맞추다, 合 : 맞(맞다, 的 : 자동)- + -호(사접)-]- + -ㄹ(관전)

46) 六合: 육합. 천지와 사방을 통틀어 이르는 말로서, 하늘과 땅, 동·서·남·북을 이른다.

47) 저지시며: 저지[적시다, 젖게 하다: 젖(젖다, 潤: 자동)- + -이(사접)-]- + -시(주높)- + -며(연어, 나열)

48) 十方애: 十方(십방, 시방) + -애(-에: 부조, 위치) ※ '십방(시방, 十方)'은 사방(四方), 사우(四隅), 상하(上下)를 통틀어 이르는 말이다. 여기서 '사방(四方)'은 동, 서, 남, 북이며, '사우(四隅)'는 동남, 동북, 서남, 서북을 이른다.

法門(법문)하시어 【 攝(섭)은 모두 지니는 것이다. 義(의)는 뜻이다. 句(구)는 말씀이 끊어진 데이다. 숨(함)은 머금은 것이다. 】

　말씀마다 그지없는 微妙(미묘)한 뜻을 모두 잡으시고, 句(구)마다 恒沙法門(항사법문)을 머금으시어

開解脫門(개해탈문)하시어 納淨法海(납정법해)하시니 【 開(개)는 여는 것이다. 解脫(해탈)은 벗는 것이니

法_법門_몬ᄒᆞ샤【攝_셥은 모도⁴⁹⁾ 디닐⁵⁰⁾ 씨라 義_읭는 ᄠᅳ디라 句_궁는 말ᄊᆞᆷ 그츤⁵¹⁾ ᄯᅡ히라⁵²⁾ 含_함은 머구믈⁵³⁾ 씨라 】

말ᄊᆞᆷ마다 그지업슨⁵⁴⁾ 微_밍妙_묳ᄒᆞᆫ ᄠᅳ들 모도⁵⁵⁾ 자ᄇᆞ시고 句_궁마다⁵⁶⁾ 恒_{ᅘᅥᆼ}沙_상法_법門_몬⁵⁷⁾을 머구므샤⁵⁸⁾

開_캥解_갱脱_퇋門_몬ᄒᆞ샤 納_납淨_쪙法_법海_{ᄒᆡᆼ}ᄒᆞ시니【開_캥ᄂᆞᆫ 열 씨라 解_갱脫_퇋은 버슬⁵⁹⁾ 씨니

---

49) 모도: [모두, 全(부사): 몯(모이다, 集: 자동)- + -오(부접)]

50) 디닐: 디니(지니다, 持)- + -ㄹ(관전)

51) 그츤: 긏(끊어지다, 斷)- + -Ø(과시)- + -은(관전)

52) ᄯᅡ히라: ᄯᅡㅎ(곳, 데, 處) + -이(서조)- + -Ø(현시)- + -라(←-다: 평종) ※ 'ᄯᅡㅎ'는 본디 '땅(地)'이지만, 여기서는 '곳, 데'와 같은 뜻을 나타내는 말로 쓰였다.

53) 머구믈: 머굼(머금다, 含)- + -을(관전)

54) 그지업슨: 그지없[그지없다, 한없다: 그지(끝, 한도, 限: 명사) + 없(없다, 無: 형사)-]- + -Ø(현시)- + -은(관전)

55) 모도: [모두, 全(부사): 몯(모이다, 集: 자동)- + -오(부접)]

56) 句마다: 句(구, 말의 구절) + -마다(보조사, 각자)

57) 恒沙法門: 항사법문. '항사(恒沙)'는 갠지즈 강의 수많은 모래이며, '법문(法門)'은 불경 속의 글이다. 따라서 '항사법문恒(沙法門)'은 갠지즈 강의 모래알과 같이 수많은, 불경 속의 글을 이르는 말이다.

58) 머구므샤: 머굼(머금다, 含)- + -으샤(←-으시-: 주높)- + -Ø(←-아: 연어)

59) 버슬: 벗(벗다, 脫)- + -을(관전)

아무데도 막은 데가 없어, 티끌의 때가 걸리게 하지 못하는 것이다. 納(납)은 들이는 것이요, 海(해)는 바다이다. 】

解脫門(해탈문)을 여시어 (중생을) 淨法海(정법해)에 들이시니

其撈摝人天(기로록인천)하시며 拯濟四生(증제사생)하신 功德(공덕)을 可勝讚哉(가승찬재)아【 撈(로)는 물에서 건지는 것이요 摝(록)은

아모듸도[60] 마곤[61] 듸[62] 업서 듣긇[63] 끠[64] 걸위디[65] 몯홀 씨라 納납은 드릴[66] 씨오 海힝는 바ᄅ리라[67] 】

解갱脫ᄠᅟᅵᆶ門몬[68]을 여르샤[69] 淨쪙法법海힝[70]예 드리시니[71]

其끵撈ᄅᅟᅭᆼ摝록人ᅀᅵᆫ天텬ᄒᆞ시며 拯징濟졩四ᄉᆞᆼ生ᄉᆡᆼᄒᆞ신 功공德득을 可캉勝싱讚잔哉ᄌᆡᆼ아【撈ᄅᅟᅭᆼ는 므레[72] 거릴[73] 씨오 摝록은

---

60) 아모듸도: 아모듸[아무데(某處): 아모(아무, 某: 관사, 지시, 부정칭) + 듸(데, 處: 의명)] + -도 (보조사, 강조)

61) 마곤: 막(막다, 障)- + -∅(과시)- + -은(관전)

62) 듸: 듸(데, 곳, 處: 의명) + -∅(←-이: 주조)

63) 듣긇: 듣글(티끌, 塵) + -ㅎ(-의: 관조) ※ '-ㅎ'은 『용비어천가』와 『훈민정음 언해본』에 주로 쓰였던 원칙론적인 관형격 조사로서, /ㄹ/이나 모음으로 끝나는 체언 뒤에 쓰인다.

64) 끠: 끠(때, 垢) + -∅(←-이: 주조)

65) 걸위디: 걸위[걸리게 하다: 걸(걸리다, 撈: 자동)- + -우(사접)- + -ㅣ(←-이-: 사접)-] + -디(-지: 연어, 부정) ※ '걸위다'는 자동사인 '걸다'에 사동 접미사인 '-우-'와 '-이-'가 겹쳐서 실현된 형태이다.

66) 드릴: 드리[들이다, 들게 하다, 納: 들(들다, 入: 자동)- + -이(사접)-] + -ㄹ(관전)

67) 바ᄅ리라: 바ᄅᆯ(바다, 海) + -이(서조)- + -∅(현시)- + -라(←-다: 평종)

68) 解脫門: 해탈문. 열반에 들어가는 문(門)인 세 가지 선정(禪定)을 통틀어 이르는 말이다. 공해탈문(空解脫門), 무상해탈문(無相解脫門), 무작해탈문(無作解脫門)의 세 가지가 있다. '공해탈문(空解脫門)'은 해탈에 이르기 위한 수행의 하나로, 모든 현상은 인연 따라 모이고 흩어지므로 거기에 불변하는 실체가 없다고 관조하는 선정(禪定)이다. '무상해탈문(無相解脫門)'은 대립적인 차별을 떠난 선정(禪定)이다. '무작해탈문(無作解脫門)'은 원하고 구하는 생각을 버린 선정(禪定)이다.

69) 여르샤: 열(열다, 開)- + -으샤(←-으시-: 주높)- + -∅(←-아: 연어)

70) 淨法海: 정법해. 부처의 교법(敎法)을 바다에 비유한 말이다.

71) 드리시니: 드리[들이다, 들게 하다, 納: 들(들다, 入: 자동)- + -이(사접)-] + -시(주높)- + -니(연어, 설명의 계속, 이유)

72) 므레: 믈(물, 水) + -에(부조, 위치)

73) 거릴: 거리(건지다, 撈)- + -ㄹ(관전)

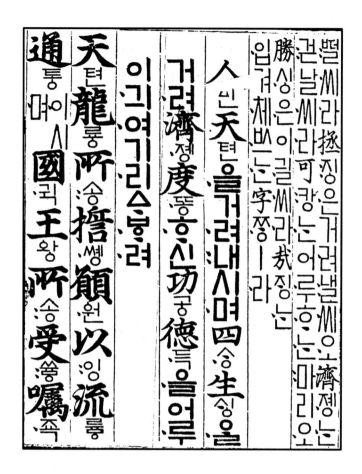

떠는 것이다. 拯(증)은 건져 내는 것이요, 濟(제)는 건너는 것이다. 可(가)는 '가히(능히)'라고 하는 말이요, 勝(승)은 이기는 것이다. 哉(재)는 토(허사)에 쓰는 字(자)이다. 】

人天(인천)을 건져 내시며 四生(사생)을 건져 濟度(제도)하신 功德(공덕)을 (어찌) 능(能)히 (다) 기리리오?

天龍所誓願以流通(천룡소서원이류통)이시며 國王所受

뗄[74] 씨라 拯_징은 거려[75] 낼[76] 씨오 濟_졩는 걷낼[77] 씨라 可_캉는 어루[78] ᄒᆞ는
마리오 勝_싱은 이긜[79] 씨라 哉_징는 입겨체[80] 쓰는 字_쭝ㅣ라】

人_신天_텬[81]을 거려 내시며[82] 四_{ᄉᆞ}生_싱[83]을 거려 濟_졩度_똥ᄒᆞ신 功_공
德_득을 어루 이긔여[84] 기리ᅀᆞᇦ려[85]

天_텬龍_룡所_송誓_쎙願_원以_잉流_륳通_통이시며 國_귁王_왕所_송受_쓯囑_죡

---

74) 뗄: 뗄(뗄다, 搋)-+-ㄹ(관전)

75) 거려: 거리(건지다, 漉)-+-어(연어)

76) 낼: 내(내다, 出: 보용, 완료)-+-ㄹ(관전)

77) 걷낼: 건나[건너다, 濟: 걷(걷다, 步)-+나(나다, 出)-]-+-ㄹ(관전)

78) 어루: 가히, 능히, 可(부사)

79) 이긜: 이긔(이기다, 勝)-+-ㄹ(관전)

80) 입겨체: 입곗(어조사, 토)+-에(부조, 위치)

81) 人天: 인천. 인간계와 천상계의 중생이다.

82) 내시며: 내(내다, 出: 보용, 완료)-+-시(주높)-+-며(연어, 나열)

83) 四生: 사생. 생물이 태어나는 네 가지 형태이다. 태생(胎生), 난생(卵生), 습생(濕生), 화생(化生)이 있다.

84) 이긔여: 이긔(이기다, 勝)-+-여(←-어: 연어) ※ '勝'은 부사로서 '모두'나 '다'의 뜻을 나타내므로, '이긔여'를 문맥에 따라서 '모두 다'로 옮긴다.

85) 기리ᅀᆞᇦ려: 기리(기리다, 칭찬하다, 讚)-+-ᅀᆞᇦ(←-ᅀᆞᆸ-: 객높)-+-ᄋᆞ려(-겠느냐: 의종, 판정, 미시)

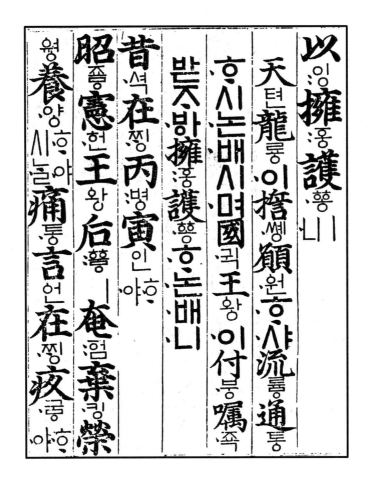

以擁護(국왕소수이옹호)이니

　(부처님의 공덕을 기리는 일은) 天龍(천룡)이 誓願(서원)하시어 流通(유통)하시는 바이시며, 國王(국왕)이 (세종에게서) 付囑(부촉)을 받아 擁護(옹호)하는 바이니

昔在丙寅(석재병인)하여
昭憲王后(소헌왕후)가 庵棄榮養(암기영양)하시거늘 痛言在疚(통언재구)하여

以_잉擁_홍護_뽕ㅣ니

天_텬龍_룡⁸⁶⁾이 誓_쏑願_원ᄒᆞ샤⁸⁷⁾ 流_률通_통ᄒᆞ시논⁸⁸⁾ 배시며⁸⁹⁾ 國_귁王_왕⁹⁰⁾이

付_붕囑_죡⁹¹⁾ 받ᄌᆞᄫᅡ⁹²⁾ 擁_홍護_뽕ᄒᆞ논⁹³⁾ 배니⁹⁴⁾

昔_셕在_찡丙_병寅_인ᄒᆞ야

昭_쏭憲_헌王_왕后_*ㅣ 庵_험棄_킹榮_윙養_양ᄒᆞ야시늘⁹⁵⁾ 痛_통言_언在_찡疚_*ᄒᆞ야

---

86) 天龍: 천룡. 불법을 지키는 여덟 신장(神將) 가운데 제천(諸天)과 용신(龍神)을 이른다. 제천은 천상계의 모든 천신(天神)이며, 용신은 바다에 살며 비와 물을 맡고 불법을 수호하는 용 가운데의 임금(龍王)이다.

87) 誓願ᄒᆞ샤: 誓願ᄒᆞ[서원하다(동사): 誓願(서원: 명사) + -ᄒᆞ(동접)-] + -샤(←-시-: 주높)- + -Ø(←-아: 연어) ※ '서원(誓願)'은 신불(神佛)이나 자기 마음속에 맹세하여 소원을 세우는 것이나, 또는 그 소원을 이른다.

88) 流通ᄒᆞ시논: 流通ᄒᆞ[유통하다(동사): 流通(유통: 명사) + -ᄒᆞ(동접)-] + -시(주높)- + -ㄴ(←-ᄂᆞ-: 현시)- + -오(대상)- + -ㄴ(관전) ※ '流通(유통)'은 막힘이 없이 흘러 통하는 것이다.

89) 배시며: 바(바, 所: 의명) + -ㅣ(←-이-: 서조)- + -시(주높)- + -며(연어, 나열)

90) 國王: 국왕. 세종으로부터 부촉(付囑)을 받아서 『석보상절』을 짓게 된 세조(世祖) 자신을 이른다.

91) 付囑: 부촉. 부탁하여 맡기는 것이다. ※ 부촉하는 주체는 선왕인 세종이다.

92) 받ᄌᆞᄫᅡ: 받(받다, 受)- + -ᄌᆞᇦ(←-ᄌᆞᆸ-: 객높)- + -아(연어) ※ 세조가 세종으로부터 『석보상절』을 짓도록 부촉을 받았으므로, 객체 높임의 선어말 어미인 '-ᄌᆞᇦ-'은 세종을 높였다.

93) 擁護ᄒᆞ논: 擁護ᄒᆞ[옹호하다(동사): 擁護(옹호: 명사) + -ᄒᆞ(동접)-] + -ㄴ(←-ᄂᆞ-: 현시)- + -오(대상)- + -ㄴ(관전) ※ '擁護(옹호)'는 두둔하고 편들어 지키는 것이다.

94) 배니: 바(바, 所: 의명) + -ㅣ(←-이-: 서조)- + -니(연어, 설명의 계속)

95) ᄒᆞ야시늘: ᄒᆞ(하다, 爲)- + -시(주높)- + -야…늘(←-아늘: -거늘, 연어, 상황) ※ 고영근(2010)에서는 연결 어미인 '-야…늘'의 내부에 주체 높임의 선어말 어미인 '-시-'가 개입되는 '불연속 형태'로 보았다. 'a…b'는 하나의 형태인 'ab'의 내부 다른 형태가 개입되었음을 나타낸다. 불연속 형태(= 잘린 형태)에 대해서는 허웅(1992:135), 고영근(2010:145), 나찬연(2015:170)을 참조할 것.

罔知攸措(망지유조)하더니【 昔(석)은 옛날이다. 在(재)는 있는 것이다. 庵(암)은 '문득'이라고 하는 뜻이다. 棄(기)는 버리는 것이다. 榮養(영양)은 榮華(영화)의 供養(공양)이다. 痛(통)은 괴로운 것이다. 言(언)은 말의 토에 쓰느니라. 疚(구)는 슬퍼하는 病(병)이다. 罔(망)은 없는 것이요, 攸(유)는 所(소)의 字(자)와 한가지요, 措(조)는 두는 것이다. 】

예전에 丙寅年(병인년)에 (있어서) 昭憲王后(소헌왕후)가 榮養(영양)을 빨리 버리시거늘

띵知딩攸윻措총ᄒᆞ다니⁹⁶⁾【昔셕은 녜라⁹⁷⁾ 在찡ᄂᆞᆫ 이실 씨라 庵ᅙᅥᆷ은 믄득 ᄒᆞ 논 ᄠᅳ디라 棄킝ᄂᆞᆫ ᄇᆞ릴 씨라 榮ᅌᅱᆼ養ᅌᅣᆼ은 榮ᅌᅱᆼ華ᅘᅪᆼㅅ 供공養ᅌᅣᆼ이라 痛통은 셜 ᄫᅳᆯ⁹⁸⁾ 씨라 言언은 맔 겨체 쓰ᄂᆞ니라⁹⁹⁾ 疚굴ᄂᆞᆫ 슬허ᄒᆞᄂᆞᆫ¹⁰⁰⁾ 病뼝이라 띵망은 업슬 씨오 攸윻ᄂᆞᆫ 所송ㅎ 字ᄍᆞᆼ ᄒᆞᆫ가지오 措총ᄂᆞᆫ 둘 씨라】

네¹⁾ 丙병寅인年년에 이셔²⁾ 昭쥼憲헌王ᅌᅪᆼ后ᅘᅮᇢ ㅣ 榮ᅌᅱᆼ養ᅌᅣᆼ⁴⁾을 ᄲᆞᆯ리⁵⁾ ᄇᆞ려시늘⁶⁾

---

96) ᄒᆞ다니: ᄒᆞ(하다, 爲)- + -다(←-더-: 회상)- + -∅(←-오-: 화자)- + -니(연어, 설명의 계속)

97) 녜라: 녜(예전, 옛날, 昔) + -∅(←-이-: 서조)- + -∅(현시)- + -라(←-다: 평종)

98) 셜ᄫᅳᆯ: 셟(←셟다, ㅂ불: 괴롭다, 痛)- + -을(관전)

99) 쓰ᄂᆞ니라: 쓰(쓰다, 用)- + -ᄂᆞ(현시)- + -니(원칙)- + -라(←-다: 평종)

100) 슬허ᄒᆞᄂᆞᆫ: 슬허ᄒᆞ[슬퍼하다, 悲: 슳(슬퍼하다, 疚)- + -어(연어) + ᄒᆞ(하다, 보용)-]- + -ᄂᆞ(현시)- + -ㄴ(관전)

1) 녜: 예전, 옛날, 昔(명사)

2) 이셔: 이시(있다, 在)- + -어(연어)

3) 昭憲王后: 소헌왕후. 소헌왕후 심씨(昭憲王后 沈氏, 1395~1446년)는 조선 세종의 왕비이다. 문 종(文宗)과 세조(世祖)의 어머니이다. 청천부원군 안효공 심온(靑川府院君 安孝公 沈溫)의 장 녀이며, 본관은 청송(靑松)이다. 외척의 발호를 경계한 시아버지인 태종에 의해 친정아버지인 심온을 잃는다.

4) 榮養: 영양. 지위가 높아지고 명망을 얻어 부모를 영화롭게 잘 모시는 것이다.

5) ᄲᆞᆯ리: [빨리, 庵(부사): ᄲᆞᆯᄅ(←ᄲᆞᆯ다: 빠르다, 速, 형사)- + -이(부접)]

6) ᄇᆞ려시늘: ᄇᆞ리(버리다, 棄)- + -시(주높)- + -어…늘(-거늘: 연어, 상황)

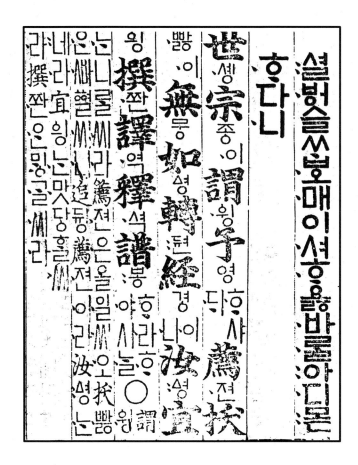

고통스러워 슬퍼하여 (내가) 할 바를 알지 못하더니

世宗(세종)이 謂予(위여)하시되 薦拔(천발)이 無如轉經(무여전경)이니 汝宜撰譯釋譜(여의찬역석보)하라 하시거늘【 謂(위)는 말하는 것이다. 薦(천)은 올리는 것이요, 拔(발)은 빼는 것이니, (薦拔은) 追薦(추천)이다. 汝(여)는 너이다. 宜(의)는 마땅한 것이다. 撰(찬)은 만드는 것이다.】

셜버⁷⁾ 슬쓰보매⁸⁾ 이셔 ᄒᆞᇙ⁹⁾ 바를 아디¹⁰⁾ 몯ᄒᆞ다니¹¹⁾

世_솅宗_죵이 謂_윙予_영ᄒᆞ샤ᄃᆡ¹²⁾ 薦_젼拔_{빼ᇙ}이 無_뭉如_셩轉_둰經_경이니 汝_셩宜_읭撰_쫜譯_역釋_셕譜_봉ᄒᆞ라 ᄒᆞ야시ᄂᆞᆯ【謂_윙ᄂᆞᆫ 니를¹³⁾ 씨라 薦_젼은 올일¹⁴⁾ 씨오 拔_{빼ᇙ}은 ᄲᅢ혈¹⁵⁾ 씨니 追_듕薦_젼¹⁶⁾이라 汝_셩ᄂᆞᆫ 네라¹⁷⁾ 宜_읭ᄂᆞᆫ 맛당ᄒᆞᆯ¹⁸⁾ 씨라 撰_쫜은 밍ᄀᆞᆯ 씨라】

---

7) 셜버: 셟(← 셟다, ㅂ불: 고통스럽다, 서럽다, 痛)- + -어(연어)

8) 슬쓰보매: 슳(슬퍼하다, 疚)- + -ᅀᆞᇦ(← -ᅀᆞᆸ-: 객높)- + -옴(명전) + -애(-에: 부조, 이유) ※ '슬쓰보매'는 '슬퍼함에 있어서'로 직역할 수 있으나, 여기서는 '슬퍼하여'로 의역하여 옮긴다.

9) ᄒᆞᇙ: ᄒᆞ(하다, 爲)- + -요(← -오-: 대상)- + -ㅭ(관전)

10) 아디: 아(← 알다: 알다, 知)- + -디(-지: 보용, 부정)

11) 몯ᄒᆞ다니: 몯ᄒᆞ[못하다, 不能(보용, 부정): 몯(못, 不能: 부사, 부정) + -ᄒᆞ(동접)-]- + -다(← -더-: 회상)- + -Ø(← -오-: 화자)- + -니(연어, 설명의 계속)

12) ᄒᆞ샤ᄃᆡ: ᄒᆞ(하다, 爲)- + -샤(← -시-: 주높)- + -ᄃᆡ(← -오ᄃᆡ: -되, 연어, 설명의 계속)

13) 니를: 니ᄅᆞ(이르다, 말하다, 曰)- + -ㄹ(관전)

14) 올일: 올이[올리다, 薦: 올(← 오ᄅᆞ다: 오르다, 登, 자동)- + -이(사접)-]- + -ㄹ(관전)

15) ᄲᅢ혈: ᄲᅢ혀[빼다, 拔: ᄲᅢ(빼다, 拔: 불어)- + -혀(강접)-]- + -ㄹ(관전)

16) 追薦: 추천. 죽은 사람의 넋의 괴로움을 덜고 명복을 축원하려고, 선근복덕(善根福德)을 닦아 그 공덕을 회향하는 것이다.

17) 네라: 너(너, 汝: 인대, 2인칭) + -ㅣ(← -이-: 서조)- + -Ø(현시)- + -라(← -다: 평종)

18) 맛당홀: 맛당ᄒᆞ[마땅하다: 맛당(마땅: 불어) + -ᄒᆞ(형접)-]- + -ㄹ(관전)

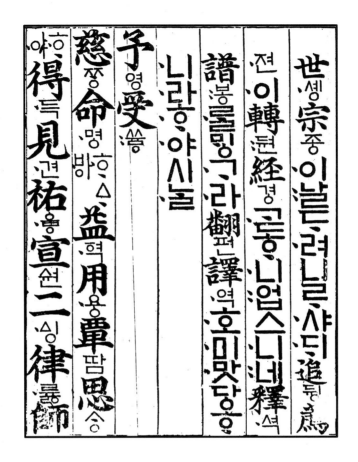

世宗(세종)이 나에게 이르시되, "追薦(추천)이 轉經(전경) 같은(만한) 것이 없
으니, 네가 釋譜(석보)를 만들어 翻譯(번역)하는 것이 마땅하니라." 하시거늘

予受
慈命(여수자명)하여 益用覃思(익용담사)하여 得見祐宣二律師(득견우선이률사)가

世솅宗종이 날두려¹⁹⁾ 니르샤디 追뒿薦쳔²⁰⁾이 轉둳經경²¹⁾ 근호니²²⁾

업스니 네 釋셕譜봉²³⁾룰 밍フ라 翻펀譯역호미²⁴⁾ 맛당호니라²⁵⁾ 호야

시놀²⁶⁾

予영受쓭

慈쫑命명호슨바 益혁用용覃땀思ᄉ호야 得득見견祐울宣쉰二싱律륧師ᄉㅣ

---

19) 날두려: 날(←나, 我: 인대, 1인칭) # 두리(데리다, 伴: 자동)-+-어(연어) ※ 1인칭 대명사인 '나'에 부사격 조사인 '-두려'가 결합하면 '나'에 /ㄹ/이 첨가된다.

20) 追薦: 추천. 죽은 사람의 넋의 괴로움을 덜고 명복을 축원하려고 선근 복덕(善根福德)을 닦아 그 공덕을 회향함을 이른다. 이는 세종의 정비이며 수양대군의 친모인 소헌왕후(昭憲王后) 심씨(沈氏)의 명복을 비는 추천을 이른다.

21) 轉經: 전경. 전경(轉經)은 원래 불교에서 기복(祈福)을 목적으로 한 독경(讀經)을 하는 종교 의식(儀式)이다. 그러나 여기서 '전경'은 일반적인 의미로 불경을 훈민정음으로 번역하는 것을 이른다.

22) 근호니: 근호(같다, 如)-+-Ø(현시)-+-은(관전) # 이(것: 의명)+-Ø(주조)

23) 釋譜: 석보. 석가모니의 일대기이다.

24) 翻譯호미: 翻譯호[←翻譯호다(번역하다): 飜譯(번역: 명사)+-호(동접)-]-+-옴(명전)+-이(주조)

25) 맛당호니라: 맛당호[마땅하다, 宜: 맛당(마땅: 명사)+-호(형접)-]-+-Ø(현시)-+-니(원칙)-+-라(←-다: 평종)

26) 호야시놀: 호(하다, 謂)-+-시(주높)-+-야…놀(-거늘: 연어, 상황)

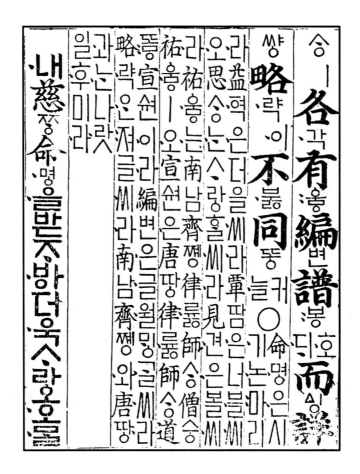

各有編譜(각유편보)하되 而詳略(이상략)이 不同(부동)커늘【 命(명)은 시키는 말이다. 益(익)은 더하는 것이다. 覃(담)은 넓은 것이요, 思(사)는 생각하는 것이다. 見(견)은 보는 것이다. 祐(우)는 南齊(남제)의 律師(율사)인 僧祐(승우)이요, 宣(선)은 唐(당)의 律師(율사)인 道宣(도선)이다. 編(편)은 글월을 만드는 것이다. 略(략)은 작은 것이다. 南齊(남제)와 唐(당)은 나라의 이름이다. 】

내가 慈命(자명)을 받아 더욱 생각함을

各각有융編변譜봉호디 而싱詳썅略략이 不붏同뚱커늘[27]【命명은 시기논[28] 마
리라 益혁은 더을[29] 씨라 覃땀은 너블 씨오 思승는 스랑홀[30] 씨라 見견은
볼 씨라 祐율는 南남齊쪵[31] 律륧師승[32] 僧승祐율ㅣ오[34] 宣원은 唐땅 律륧師승
道똘宣원[35]이라 編변은 글윌 밍글 씨라 略략은 져글 씨라 南남齊쪵와 唐땅과
는 나랏 일후미라[36]】

　내 慈쭝命명[37]을 받즈바 더욱 스랑호물[38]

---

27) 不同커늘: 不同ㅎ[← 不同ㅎ다(부동하다): 不同(부동 : 명사)- + -ㅎ(형접)-]- + -거늘(연어, 상황)

28) 시기논: 시기(시키다, 命)- + -ㄴ(←-ᄂᆞ-: 현시)- + -오(화자)- + -ㄴ(관전)

29) 더을: 더으(더하다, 益)- + -ㄹ(관전)

30) 스랑홀: 스랑ㅎ[생각하다, 思: 스랑(생각: 명사) + -ㅎ(동접)-]- + -ㄹ(관전)

31) 南齊: 남제(479~502년). 중국 남조(南朝) 시대의 두 번째 왕조이다. 난징(南京)에 도읍하고 양 쯔(揚子) 강, 주장(珠江) 강의 연안 지방을 통치하였다.

32) 律師: 율사. 불교의 계율(戒律)에 정통한 승려이다.

33) 僧祐: 승우. 중국 남북조(南北朝)시절 남제의 승려이다(435~518년). 율(律)을 강설하여 명성을 떨쳤다. 불교의 역사적 연구에 뜻을 두어 경전 목록집인 『출삼장기집(出三藏記集)』과 논쟁 자료 모음집인 『홍명집(弘明集)』, 『석가보(釋迦譜)』 등을 남겼다.

34) 僧祐ㅣ오: 僧祐(승우) + -ㅣ(←-이-: 서조)- + -오(←-고: 연어, 나열)

35) 僧祐: 도선. 중국 당나라 때의 승려이다(596~667년). 남산종(南山宗)의 창시자로 각지에서 율 (律)을 설법하고, 경전 한역 사업에 참여하였다. 저서에 『사분율행사초(四分律行事鈔)』, 『속 고 승전(續高僧傳)』, 『광홍명집(廣弘明集)』, 『석가씨보(釋迦氏譜)』 등이 있다.

36) 일후미라 : 일훔(이름, 名) + -이(서조)- + -Ø(현시)- + -라(←-다 : 평종)

37) 慈命: 자명. 자애로운 명령이다. 곧 세조의 부왕인 세종이 내린 명령이다.

38) 스랑호물: 스랑ㅎ[생각하다, 思: 스랑(생각: 명사) + -ㅎ(동접)-]- + -옴(명전) + -올(목조)

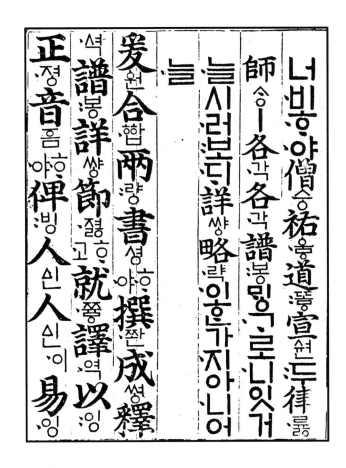

넓게 하여, 僧祐(승우)와 道宣(도선)의 두 律師(율사)가 各各(각각) 譜(보)를
만든 것이 있거늘, (내가 보를) 얻어 보되 詳略(상략)이 한가지가 아니거늘

爰合兩書(원합량서)하여 撰成釋譜詳節(찬성석보상절)하고 就譯以正音(취역이
정음)하여 俾人人(비인인)이 易

너비[39] ᄒᆞ야 僧승祐울 道똫宣숸 두 律륣師ᄉᆞᆼ[40]ㅣ 各각各각 譜봉[41] ᄆᆡᆼᄀᆞ로니[42] 잇거늘 시러[43] 보ᄃᆡ[44] 詳썅略략[45]이 ᄒᆞᆫ가지[46] 아니어늘[47]

爰원合햅兩량書셩ᄒᆞ야 撰쫜成쎵釋셕譜봉詳썅節졇ᄒᆞ고 就쯯譯역以잉正졍音흠ᄒᆞ야 俾빙人ᅀᅵᆫ人ᅀᅵᆫ이 易잉

---

39) 너비: [널리, 넓게, 覃(부사): 넙(넓다, 廣: 형사)- + -이(부접)]

40) 律師: 율사. 계율에 정통한 승려이다.

41) 譜: 보. 조상으로부터 한 가문이 갈라져 나오게 된 계통을 순서대로 기록한 것이다. 여기서는 승우가 만든 『석가보(釋迦譜)』와 도선이 만든 『석가씨보(釋迦氏譜)』를 이른다.

42) ᄆᆡᆼᄀᆞ로니: ᄆᆡᆼᄀᆞᆯ(만들다, 篇)- + -오(대상)- + -ㄴ(관전) # 이(것, 者: 의명) + -Ø(← -이: 주조)

43) 시러: 실(← 싣다, ㄷ불: 얻다, 得)- + -어(연어)

44) 보ᄃᆡ: 보(보다, 見)- + -Ø(← -오-: 화자)- + -ᄃᆡ(← -오ᄃᆡ: -되, 연어, 설명의 계속)

45) 詳略: 상략. 상세하고 간략한 것이다.

46) ᄒᆞᆫ가지: ᄒᆞᆫ가지[한가지(명사): ᄒᆞᆫ(한, 一: 관사, 양수) + 가지(가지, 種: 의명)] + -Ø(← -이: 보조) ※ 'ᄒᆞᆫ가지(한가지)'는 형태, 성질, 동작 따위가 서로 같은 것이다.

47) 아니어늘: 아니(아니다, 非: 형사)- + -어늘(← -거늘: 연어, 상황)

曉(이효)케 하여【 兩(양)은 둘이다. 俾(비)는 使(사)의 字(글자)와 한가지다. 】

　두 글월을 어울러서 『釋譜詳節(석보상절)』을 만들어 이루고, 正音(정음)으로 翻譯(번역)하여 사람마다 쉽게 알게 하여

乃進(내진)하니
賜覽(사람)하시고 輒製讚頌(첩제찬송)하시어 名曰(명왈) 月印千江(월인천강)이라고

曉_흉케 ᄒ야【 兩_량은 둘히라[48) 俾_빙ᄂᆞᆫ 使_{ᄉᆞᆼ}ᅙ 字_{ᄍᆞᆼ}[49) ᄒᆞᆫ가지라 】

두 글워를 어울워[50) 釋_셕譜_봉詳_썅節_졇을 밍ᄀ라 일우고[51) 正_졍音_흠[52)으로 翻_펀譯_역ᄒᆞᆼ야 사ᄅᆞᆷ마다 수비[53) 알에[54) ᄒᆞ야

乃_냉進_진ᄒᆞᅀᆞᆸ보니[55)

賜_{ᄉᆞᆼ}覽_람ᄒᆞ시고 輒_덥製_졩讚_잔頌_쑝ᄒᆞ샤 名_명曰_{ᅌᅱᇙ} 月_{ᅌᅯᇙ}印_힌千_천江_강이라

---

48) 둘히라: 둘ㅎ(둘, 二: 수사, 양수) + -이(서조)- + -Ø(현시)- + -라(←-다: 평종)

49) 使ㅎ 字: 使(사, 시키다) + -ㅎ(-의: 관조) # 字(자, 글자)

50) 어울워: 어울우[어우르다, 합하다: 어울(어울리다, 合: 자동)- + -우(사접)-]- + -어(연어)

51) 일우고: 일우[이루다: 일(이루어지다, 成 : 자동)- + -우(사접)-]- + -고(연어, 계기)

52) 正音: 정음. 훈민정음(訓民正音)이다.

53) 수비: [쉽게(부사): 숩(← 쉽다, ㅂ불: 쉽다, 易, 형사)- + -이(부접)]

54) 알에: 알(알다, 知)- + -에(←-게: 연어, 사동)

55) 乃進ᄒᆞᅀᆞᆸ보니: 乃進ᄒᆞ[진하다, 바치다: 乃進(내진: 불어) + -ᄒᆞ(동접)-]- + -ᅀᆞᆸ(←-ᅀᆞᇦ-: 객높)- + -오(화자)- + -니(연어, 반응) ※ '乃進'은 '進(진상하다, 바치다)'을 한정하여 강조하는 말이다.

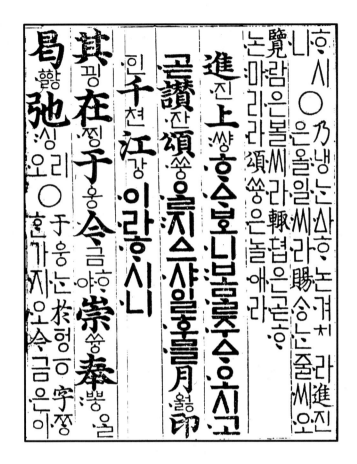

하시니 【乃는 '-야' 하는 토이다. 進은 올리는 것이다. 賜(사)는 주는 것이요 覽(남)은 보는 것이다. 輒(첩)은 '곧'이라고 하는 말이다. 頌(송)은 노래다. 】

　(세종께) 進上(진상)하니, (세종께서) 보는 것(감수, 監修)을 주시고, 곧 讚頌(찬
　송)을 지으시어 이름을 『月印千江(월인천강)』이라고 하시니

其在于今(기재우금)하여 崇奉(숭봉)을 曷弛(갈이)리오【于(우)는 於(어)의 字
(자)와 한가지요, 今(금)은

ᄒᆞ시니【乃_냉ᄂᆞᆫ 싀⁵⁶⁾ ᄒᆞ논⁵⁷⁾ 겨치라 進_진은 올일⁵⁸⁾ 씨라 賜_{ᄉᆞᆼ}ᄂᆞᆫ 줄 씨오 覽_람

은 볼 씨라 輒_뎝은 곧⁵⁹⁾ ᄒᆞ논 마리라 頌_{쑝}은 놀애라⁶⁰⁾】

進_진上_쌍ᄒᆞᅀᆞᆸ보니⁶¹⁾ 보믈⁶²⁾ 주ᅀᆞ오시고⁶³⁾ 곧 讚_잔頌_{쑝}을 지ᅀᆞ샤⁶⁴⁾

일후믈 月_{ᄋᆑᆯ}印_힌千_쳔江_강이라 ᄒᆞ시니

其_끵在_{ᄍᆡᆼ}于_웅今_금ᄒᆞ야 崇_{쓩}奉_뽕을 曷_{ᅘᅡᆯ}弛_싱리오【于_웅ᄂᆞᆫ 於_헝ㅎ⁶⁵⁾ 字_{ᄍᆞᆼ} ᄒᆞ가

지오 今_금은

---

56) -싀: '-싀'는 앞 말에 강조의 뜻을 더하는 보조사이다.

57) ᄒᆞ논: ᄒᆞ(하다, 曰)- + -ㄴ(←-ᄂᆞ-: 현시)- + -오(대상)- + -ㄴ(관전)

58) 올일: 올이[올리다, 進: 올(←오ᄅᆞ다: 오르다)- + -이(사접)-]- + -ㄹ(관전)

59) 곧: 곧, 輒(부사)

60) 놀애라: 놀애[노래, 頌: 놀(놀다, 遊: 자동)- + -애(명접)] + -Ø(←-이-: 서조)- + -Ø(현시)- + -라 (←-다: 평종)

61) 進上ᄒᆞᅀᆞᆸ보니: 進上ᄒᆞ[진상하다, 바치다(동사): 進上(진상: 명사) + -ᄒᆞ(동접)-]- + -ᅀᆞᆸ(←-ᅀᆞ-: 객높)- + -오(화자)- + -니(연어, 설명의 계속) ※ '-ᅀᆞ-'은 부사어로 쓰인 객체인 '세종'을 높였다.

62) 보믈: 보(보다, 覽)- + -ㅁ(←-옴: 명전) + -을(목조) ※ '봄'은 '감수(監修)하는 것'이다.

63) 주ᅀᆞ오시고: 주(주다, 授)- + -ᅀᆞ오(←-ᅀᆞᆸ-: 객높)- + -시(주높)- + -고(연어, 나열) ※ '-ᅀᆞ오-'는 목적어로 쓰인 객체인 '봄(= 세종이 감수한 행위)'을 높였는데, 이는 간접 높임에 해당한다. 그리고 '-시-'는 주는 행위의 주체인 '세종'을 직접 높였다.

64) 지ᅀᆞ샤: 짓(←짓다, ㅅ불: 짓다, 製)- + -ᄋᆞ샤(←-ᄋᆞ시-: 주높)- + -Ø(←-아: 연어)

65) 於ㅎ: 於(어: 어조사, 위치) + -ㅎ(-의: 관조) ※ '어조사(語助辭)'는 실질적인 뜻이 없이 다른 글자를 보조하여 주는 한문의 토이다. '焉', '也', '於', '矣' 따위가 있다.

이제라 崇(숭)은 尊(존)한 것이요 奉(봉)은 받드는 것이다. 曷(갈)은 '어찌'라고 하는 말이요, 弛(이)는 눅이는 것이다. 】

　　이제 와서 尊奉(존봉)함을 어찌 누그러뜨리리오?

頃丁家厄(경정가액)하여 長嗣(장사)가 夭亡(요망)하니, 父母之情(부모지정)은 本乎天性(본호천성)이라, 哀戚之

이제라⁶⁶⁾ 崇_쓩은 尊_존홀 씨오 奉_뽕은 바들⁶⁷⁾ 씨라 曷_{ᅘᅡᇙ}은 엇뎨⁶⁸⁾ ᄒᆞᄂᆞᆫ 마리오 弛_싱ᄂᆞᆫ 누길⁶⁹⁾ 씨라 】

이제 와 이셔⁷⁰⁾ 尊_존奉_뽕ᄒᆞᅀᆞ보몰⁷¹⁾ 엇뎨 누기리오⁷²⁾

頃_켱丁_뎡家_강厄_{ᅙᅥᆨ}ᄒᆞ야 長_댱嗣_{ᄉᆞᆼ}ㅣ 夭_{ᅙᅭᇢ}亡_망ᄒᆞ니 父_{ᄬᅮᆼ}母_{모ᇢ}之_징情_쪙은 本_본乎_{ᅘᅩᆼ}天_텬性_셩이라 哀_{ᅙᆡᆼ}戚_젹之_징

---

66) 이제라: 이제[이제, 이때: 이(이, 此: 관사, 지시, 정칭) + 제(제, 때: 의명)] + -Ø(←-이-: 서조)- + -Ø(현시)- + -라(←-다: 평종) ※ '제'는 [적(적, 때, 時: 의명) + -에(부조, 위치)]의 방식으로 파생된 의존 명사이다.

67) 바들: 받(받들다, 奉)- + -올(관전)

68) 엇뎨: 어찌, 曷(부사, 지시, 미지칭)

69) 누길: 누기[눅이다, 누그러뜨리다, 弛: 눅(눅다: 자동)- + -이(사접)-]- + -ㄹ(관전)

70) 이셔: 이시(있다: 보용, 완료 지속)- + -어(연어)

71) 尊奉ᄒᆞᅀᆞ보몰: 尊奉ᄒᆞ(존봉하다: 尊奉(존봉: 명사) + -ᄒᆞ(동접)-]- + -ᅀᆞᆸ(←-ᅀᆞᆸ-: 객높)- + -옴(명전) + -올(목조) ※ '尊奉(존봉)'은 존경하여 높이 받드는 것이다. ※ '尊奉ᄒᆞᅀᆞ보몰'에서 '-ᅀᆞᆸ-'은 목적어로 쓰인 객체인 '세종'을 높였다.

72) 누기리오: 누기[눅이다, 누그러뜨리다, 弛: 눅(눅다: 자동)- + -이(사접)-]- + -리(미시)- + -오(←-고: -느냐, 의종, 설명) ※ '尊奉ᄒᆞᅀᆞ보몰 엇뎨 누기리오'는 '세종의 뜻을 존경하여 높이 받드는 것을 누그러뜨릴 수 없다'는 뜻으로 쓰인 말이다.

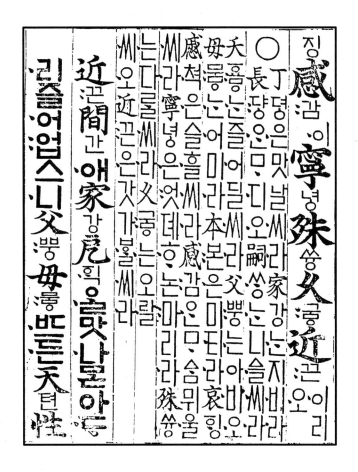

感(애척지감)이 寧殊久近(영수구근)이리오【丁(정)은 만나는 것이다. 家(가)는 집이다. 長(장)은 맏이요, 嗣(사)는 잇는 것이다. 夭(요)는 일찍 죽는 것이다. 父(부)는 아버지요 母(모)는 어머니이다. 本(본)은 밑이다. 哀戚(애척)은 슬퍼하는 것이다. 感(감)은 마음을 움직이는 것이다. 寧(영)은 '어찌'라고 하는 말이다. 殊(수)는 다른 것이다. 久(구)는 오랜 것이요 近(근)은 가까운 것이다. 】

近間(근간)에 家戹(가액)을 만나 맏아들이 일찍 (죽어) 없어지니, 父母(부모)의 뜻은 天性(천성)에

感_감이 寧_녕殊_쓩久_굴近_끈이리오【丁_뎡은 맛날⁷³⁾ 씨라　家_강는 지비라　長_댱은 ᄆᆞ디오⁷⁴⁾　嗣_쏭는 니슬⁷⁵⁾ 씨라　夭_{ᅙᅭ}는 즐어딜⁷⁶⁾ 씨라　父_뽕는 아비오 母_{ᄆᆞᆼ}는 어미라　本_본은 미티라　哀_{ᅙᆡᆼ}戚_쳑은 슬흘⁷⁷⁾ 씨라　感_감은 ᄆᆞᅀᆞᆷ 뮈울⁷⁸⁾ 씨라　寧_녕은 엇뎨 ᄒᆞ논 마리라　殊_쓩는 다룰 씨라　久_굴는 오랄 씨오　近_끈은 갓가ᄫᅳᆯ⁷⁹⁾ 씨라】

近_끈間_간애 家_강厄_{ᅙᅴᆨ}⁸⁰⁾을 맛나 ᄆᆞᆮ아ᄃᆞ리⁸¹⁾ 즐어⁸²⁾ 업스니⁸³⁾ 父_뽕母_{ᄆᆞᆼ} ᄠᅳ든 天_텬性_셩에

---

73) 맛날: 맛나[← 맞나다(만나다, 遇): 맛(← 맞다: 맞다, 迎)- + 나(나다, 出)-]- + -ㄹ(관전)

74) ᄆᆞ디오: 묻(맏, 맏이, 昆)- + -이(서조)- + -오(← -고: 연어, 나열)

75) 니슬: 닛(← 잇다, ㅅ불: 잇다, 嗣)- + -을(관전)

76) 즐어딜: 즐어디[지레 죽다, 일찍 죽다, 요절하다, 夭: 즐(← 즈르다: 지르다, 捷)- + -어(연어) + 디(지다, 落)-]- + -ㄹ(관전)

77) 슬흘: 슳(슬퍼하다, 哀)- + -을(관전)

78) 뮈울: 뮈우[움직이게 하다, 使動: 뮈(움직이다, 動: 자동)- + -우(사접)-]- + -ㄹ(관전)

79) 갓가ᄫᅳᆯ: 갓갑(← 갓갑다, ㅂ불: 가깝다, 近)- + -을(관전)

80) 家厄: 가액. 집안에서 일어난 재앙이다. 이는 세조의 맏아들인 의경세자(懿敬世子)가 스무 살 때(1457년, 세조 3년)에 죽은 것을 이른다.

81) ᄆᆞᆮ아ᄃᆞ리: ᄆᆞᆮ아ᄃᆞᆯ[맏아들, 의경세자: 묻(맏이, 昆: 명사) + 아ᄃᆞᆯ(아들, 子: 명사)] + -이(주조)

82) 즐어: 즐(← 즈르다: 지르다, 지름길로 가깝게 가다)- + -어(연어) ※ '즈르다'는 '일찍 죽다(夭亡)'를 비유적으로 표현한 말이다.

83) 업스니: 없(없어지다, 亡: 동사)- + -으니(연어, 설명 계속)

[14 뒤]

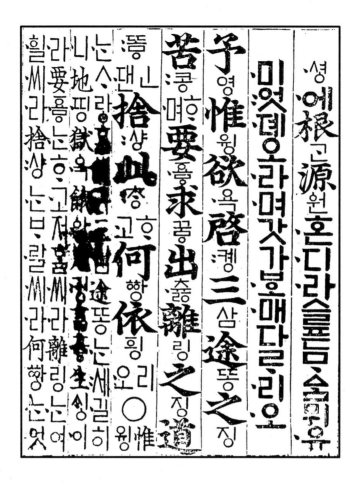

根源(근원)한 것이라, 슬픈 마음을 움직이는 것이 어찌 오래며 가까움에 다르리오?

予惟欲啓三途之苦(여유욕계삼도지고)하며   要求出離之道(요구출리지도)이면 捨此(사차)하고 何依(하의)리오【惟(유)는 생각하는 것이다. 三途(삼도)는 세 길이니, 地獄(지옥)·餓鬼(아귀)·畜生(축생)이다. 要(요)는 하고자 하는 것이다. 離(이)는 여의는 것이다. 捨(사)는 버리는 것이다. 何(하)는

根_ㄱ源_원혼⁸⁴⁾ 디라⁸⁵⁾ 슬픈 ᄆᆞᅀᆞᆷ 뮈유미⁸⁶⁾ 엇뎨 오라며 갓가보매⁸⁷⁾ 다ᄅᆞ리오⁸⁸⁾

予_영惟_윙欲_욕啓_켕三_삼途_똥之_징苦_콩ᄒᆞ며　要_{ᅙᅭᇢ}求_꿀出_츯離_링之_징道_똫ㄴ댄⁸⁹⁾　捨_샹此_충ᄒᆞ고　何_행依_{ᅙᅵᇰ}리오【惟_윙ᄂᆞᆫ ᄉᆞ랑ᄒᆞᆯ 씨라　三_삼途_똥⁹⁰⁾ᄂᆞᆫ 세 길히니⁹¹⁾ 地_띵獄_옥⁹²⁾ 餓_{ᅌᅡᇰ}鬼_귕⁹³⁾ 畜_츙生_{ᄉᆡᇰ}⁹⁴⁾이라　要_{ᅙᅭᇢ}ᄂᆞᆫ ᄒᆞ고져⁹⁵⁾ ᄒᆞᆯ 씨라　離_링ᄂᆞᆫ 여흴⁹⁶⁾ 씨라　捨_샹ᄂᆞᆫ ᄇᆞ릴⁹⁷⁾ 씨라　何_행ᄂᆞᆫ

---

84) 根源혼: 根源ᄒᆞ[← 根源ᄒᆞ다(근원하다 : 동사): 根源(근원: 명사) + -ᄒᆞ(동접)-]- + -Ø(과시)- + -오(대상)- + -ㄴ(관전)

85) 디라: ᄃᆞ(← ᄃᆞ: 것, 의명) + -이(서조)- + -라(← -아: 연어, 이유나 근거)

86) 뮈유미: 뮈(움직이다, 動)- + -윰(← -움: 명전) + -이(주조)

87) 갓가보매: 갓갑(← 갓갑다, ㅂ불: 가깝다, 近)- + -옴(명전) + -애(-에: 부조, 근거)

88) 다ᄅᆞ리오: 다ᄅᆞ(다르다, 殊)- + -리(미시)- + -오(← -고: -느냐, 의종, 설명)

89) 要求出離之道ㄴ댄: 要求出離之道(요구출리지도: 명사절) + -ㅣ(← -이- : 서조)- + -ㄴ댄(-면: 연어, 조건) ※ '要求出離之道'는 '(내가) ⋯ 나가서 떨쳐 버릴 道를 求하고자 함'의 뜻으로 쓰였는데, 여기서는 이 부분을 명사절로 처리했다.

90) 三途: 삼도. 악인이 죽어서 가는 세 가지의 괴로운 세계로서, '지옥도, 축생도, 아귀도'를 이른다.

91) 길히니: 길ㅎ(길, 路) + -이(서조)- + -니(연어, 설명의 계속)

92) 地獄: 지옥도(地獄道). 삼악도(三惡道)의 하나이다. 죄를 지은 중생이 죽은 뒤에 태어나는 지옥의 세계이다.

93) 餓鬼: 아귀도(餓鬼道). 삼악도(三惡道)의 하나이다. 아귀들이 모여 사는 세계이다. 이곳에서 아귀들이 먹으려는 음식은 불로 변하여 늘 굶주리고, 항상 매를 맞는다고 한다.

94) 畜生: 축생도(畜生道). 삼악도의 하나이다. 죄업 때문에 죽은 뒤에 짐승으로 태어나 괴로움을 받는 세계이다.

95) ᄒᆞ고져: ᄒᆞ(하다, 爲)- + -고져(-고자: 연어, 의도)

96) 여흴: 여희(여의다, 이별하다, 離)- + -ㄹ(관전)

97) ᄇᆞ릴: ᄇᆞ리(버리다, 捨)- + -ㄹ(관전)

何(하)는 '어찌'라고 하는 말이다. 】

　　내가 생각하되, "三途(삼도)의 受苦(수고)에서 열고자(벗어나고사) 하며, (삼도의 수고에서) 나가서 떨쳐 버릴 道(도)를 求(구)하고자 할 것이면, 이것(석보를 만드는 일)을 버리고 어디에 붙으리오(= 의지하리오)?"

轉成了義(전성료의)호미　雖則旣多(수칙기다)하나 【 了義(요의)는　決斷(결단)하여 꿰뚫는 뜻이니, 大乘敎(대승교)를 일렀니라. 】

엇뎨라⁹⁸⁾ ᄒᆞ논 마리라 】

　내　ᄉᆞ랑호ᄃᆡ　三_삼途_똥ㅅ　受_쓩苦_콩애⁹⁹⁾　열오져¹⁰⁰⁾　ᄒᆞ며　나¹⁾　여희
욣²⁾　道_똘ᄅᆞᆯ　求_꿀코져³⁾　홇　딘댄⁴⁾　이⁵⁾　ᄇᆞ리고　어듸　브트리오⁶⁾

轉_둰成_쎵了_룧義_읭호미　雖_쉥則_즉旣_긩多_당ᄒᆞ나【了_룧義_읭ᄂᆞᆫ　決_겷斷_돤ᄒᆞ야　ᄉᆞ무
츤⁷⁾　ᄠᅳ디니　大_땡乘_씽敎_굘⁸⁾ᄅᆞᆯ　니ᄅᆞ니라 】

---

98) 엇뎨라 : 엇뎨(어찌, 何: 부사, 지시, 미지칭) + - ㅣ(← -이- : 서조) + -Ø(현시) + -라(← -
다: 평종)

99) 受苦애: 受苦(수고) + -애(-에: 부조, 위치)

100) 열오져: 열(열다, 깨우치다, 啓)- + -오져(← -고져: -고자, 연어, 의도)

1) 나: 나(나다, 나가다, 現)- + -아(연어) ※ '삼도의 수고'에서 나가는 것이다.

2) 여희욣: 여희(여의다, 이별하다, 離)- + -요(← -오-: 대상)- + -ㄹㆆ(관전)

3) 求코져: 求ᄒ[← 求ᄒᆞ다(구하다): 求(구: 불어) + -ᄒᆞ(동접)-]- + -고져(-고자: 연어, 의도)

4) 홇 딘댄: ᄒᆞ(← ᄒᆞ-: 하다, 爲, 보용, 의도)- + -오(대상)- + -ㄹㆆ(관전) # ᄃ(← ᄃᆞ: 것, 의명) + -이
(서조)- + -ㄴ댄(-면: 연어, 조건)

5) 이: 이것, 此(지대, 정칭). ※ '이것'은 석보(釋譜)를 만드는 일이다.

6) 브트리오: 븥(붙다, 의지하다, 依)- + -으리(미시)- + -오(-느냐: 의종, 설명)

7) ᄉᆞ무츤: ᄉᆞ뭊(꿰뚫다, 관통하다, 사무치다, 通)- + -은(관전)

8) 大乘敎: 대승교. '大乘(대승)'은 중생을 제도하여 부처의 경지에 이르게 하는 것을 이상으로 하
는 교리며, 대승교는 대승의 교리를 기본 이념으로 하는 불교이다. 대승교에는 '삼론(三論), 법
상(法相), 화엄(華嚴), 천태(天台), 진언(眞言), 율(律), 선종(禪宗)' 따위가 있다.

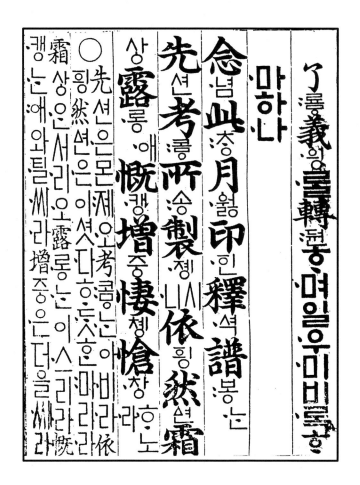

了義(요의)를 轉(전)하며 이룬 것이 비록 이미 많으나

念此月印釋譜(염차월인석보)는

先考所製(선고소제)시니 依然霜露(의연상로)에 慨增悽愴(개증처창)하노라
【 先(선)은 먼저이요 考(고)는 아버지다. 依然(의연)은 '비슷하다'라고 하듯 한
말이다. 霜(상)은 서리요 露(로)는 이슬이다. 慨(개)는 북받치는 것이다. 增(증)
은 더하는 것이다.

了_룡義_읭⁹⁾를 轉_둰ᄒᆞ며¹⁰⁾ 일우미¹¹⁾ 비록 ᄒᆞ마¹²⁾ 하나¹³⁾

念_념此_{ᄎᆞ}月_윓印_힌釋_셕譜_봉ᄂᆞᆫ

先_션考_콯所_송製_졩시니 依_{ᅙᅴᆼ}然_션霜_샹露_롱애 慨_캥增_즁悽_쳉愴_챵ᄒᆞ노라【先_션은 몬졔오¹⁴⁾ 考_콯ᄂᆞᆫ 아비라¹⁵⁾ 依_{ᅙᅴᆼ}然_션은 이셧다¹⁶⁾ ᄒᆞ듯¹⁷⁾ ᄒᆞᆫ 마리라 霜_샹ᄋᆞᆫ 서리오¹⁸⁾ 露_롱ᄂᆞᆫ 이스리라 慨_캥ᄂᆞᆫ 애와틸¹⁹⁾ 씨라 增_즁은 더을²⁰⁾ 씨라

---

9) 了義: 요의. 불법(佛法)의 도리를 명백하고 완전하게 설명한 것이다.

10) 轉ᄒᆞ며: 轉ᄒᆞ[전하다, 옮기다, 번역하다: 轉(전: 불어) + -ᄒᆞ(동접)-] + -며(연어, 나열)

11) 일우미: 일우[이루다, 成: 일(이루어지다, 成: 자동)- + -우(사접)-] + -ㅁ(←-움: 명전) + -이 (주조)

12) ᄒᆞ마: 이미, 旣(부사)

13) 하나: 하(많다, 多)- + -나(연어, 대조)

14) 몬졔오: 몬져(먼저, 先) + -ㅣ(←-이-: 서조) + -오(←-고: 연어, 나열)

15) 아비라: 아비(아버지, 考) + -∅(←-이-: 서조)- + -∅(현시)- + -라(←-다: 평종)

16) 이셧다: 이셧[← 이셧ᄒᆞ다(비슷하다, 依然): 이셧(← 이슷: 비슷, 부사)- + -∅(←-ᄒᆞ-: 형접)-]- + -∅(현시)- + -다(평종)

17) ᄒᆞ듯: ᄒᆞ(하다, 曰)- + -듯(-듯: 연어, 흡사)

18) 서리오: 서리(서리, 霜) + -∅(←-이-: 서조)- + -오(←-고: 연어, 나열)

19) 애와틸: 애와티[← 애왇티다(북받치다, 분개하다, 애타다, 慨): 애(창자, 쓸개: 명사) + 왇(← 받다: 받다, 衝)- + -티(강접)-]- + -ㄹ(관전)

20) 더을: 더으(더하다, 增)- + -ㄹ(관전)

悽愴(처창)은 슬퍼하는 모습이다. 】

　(내가) 念(염)하되, "이 『月印釋譜(월인석보)』는 先考(선고)께서 지으신 것이
니, 依然(의연)하여 霜露(상로)에 북받치어 더욱 슬퍼하노라. 【 가을에 霜露
(상로)가 와서 草木(초목)이 시들면 슬픈 마음이 나나니, 時節(시절)이 바뀌면
어버이를 잃은 듯하니라. 】

　仰思聿追(앙사률추)컨댄 必先述

悽_쳉愴_창은 슬허ᄒᆞ논²¹⁾ 양지라²²⁾ 】

念_념호ᄃᆡ²³⁾ 이 月_윓印_{ᅙᅵᆫ}釋_셕譜_봉는 先_션考_콜²⁴⁾ 지스샨²⁵⁾ 거시니 依_{ᅙᅵᆼ}然_션ᄒᆞ야²⁶⁾ 霜_샹露_롱²⁷⁾애 애와텨²⁸⁾ 더욱 슬허 ᄒᆞ노라【 ᄀᆞ슬히²⁹⁾ 霜_샹露_로ㅣ 와 草_{ᄎᆞᆯ}木_목이 이울어든³⁰⁾ 슬픈 ᄆᆞᅀᆞ미 나ᄂᆞ니 時_씽節_졇이 ᄀᆞ러든³¹⁾ 어버ᅀᅵ를 일혼³²⁾ ᄃᆞᆺ ᄒᆞ니라 】

仰_{ᅌᅡᆼ}思_{ᄉᆞᆼ}聿_률追_듕컨댄 必_빓先_션述_쓣

---

21) 슬허ᄒᆞ논: 설허ᄒᆞ[슬퍼하다, 哀: 슳(슬퍼하다, 哀)- + -어(연어) + ᄒᆞ(하다: 보용)-]- + -ㄴ(←-ᄂᆞ-: 현시)- + -오(대상)- + -ㄴ(관전)

22) 양지라: 양ᄌᆞ(모습, 모양, 樣子) + -ㅣ(←-이-: 서조)- + -Ø(현시)- + -라(←-다: 평종)

23) 念호ᄃᆡ: 念ᄒᆞ[← 念ᄒᆞ다(염하다, 생각하다, 여기다): 念(염, 생각: 불어) + -ᄒᆞ(동접)-]- + -Ø(←-오-: 화자)- + -오ᄃᆡ(-되: 연어, 설명의 계속) ※ 화자 표현의 선어말 어미인 '-오-'는 연결형에서는 수의적으로 실현되는데, 여기서는 '-오-'가 실현된 것으로 처리한다.

24) 先考: 선고. 돌아가신 자기 아버지를 남에게 이르는 말이다. 여기서는 세종(世宗)을 이른다.

25) 지스샨: 짛(← 짓다, ㅅ불: 짓다, 製)- + -으샤(←-으시-: 주높)- + -Ø(과시)- + -Ø(←-오-: 대상)- + -ㄴ(관전)

26) 依然ᄒᆞ야: 依然ᄒᆞ[의연하다(형사): 依然(의연: 명사) + -ᄒᆞ(형접)-]- + -야(←-아: 연어) ※ '依然(의연)'은 '전과 다름없이 비슷하다'는 뜻으로 쓰인 말이다.

27) 霜露: '霜露(상로)'는 '상로지사(霜露之思)'의 준말이다. 무덤에 서리와 이슬이 내렸을 것을 생각한다. 곧, 부모의 죽음을 슬퍼함을 이르는 말이다.

28) 애와텨: 애와티[← 애왇티다(북받치다, 분개하다, 애타다, 慨): 애(창자, 쓸개) + 와티(← 바티다: 받치다)-]- + -어(연어)

29) ᄀᆞ슬히: ᄀᆞ슬ㅎ(가을, 秋) + -익(-에: 부조, 위치)

30) 이울어든: 이울(이울다, 시들다, 枯)- + -어든(←-거든: 연어, 조건)

31) ᄀᆞ러든: ᄀᆞᆯ(바뀌다, 갈리다, 變)- + -어든(←-거든: 연어, 조건)

32) 일혼 ᄃᆞᆺ: 잃(잃다, 失)- + -Ø(과시)- + -은(관전) # ᄃᆞᆺ(듯: 의명)

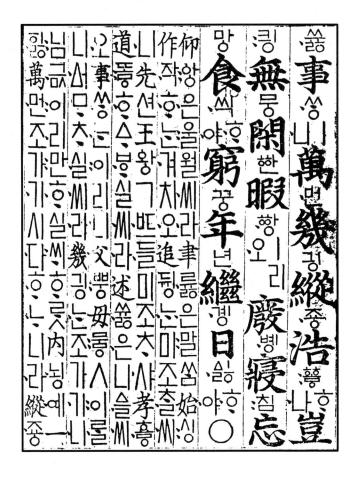

事(필선술사)이니 萬幾縱浩(만기종호)하나 豈無閑暇(기무한가)이리오 廢寢忘
食(폐침망식)하여 窮年繼日(궁년계일)하여【仰(앙)은 우러르는 것이다. 聿(율)은
말씀을 始作(시작)하는 토(어조사)이요, 追(추)는 뒤미처 좇는 것이니, 先王(선왕)
의 뜻을 뒤미처 좇으시어 孝道(효도)하시는 것이다. 述(술)은 잇는 것이요 事(사)
는 일이니, 父母(부모)의 일을 이어 마치시는 것이다. 幾(기)는 기틀이니, 임금의
일이 많으시므로 "하루의 內(내)에 一萬(일만) 기틀이시다."라고 하느니라. 縱(종)
은

事ᄊᆞᅵ니 萬먼幾긩縱죵浩ᅘᅩᇢᄒᆞ나 豈킝無뭉閑ᅘᅡᆫ暇ᅘᅡᆼᅵ리오 廢볭寢침忘망食씩ᄒᆞ야 窮꿍年년繼곙日ᅀᅵᇙᄒᆞ야【仰ᅌᅡᆼ은 울월33) 씨라 聿률은 말ᄊᆞᆷ 始싱作작ᄒᆞᄂᆞᆫ 겨치오 追딍ᄂᆞᆫ 미조츨34) 씨니 先션王왕ㄱ35) ᄠᅳᆮ을36) 미조ᄎᆞ샤 孝ᅘᅭᆛ道뚛ᄒᆞᅀᆞᄫᆞᆯ실37) 씨라 述쓣은 니슬38) 씨오 事ᄊᆞᆼᄂᆞᆫ 이리니39) 父뽕母뭏ㅅ 이를 니ᅀᅥ ᄆᆞᄎᆞ실40) 씨라 幾긩ᄂᆞᆫ 조가기니41) 님긊 이리 만ᄒᆞ실ᄊᆡ42) ᄒᆞᇙ쎡43) 內뇡예 一ᅙᅵᇙ萬먼 조가기시다44) ᄒᆞᄂᆞ니라 縱죵은

---

33) 울월: 울월(우러르다, 仰)-+-ㄹ(관전)

34) 미조츨: 미좇[뒤미처 좇다: 미(←및다: 미치다, 及)-+좇(좇다, 從)-]-+-을(관전)

35) 先王ㄱ: 先王(선왕)+-ㄱ(-의: 관조) ※ '선왕(先王)'은 세조의 아버지인 세종(世宗)을 이른다.

36) ᄠᅳᆮ을: ᄠᅳᆮ(뜻, 意)+-을(목조)

37) 孝道ᄒᆞᅀᆞᄫᆞᆯ실: 孝道ᄒᆞ[효도하다: 孝道(효도: 명사)+-ᄒᆞ(동접)-]-+-ᅀᆞᇦ(←-ᅀᆞᆸ-: 객높)-+-ᄋᆞ시(주높)-+-ㄹ(관전)

38) 니슬: 닛(←잇다, ㅅ불: 잇다, 述)-+-ㄹ(관전)

39) 이리니: 일(일, 事)+-이(서조)-+-니(연어, 설명의 계속, 이유)

40) ᄆᆞᄎᆞ실: 몿(마치다)-+-ᄋᆞ시(주높)-+-ㄹ(관전)

41) 조가기니: 조각(기틀, 고동)+-이(서조)-+-니(연어, 설명의 계속) ※ '조각(기틀, 고동)'은 작동을 시작하게 하는 기계 장치이다.

42) 만ᄒᆞ실ᄊᆡ: 많(많다, 多)-+-ᄋᆞ시(주높)-+-ㄹᄊᆡ(-므로: 연어, 이유)

43) ᄒᆞᇙ쎡: ᄒᆞᄅᆞ(하루, 一日)+-ㅅ(-의: 관조)

44) 조가기시다: 조각(기틀, 고동)+-이(서조)-+-시(주높)-+-Ø(현시)-+-다(평종)

올워러 聿ᅌᅮᆯ 追딍ᄅᆞᆯ ᄉᆞ랑ᄒᆞ건댄 모로매 일 ᄆᆞᄎᆞᆯ 우ᅀᅮᆯ 몬져 ᄒᆞᇙ디니 萬먼 幾긩 비록 하나 엇뎨 겨르리 업스리오 자디 아니ᄒᆞ며 飮ᅙᆷ 食씩을 니저 ᄒᆡ

은 비록 ᄒᆞ논 ᄠᅵ디오 浩ᅘᅶᇢᄂᆞᆫ 넙고 클씨라 豈킝ᄂᆞᆫ 엇뎨 ᄒᆞ논 마리라 閑ᅘᅡᆫ 暇ᅘᅡᆼᄂᆞᆫ 겨르리라 廢ᅙᆒᆼᄂᆞᆫ 말씨오 寢침ᄋᆞᆫ 잘씨라 忘망ᄋᆞᆫ 니즐씨오 食씩씨라 繼곙ᄂᆞᆫ 니ᅀᅳᆯ씨라 은 바비라 窮꿍은 다ᄋᆞᆯ

'비록'이라고 하는 뜻이요 浩(호)는 넓고 큰 것이다. 岂(기)는 '어찌'라고 하는 말이다. 閑暇(한가)는 겨를이다. 廢(폐)는 마는 것이요 寢(침)은 자는 것이다. 忘(망)은 잊는 것이요 食(식)은 밥이다. 窮(궁)은 다하는 것이다. 繼(계)는 잇는 것이다. 】

우러러 聿追(율추)를 생각하면 모름지기 일(事)을 마저 이루는 것을 먼저 할 것이니, 萬幾(만기)가 비록 많으나 어찌 겨를이 없으리오? 자지 아니하며 飮食(음식)을 잊어, 해가

비록 ᄒᆞ논 ᄠᅳ디오 浩ᅘᅩᇢᄂᆞᆫ 넙고 클 씨라 曷킹ᄂᆞᆫ 엇뎨 ᄒᆞ논 마리라 閑ᅘᅡᆫ暇ᅘᅡᆼᄂᆞᆫ

겨르리라[45] 廢ᄫᅨᆼᄂᆞᆫ 말[46] 씨오 寢침은 잘 씨라 忘망ᄋᆞᆫ 니즐[47] 씨오 食씩은 바비

라 窮꿍은 다ᄋᆞᆯ[48] 씨라 繼곙ᄂᆞᆫ 니슬 씨라 】

울워러[49] 聿률追딍를 ᄉᆞ랑ᄒᆞ건댄[51] 모로매[52] 일[53] ᄆᆞᆺ[54] 일우ᅀᆞᆸ오

ᄆᆞᆯ[55] 몬져 홇디니[56] 萬먼幾긩 비록 하나 엇뎨 겨르리[58] 업스리

오 자디 아니ᄒᆞ며 飮ᅙᅳᆷ食씩을 니저 ᄒᆡ[59]

---

45) 겨르리라: 겨를(겨를, 閑暇)+-이(서조)-+-Ø(현시)-+-라(←-다: 평종)

46) 말: 말(말다, 그치다, 그만두다, 廢)-+-ㄹ(관조)

47) 니즐: 닞(잊다, 忘)-+-을(관전)

48) 다ᄋᆞᆯ: 다ᄋᆞ(다하다, 窮)-+-ㄹ(관전)

49) 울워러: 울월(우러르다, 仰)-+-어(연어)

50) 聿追: 율추. 선왕(先王)의 뜻을 뒤미쳐서 좇는 것이다.

51) ᄉᆞ랑ᄒᆞ건댄: ᄉᆞ랑ᄒᆞ[생각하다, 思: ᄉᆞ랑(생각: 명사)+-ᄒᆞ(동접)-]-+-건댄(-면: 연어, 조건)

52) 모로매: 모름지기, 반드시, 必(부사)

53) 일: 일, 事(명사)

54) ᄆᆞᆺ: 마저, 남김없이 모두, 숲(부사)

55) 일우ᅀᆞᆸ오ᄆᆞᆯ: 일우[이루다: 일(이루어지다, 成: 자동)-+-우(사접)-]-+-ᅀᆞᇦ(←-ᅀᆞᆸ-: 객높)-+-옴(명전)+-ᄋᆞᆯ(목조)

56) 홇디니: ᄒᆞ(←ᄒᆞ다: 하다, 爲)-+-오(대상)-+-ᇙ(관전) # ᄃᆞ(←ᄃᆞ: 것, 의명)+-이(서조)-+-니(연어, 설명의 계속)

57) 萬幾: 만기. 임금이 보는 여러 가지 정무이다.

58) 겨르리: 겨를(겨를, 暇)+-이(주조)

59) ᄒᆡ: ᄒᆡ(해, 年)+-Ø(←-이: 주조)

다하며 날(日)을 이어 【 날을 잇는 것은 밤을 새우는 것이다. 】

上爲(상위)

父母仙駕(부모선가)하고　兼爲亡兒(겸위망아)하여　速乘慧雲(속승혜운)하시어
逈出諸塵(형출제진)하시어　直了自性(직료자성)하시어　頓證覺地(돈증각지)하시
게 하여 【 上(상)은 위이다. 仙(선)은 仙人(선인)이요 駕(가)는 수레이니, 仙駕(선
가)는

다ᄋᆞ며[60] 나ᄅᆞᆯ[61] 니ᅀᅥ[62]【날 니ᅀᅩᄆᆞᆫ[63] 밤 새알[64] ᄡᅵ라[65]】

上쌍爲윙

父뿡母뭏仙션駕강ᄒᆞᅀᆞᆸ고 兼겸爲윙亡망兒ᅀᅵᆼᄒᆞ야 速쏙乘씽慧쀙雲운ᄒᆞ샤 逈쀙出츓諸졍塵띤ᄒᆞ샤 直띡了룧自쫑性셩ᄒᆞ샤 頓돈證징覺각地띵ᄒᆞ시게 ᄒᆞ야【上썅ᄋᆞᆫ 우히라[66] 仙션ᄋᆞᆫ 仙션人ᅀᅵᆫ이오 駕강ᄂᆞᆫ 술위니[67] 仙션駕강ᄂᆞᆫ

---

60) 다ᄋᆞ며: 다ᄋᆞ(다하다, 窮)- + -며(연어, 나열)

61) 나ᄅᆞᆯ: 날(날, 日) + -ᄋᆞᆯ(목조)

62) 니ᅀᅥ: 닛(← 닛다, ㅅ불: 잇다, 繼)- + -어(연어)

63) 니ᅀᅩᄆᆞᆫ: 닛(← 닛다, ㅅ불: 잇다, 繼)- + -옴(명전) + -ᄋᆞᆫ(보조사, 주제)

64) 새알: 새아[(밤을) 새우다: 새(새다, 밝아지다, 明: 자동)- + -아(사접)-]- + -ㄹ(관전) ※ '-아-'는 '새다(明)'에만 붙는 특수한 사동 접미사이다. 현대 국어에서는 '새우다'의 형태를 취한다.

65) ᄡᅵ라: ᄡᅳ(← ᄉᆞ: 것, 의명) + -이(서조)- + -Ø(현시)- + -라(← -다: 평종)

66) 우히라: 우ㅎ(위, 上) + -이(서조)- + -Ø(현시)- + -라(← -다: 평종)

67) 술위니: 술위(수레, 駕) + -Ø(← -이-: 서조)- + -니(연어, 설명의 계속)

업스시닐 ᄉᆞᆲᄫᆞ시논 마리라 兼겸은
아올씨라 兒ᅀᅡᆼ논 아ᄒᆡ라 速속은 샌ᄅᆞᆯ
씨오 乘씽은 ᄐᆞᆯ씨라 慧ᅘᅨᆼ논 智딩
慧ᅘᅨᆼ오 雲운은 구루미라 迥ᅘᅱᆼ은 멀
씨오 直띡은 바ᄅᆞᆯ씨오 自ᄍᆞᆼ논 제
頓돈은 샏ᄅᆞᆯ씨오 證징은 마초 아라
니라 覺각 地띵은 아ᄅᆞᆯ씨오 地띵位윙는
왕라 우흐로 父뿡母뭉 仙션駕강
ᄅᆞᆯ 爲윙ᄒᆞᅀᆞᆸ고 亡망兒ᅀᅵᆼᄅᆞᆯ
조쳐 爲윙ᄒᆞ야 ᄲᆞᆯ리 智딩慧

없으신 이를 사뢰시는 말이다. 兼(겸)은 아우르는 것이다. 兒(아)는 아이다. 速(속)은 빠른 것이요 乘(승)은 타는 것이다. 慧(혜)는 智慧(지혜)요 雲(운)은 구름이다. 迥(형)은 먼 것이다. 直(직)은 바른 것이다. 自(자)는 '자기'이다. 頓(돈)은 빠른 것이요 證(증)은 따져 밝히어서 아는 것이다. 覺(각)은 아는 것이요 地(지)는 땅이니, 覺地(각지)는 부처의 地位(지위)이다. 】

위로 父母(부모)의 仙駕(선가)를 위하고 亡兒(망아)를 겸하여 爲(위)하여, "(부모님께서) 빨리 智慧(지혜)의 업스시닐⁶⁸⁾ 슬┞시논⁶⁹⁾ 마리라 兼_겸은 아올⁷⁰⁾ 씨라 兒_{ᅀᅵ}는 아히라⁷¹⁾ 速_속은 ᄲᆞᄅᆞᆯ⁷²⁾ 씨오 乘_씽은 틀⁷³⁾ 씨라 慧_{ᅗᆒ}는 智_딩慧_{ᅗᆒ}오 雲_운은 구루미라 逈_{ᅘᆑ}은 멀 씨라 直_띡은 바ᄅᆞᆯ⁷⁴⁾ 씨라 自_{ᄍᆞ}는 제라⁷⁵⁾ 頓_돈은 ᄲᆞᄅᆞᆯ 씨오 證_징은 마기와⁷⁶⁾ 알 씨라 覺_각은 알 씨오 地_띵는 싸히니 覺_각地_띵는 부텻 地_띵位_윙라 】

우흐로⁷⁷⁾ 父_{ᄈᆞ}母_{ᄆᆞᆯ} 仙_션駕_강⁷⁸⁾ᄅᆞᆯ 爲_윙ᄒᆞᆸ고⁷⁹⁾ 亡_망兒_{ᅀᆞ}⁸⁰⁾ᄅᆞᆯ 조쳐⁸¹⁾ 爲_윙ᄒᆞ야 ᄲᆞᆯ리⁸²⁾ 智_딩慧_{ᅗᆒ}ㅅ

---

68) 업스시닐: 없(없다, 無)-+-으시(주높)-+-ㄴ(관전) # 이(이, 사람, 者: 의명)+-ㄹ(←-ᄅᆞᆯ: 목조)

69) 슬┞시논: 슗(←ᄉᆞᆲ다, ㅂ불: 사뢰다, 아뢰다, 奏)-+-ᄋᆞ시(주높)-+-ㄴ(←-ᄂᆞ-: 현시)-+-오(대상)-+-ㄴ(관전)

70) 아올: 아올(아우르다, 兼)-+-ㄹ(관전)

71) 아히라: 아히(아이, 兒)+-Ø(←-이-: 서조)-+-Ø(현시)-+-라(←-다: 평종)

72) ᄲᆞᄅᆞᆯ: ᄲᆞᄅᆞ(빠르다, 速)-+-ㄹ(관전)

73) 틀: 트(타다, 乘)-+-ㄹ(관전)

74) 바ᄅᆞᆯ: 바ᄅᆞ(바르다, 直)-+-ㄹ(관전)

75) 제라: 저(저, 자기, 己: 인대, 재귀칭)+-ㅣ(←-이-: 서조)-+-Ø(현시)-+-라(←-다: 평종)

76) 마긔와: 마긔오(←마긔오다: 따져서 밝히다, 증명하다, 證)-+-아(연어)

77) 우흐로: 우ㅎ(위, 上)+-으로(부조, 방향)

78) 仙駕: 선가. 임금이나 신선이 타는 수레이다.

79) 爲ᄒᆞᆸ고: 爲ᄒᆞ[위하다: 爲(위: 불어)+-ᄒᆞ(동접)-)-]-+-ᄉᆞᆸ(객높)-+-고(연어, 나열)

80) 亡兒: 망아. 죽은 아이이다.

81) 조쳐: 조치[아우르다, 겸하다, 兼: 좇(좇다, 따르다, 從: 자동)-+-이(사접)-]-+-어(연어)

82) ᄲᆞᆯ리: [빨리, 速(부사): ᄲᆞᆯᄅᆞ(←ᄲᆞᄅᆞ다: 빠르다, 速, 형사)-+-이(부접)]

구름을 타시어 諸塵(제진)에서 멀리 (떨어져서) 나시어, 바로 自性(자성)을 꿰뚫어 아시어 覺地(각지)를 문득 證(증)하시게 하리라.”고 하여

乃講劘研精於舊卷(내강마연정어구권)하며 麋括更添於新編(은괄갱첨어신편)하여【 講(강)은 議論(의논)하는 것이요 劘(마)는 가다듬는 것이다. 研(연)은 끝까지 아는 것이다. 어떤 것도 至極(지극)한 것이 精(정)이다. 舊(구)는

구루믈⁸³⁾ 트샤⁸⁴⁾ 諸_정塵_띤⁸⁵⁾에 머리⁸⁶⁾ 나샤 바른⁸⁷⁾ 自_쫑性_셩⁸⁸⁾을 스

못⁸⁹⁾ 아르샤⁹⁰⁾ 覺_각地_띵⁹¹⁾를 믄득 證_징ᄒᆞ시게⁹²⁾ 호리라⁹³⁾ ᄒᆞ야

乃_냉講_강劘_망研_연精_졍於_헝舊_꿀卷_권ᄒᆞ며 隲_흔括_괋更_깅添_텸於_헝新_신編_편ᄒᆞ야【講

강은 議_읭論_론홀 씨오 劘_망ᄂᆞᆫ ᄀᆞ다ᄃᆞᆷ⁹⁴⁾ 씨라 研_연은 다들게⁹⁵⁾ 알 씨라 아못⁹⁶⁾

것도 至_징極_끅혼 거시 精_졍이라 舊_꿀ᄂᆞᆫ

---

83) 智慧ㅅ 구름: 지혜의 구름(혜운, 慧雲). 우주의 진리를 깨닫는 지혜이다.

84) 트샤: 트(타다, 乘)- + -샤(←-시-: 주높)- + -∅(←-아: 연어)

85) 諸塵: 제진. 많은 티끌이다. 번거롭고 속된 세상을 비유적으로 표현한 말이다.

86) 머리: [멀리, 遠(부사): 멀(멀다, 遠)- + -이(부접)]

87) 바른: [바로, 直(부사): 바른(바르다, 直: 형사)- + -∅(부접)]

88) 自性: 자성. 모든 법(法)이 갖추고 있는, 변하지 않는 본성이다.

89) 스못: [꿰뚫어, 투철하게(부사): 스못(← 스못다: 꿰뚫다, 통하다, 通: 동사)- + -∅(부접)]

90) 아르샤: 알(알다, 知)- + -ᄋᆞ샤(←-ᄋᆞ시-: 주높)- + -∅(←-아: 연어)

91) 覺地: 각지. 부처의 지위, 곧 성불(成佛)의 자리이다.

92) 證ᄒᆞ시게: 證ᄒᆞ[증하다, 따져서 알다, 깨닫다: 證(증: 불어) + -ᄒᆞ(동접)-]- + -시(주높)- + -게(연어, 사동)

93) 호리라: ᄒᆞ(← ᄒᆞ다: 하다, 爲, 보용, 사동)- + -오(화자)- + -리(미시)- + -라(←-다: 평종)

94) ᄀᆞ다ᄃᆞᆷ: ᄀᆞ다듬[가다듬다, 劘: ᄀᆞ(← ᆽ(가, 邊) + 다듬(다듬다)-]- + -을(관전)

95) 다들게: 다들[다다르다, 至: 다(다, 悉: 부사) + 들(달리다, 走)-]- + -게(연어, 도달)

96) 아못: 아모(아무것, 어떤것, 某: 지대, 부정칭) + -ㅅ(-의: 관조) ※ '아못 것도'는 문맥상 '모든 것이'라는 뜻으로 쓰였다.

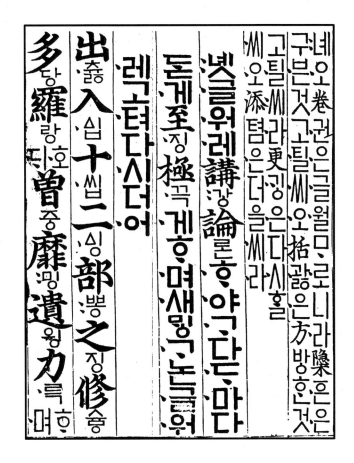

옛날이요 卷(권)은 글을 (둘둘) 만 것이다. 檃(은)은 굽은 것을 고치는 것이요, 括(괄)은 方(방, 모난)한 것을 고치는 것이다. 更(갱)은 '다시'라고 하는 것이요, 添(첨)은 더하는 것이다. 】

옛날의 글월에 講論(강론)하여 가다듬어, (진리에) 다다르게 至極(지극)하게 하며, 새로 만든 글월에 고쳐 다시 더하여

出入十二部之修多羅(출입십이부지수다라)하되 曾靡遺力(증미유력)하며

녜오⁹⁷⁾ 卷_권은 글월 모로니라⁹⁸⁾ 矯_휸은 구븐 것 고틸⁹⁹⁾ 씨오 括_괄은 方_방흔¹⁰⁰⁾ 것 고틸 씨라 更_깅은 다시 홀 씨오 添_텸은 더을¹⁾ 씨라】

넷²⁾ 글워레³⁾ 講_강論_론⁴⁾ᄒ야 ᄀ다ᄃ마⁵⁾ 다ᄃ게⁶⁾ 至_징極_끅게⁷⁾ ᄒ며 새⁸⁾ 밍ᄀ논⁹⁾ 글워레¹⁰⁾ 고텨¹¹⁾ 다시 더어¹²⁾

出_츯入_{ᅀᅵᆸ}十_씹二_{ᅀᅵᆼ}部_뿡之_징修_슐多_당羅_랑호ᄃᆡ 曾_증靡_밍遺_윙力_륵ᄒ며

---

97) 녜오: 녜(옛날, 예전, 昔: 명사)+ -∅(← -이-: 서조)- + -오(← -고: 연어, 나열)

98) 모로니라: 물(말다, 卷)- + -∅(과시)- + -오(대상)- + -ㄴ(관전) # 이(것, 者: 의명)+ -∅(← -이-: 서조)- + -∅(현시)- + -라(← -다: 평종) ※ '卷(권)'은 예전에 글을 적어서 두루마리처럼 말아 놓은 책이다.

99) 고틸: 고티[고치다, 改: 곧(곧다, 直: 형사)- + -히(사접)-]- + -ㄹ(관전)

100) 方흔: 方ᄒ[방하다, 모나다: 方(방, 모: 명사)+ -ᄒ(형접)-]- + -∅(현시)- + -ㄴ(관전)

1) 더을: 더으(더하다, 添)- + -ㄹ(관전)

2) 넷: 녜(옛날, 예전, 昔: 명사)+ -ㅅ(-의: 관조)

3) 글워레: 글월[글월, 文: 글(글, 文)+ -월(-월: 접미)]+ -에(부조, 위치) ※ '넷 글월'은 세종이 승하하기 전에 세종이 지은 『월인천강지곡』과 수양대군이 지은 『석보상절』의 글을 이른다.

4) 講論: 강론. 사물의 이치를 강석(講釋)하고 토론(討論)하는 것이다.

5) ᄀ다ᄃ마: ᄀ다ᄃᆷ[가다듬다, 연마하다, 劘: ᄀ(가, 邊)+ 다ᄃᆷ(다듬다, 劘)-]- + -아(연어)

6) 다ᄃ게: 다ᄃᆮ[다다르다, 완전하다, 到, 至: 다(다, 悉: 부사)+ ᄃᆮ(닫다, 走)-]- + -게(연어, 사동) ※ '다ᄃ게'는 한문 원문에 쓰인 '研'을 직역한 것으로 '파고들어 깊이 연구하는 것'이다.

7) 至極게: 至極[← 至極ᄒ다(지극하다): 至極(지극: 명사)+ -∅(← -ᄒ-: 형접)-]- + -게(연어, 사동)

8) 새: 새로, 新(부사)

9) 밍ᄀ논: 밍ᄀ(← 밍ᄀᆯ다: 만들다, 製)- + -ㄴ(← -ᄂᆞ-: 현시)- + -오(대상)- + -ㄴ(관전)

10) 새 밍ᄀ논 글월: 새로 만든 글월. 세조(= 수양대군)가 지은 『석보상절』과 세종이 지은 『월인천강지곡』을 합본한 책의 초고의 글을 이른다. 이 초고의 글을 다듬고 수정하여 『월인석보』를 완성한 일을 말한다.

11) 고텨: 고티[고치다, 矯: 곧(곧다, 直: 형사)- + -히(사접)-]- + -어(연어)

12) 더어: 더(← 더으다: 더하다, 添)- + -어(연어)

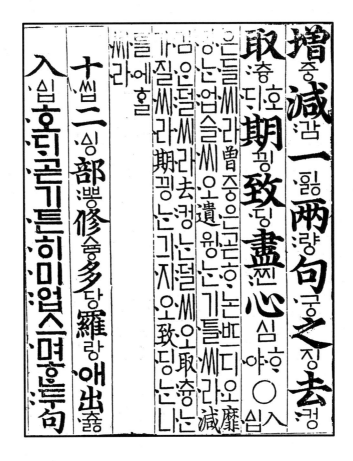

增減一兩句之去取(증감일량구지거취)하되 期致盡心(기치진심)하여 【入(입)은
드는 것이다. 曾(증)은 '곧' 하는 뜻이요, 靡(미)는 없는 것이요, 遺(유)는 남는
것이다. 減(감)은 더는 것이다. 去(거)는 더는 것이요, 取(취)는 가지는 것이다.
期(기)는 기약(기한)이요, 致(치)는 이르게 하는 것이다. 】

十二部(십이부)의 修多羅(수다라)에 出入(출입)하되 곧 남은 힘이 없으며, 한
두 句(구)를

增_증減_감一_힗兩_량句_궁之_징去_컹取_츙호ᄃᆡ 期_끵致_딩盡_찐心_심ᄒᆞ야【入_십은 들 씨라 曾_증은 곧 ᄒᆞᄂᆞᆫ ᄠᅳ디오 靡_밍ᄂᆞᆫ 업슬 씨오 遺_윙ᄂᆞᆫ 기틀[13] 씨라 減_감은 덜[14] 씨라 去_컹ᄂᆞᆫ 덜 씨오 取_츙ᄂᆞᆫ 가질 씨라 期_끵ᄂᆞᆫ 긔지오[15] 致_딩ᄂᆞᆫ 니를에[16] ᄒᆞᆯ 씨라 】

十_씹二_{ᅀᅵᆼ}部_뽕 修_슣多_당羅_랑[17]애 出_츓入_십호ᄃᆡ[18] 곧 기튼[19] 히미 업스며 ᄒᆞᆫ 두 句_궁를

---

13) 기틀: 긷(남다, 遺)- + -을(관전)

14) 덜 : 덜(덜다, 感)- + -ㄹ(관전)

15) 긔지오: 긔지(← 그지: 기약, 기한, 期) + -Ø(← -이-: 서조)- + -오(← -고: 연어, 나열)

16) 니를에: 니를(이르다, 다다르다, 致)- + -에(← -게: 연어, 사동)

17) 修多羅: 수다라. 법의(法義)를 산문으로 풀이한 경문(經文)이다. ※ '十二部 修多羅(십이부 수다라)'는 부처님의 가르침을 그 경문의 성질과 형식에 따라서 열두 부문으로 나눈 것이 '십이부경'이다. 그 중의 첫 부분이 '수다라'이다.

18) 出入호ᄃᆡ: 出入ᄒᆞ[← 出入ᄒᆞ다: 出入(출입: 명사) + -ᄒᆞ(동접)-]- + -오ᄃᆡ(-되: 연어, 설명의 계속) ※ 여기서 '出入ᄒᆞ다'는 '십이부 수다라의 경전을 보다'의 뜻으로 쓰였다.

19) 기튼: 긷(남다, 遺)- + -Ø(과시)- + -은(관전)

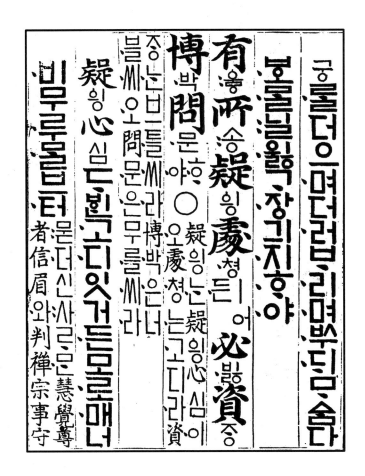

더하며 덜어 버리며 쓰되(用), 마음을 다할 때까지 기한을 정하여

有所疑處(유소의처)이거든 必資博問(필자박문)하여【疑(의)는 疑心(의심)이요, 處(처)는 곳이다. 資(자)는 붙는 것이다. 博(박)은 넓은 것이요, 問(문)은 묻는 것이다.】

疑心(의심)되는 곳이 있으면, 반드시 널리 묻는 것을 의지하여서【물으시던 사람은 慧覺尊者(혜각존자)인 信眉(신미)와

더으며 더러 ᄇᆞ리며[20] ᄡᅮᄃᆡ[21] ᄆᆞᅀᆞᆷ다ᄫᅩᄆᆞᆯ[22] 닐위ᇙ[23] ᄀᆞ장[24] 긔지ᄒᆞ야[25]

有ᅌᅮᇢ所송疑ᅌᅵᇰ處쳥ㅣ어든 必빓資ᄌᆞᆼ博박問문ᄒᆞ야【疑ᅌᅵᇰᄂᆞᆫ 疑ᅌᅵᇰ心심이오 處쳥는 고디라[26] 資ᄌᆞᆼᄂᆞᆫ 브틀 씨라 博박은 너블 씨오 問문은 무를 씨라】

疑ᅌᅵᇰ心심ᄃᆞᄫᅵᆫ[27] 고디[28] 잇거든 모로매[29] 너비 무루ᄆᆞᆯ[30] 브터[31]【묻더신[32] 사ᄅᆞᄆᆞᆫ 慧覺尊者[33] 信眉[34]와 判禪宗事[35] 守眉[36]와

---

20) 더러 ᄇᆞ리며: 덜(덜다, 減)-+-어(연어) # ᄇᆞ리(버리다: 보용, 완료)-+-며(연어, 나열, 계기)

21) ᄡᅮᄃᆡ: ㅄ(← ᄡᅳ다: 쓰다, 用)-+-우ᄃᆡ(-되: 연어, 설명의 계속)

22) ᄆᆞᅀᆞᆷ다ᄫᅩᄆᆞᆯ: ᄆᆞᅀᆞᆷ닿[← ᄆᆞᅀᆞᆷ답다, ㅂ불(마음을 다하다, 지극하다, 盡心: 형사): ᄆᆞᅀᆞᆷ(마음, 心: 명사)+-답-(형접)-]-+-옴(명전)+-ᄋᆞᆯ(목조)

23) 닐위ᇙ: 닐위[← 니르위다(이르게 하다, 至): 닐(← 니르다: 이르다, 至, 자동)-+-우(사접)-+-ㅣ(← -이-: 사접)-]-+-ㅭ(관전)

24) ᄀᆞ장: 끝, 끝까지(의명)

25) 긔지ᄒᆞ야: 긔지ᄒᆞ[← 그지ᄒᆞ다(기약하다, 기한을 정하다, 期): 긔지(← 그지: 기약, 기한, 期)+-ᄒᆞ(동접)-]-+-야(← -아: 연어)

26) 고디라: 곧(곳, 處)+-이(서조)-+-Ø(현시)-+-라(← -다: 평종)

27) 疑心ᄃᆞᄫᅵᆫ: 疑心ᄃᆞᄫᅵ[의심되다: 疑心(의심: 명사)+-ᄃᆞᄫᅵ(-되-: 피접)-]-+-Ø(현시)-+-ㄴ(관전)

28) 고디: 곧(곳, 處)+-이(주조)

29) 모로매: 모름지기, 반드시, 必(부사)

30) 무루ᄆᆞᆯ: 뭀(← 묻다, ㄷ불: 묻다, 問)-+-움(명전)+-ᄋᆞᆯ(목조)

31) 브터: 븥(붙다, 의지하다, 기대다, 資)-+-어(연어)

32) 묻더신: 묻(묻다, 問)-+-더(회상)-+-시(주높)-+-ㄴ(관전) ※ 문맥상 주체 높임의 선어말 어미인 '-시-'는 '세조'를 높였으므로, 이 협주문은 세조가 직접 지은 글이 아닐 가능성이 있다.

33) 慧覺尊者: 혜각존자. 세종과 세조 시대의 승려로서 불경(佛經) 번역에 공이 컸던 신미(信眉)의 사호(賜號)이다. '존자(尊者)'는 학문과 덕행이 뛰어난 부처님의 제자를 높여 부르는 이름이다.

34) 信眉: 신미. 세조 때에 불경을 번역하는 데에 공이 큰 스님이다. 이름은 수성(守省). 시호는 혜각 존자(慧覺尊者)이다. 선도(禪道)를 널리 선양하였으며, 1461년 6월에 세조의 명으로 간경도감을 설치하여 훈민정음을 널리 유통시키기 위하여 불전(佛典)을 번역, 간행하였을 때에도 이를 주관하였다.

35) 判禪宗事: 판선 종사. 선종(禪宗)의 일을 맡아 보는 우두머리이다.

36) 守眉: 수미. 세조 때에 신미와 함께 경과 논을 연구한 스님이다.

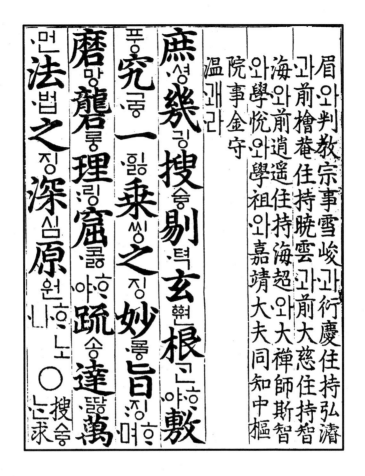

守眉(수미)와 判敎宗事(판교 종사)인 雪峻(설준)과 衍慶住持(연경사 주지)인 弘濬(홍준)과 前檜菴住持(전 회암사 주지)인 曉雲(효운)과 前大慈住持(전 대자사 주지)인 智海(지해)와 前逍遙住持(전 소요사 주지)인 海超(해초)와 大禪師(대선사)인 斯智(사지)와 學悅(학열)과 學祖(학조)와 嘉靖大夫同知中樞阮事(가정대부동지중추완사)인 金守溫(김수온)이다. 】

庶幾搜剔玄根(서기수척현근)하여 敷究一乘之妙旨(부구일승지묘지)하며 磨礱理窟(마롱리굴)하여 疏達萬法之深原(소달만법지심원)하니【 搜(수)는

守眉³⁷⁾와 判敎宗事³⁸⁾ 雪峻과 衍慶住持³⁹⁾ 弘濬과 前檜菴住持⁴⁰⁾ 曉雲과 前大慈
住持⁴¹⁾ 智海와 前逍住持⁴²⁾ 海超와 大禪師⁴³⁾ 斯智와 學悅와 學祖와 嘉靖大夫
同知中樞阮事 金守溫괘라⁴⁴⁾】

庶_셩幾_긩搜_슐剔_텩玄_혠根_근호야 敷_풍究_귤一_힗乘_씽之_징妙_묳旨_징호며 磨_망聾_롱
理_링窟_콣호야 疏_송達_딿萬_먼法_법之_징深_심原_원호노니【搜_슐는

---

37) 守眉: 수미. 세조 때에 신미와 함께 경과 논을 연구한 스님이다.

38) 判敎宗事: 판교 종사. 교종(敎宗)의 일을 맡아 보는 우두머리이다.

39) 衍慶住持: 연경 주지. 衍慶寺(연경사)의 住持(주지) 스님이다.

40) 前檜菴住持: 전 회암 주지. 檜菴寺(회암사)의 전(前) 住持(주지) 스님이다.

41) 前大慈住持: 전 대자 주지. 大慈寺(대자사)의 전(前) 住持(주지) 스님이다.

42) 前逍遙住持: 전 소요 주지. 逍遙寺(소요사)의 전(前) 住持(주지) 스님이다.

43) 大禪師: 대선사. 조선 시대의 선종의 법계 가운데 하나이다. 도대선사의 아래이며 선사의 위이다.

44) 金守溫괘라: 金守溫(김수온: 인명) + -과(접조) + -ㅣ(←-이-: 서조)- + -∅(현시)- + -라(← -
다: 평종) ※ '金守溫(김수온)'은 조선 시대의 학자(1410~1481년)이며, 혜각존자인 신미의 동
상이다. 세종 27년(1445년)에 승문원 교리로서 『의방유취』의 편찬에 참여하였고, 공조 판서와
영중추부사를 지냈다. 불교에 조예가 깊어 『금강경』 따위의 불경을 국역하여 간행하였다.

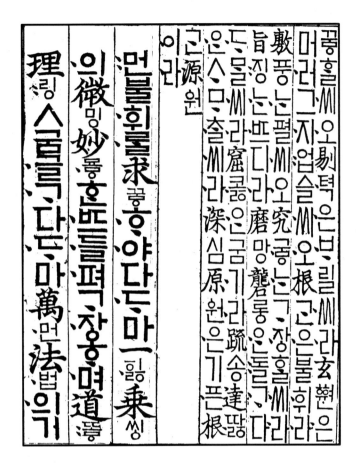

求(구)하는 것이요, 剔(척)은 버리는 것이다. 玄(현)은 멀어서 그지없는 것이요 根(근)은 뿌리다. 敷(부)는 펴는 것이요 究(구)는 끝까지 다하는 것이다. 旨(지)는 뜻이다. 磨礱(마롱)은 돌을 가다듬는 것이다. 窟(굴)은 구멍이다. 疏達(소달)은 통하는 것이다. 深原(심원)은 깊은 根源(근원)이다. 】

먼 뿌리를 求(구)하여 다듬어, 一乘(일승)의 微妙(미묘)한 뜻을 펴서 끝까지 다하며, 道理(도리)의 구멍을 가다듬어 萬法(만법)의

求_끃홀 씨오 剔_텩은 ᄇ리릴 씨라⁴⁵⁾ 玄_{ᅘ현}은 머러⁴⁶⁾ 그지업슬⁴⁷⁾ 씨오 根_ᄀ은 불휘라⁴⁸⁾ 敷_ᅗ는 펼 씨오 究_ᄀ는 ᄀ장홀⁴⁹⁾ 씨라 旨_징는 ᄠ디라⁵⁰⁾ 磨_망礱_롱은 돌 ᄀ다ᄃᄆᆯ⁵¹⁾ 씨라 窟_콣은 굼기라⁵²⁾ 疏_송達_{ᄠᆞᆲ}은 ᄉ뭇츨⁵³⁾ 씨라 深_심原_원은 기픈 根_ᄀ源_원이라 】

먼 불휘를⁵⁴⁾ 求_끃ᄒ야 다ᄃ마⁵⁵⁾ 一_힗乘_씽⁵⁶⁾의 微_밍妙_묳ᄒᆫ ᄠ드를 펴 ᄀ장ᄒ며⁵⁷⁾ 道_똫理_링ㅅ 굼글⁵⁸⁾ ᄀ다ᄃ마⁵⁹⁾ 萬_먼法_법⁶⁰⁾의

---

45) ᄇ리릴 씨라: ᄇ리(버리다, 剔)- + -ㄹ(관전) # ᄉ(← ᄉ: 것, 의명) + -이(서조)- + -Ø- + -라(← -다: 평종)

46) 머러: 멀(멀다, 遠)- + -어(연어)

47) 그지업슬: 그지없[그지없다, 한없다: 그지(끝, 한도, 限: 명사) + 없(없다, 無: 형사)-]- + -을(관전)

48) 불휘라: 불휘(뿌리, 根) + -Ø(← -이-: 서조)- + -Ø(현시)- + -라(← -다: 평종)

49) ᄀ장홀: ᄀ장ᄒ[끝까지 다하다, 究: ᄀ장(끝: 의명) + -ᄒ(동접)-]- + -ㄹ(관전)

50) ᄠ디라: ᄠᆮ(뜻, 旨) + -이(서조)- + -Ø(현시)- + -라(← -다: 평종)

51) ᄀ다듬[가다듬다, 연마하다, 礱: ᄀ(가, 邊) + 다듬(다듬다, 礱)-]- + -을(관전)

52) 굼기라: 굼ㄱ(← 구무: 구멍, 窟) + -이(서조)- + -Ø(현시)- + -라(← -다: 평종)

53) ᄉ뭇츨: ᄉ뭇(통하다, 達)- + -을(관조)

54) 불휘를: 불휘(뿌리, 根) + -를(목조)

55) 다ᄃ마: 다듬(다듬다, 剔)- + -아(연어)

56) 一乘: 일승. 모든 중생이 부처와 함께 성불한다는 석가모니의 교법이다. 일체(一切) 것이 모두 부처가 된다는 법문이다.

57) ᄀ장ᄒ며: ᄀ장ᄒ[끝까지 다하다, 究: ᄀ장(끝: 의명) + -ᄒ(동접)-]- + -며(연어, 나열)

58) 굼글: 굼ㄱ(← 구무: 구멍, 堀) + -을(목조)

59) ᄀ다ᄃ마: ᄀ다듬[가다듬다, 연마하다, 礱: ᄀ(가, 邊) + 다듬(다듬다, 礱)-]- + -아(연어)

60) 萬法: 만법. 우주(宇宙)에 존재하는 온갖 법도(法度)이다.

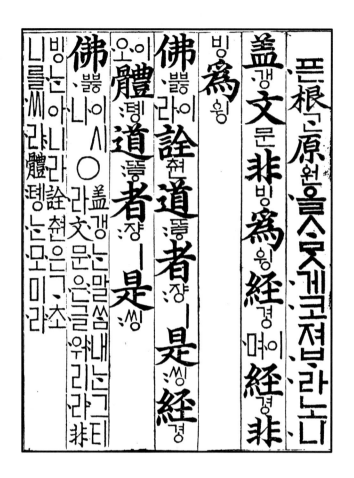

깊은 根源(근원)을 꿰뚫게 하고자 바라니

蓋文非爲經(개문비위경)이며 經非爲

佛(경비위불)이라 詮道者(전도자)가 是經(시경)이요 體道者(체도자)가 是(시)

佛(불)이시니【蓋(개)는 말씀을 내는 토(어조사)이다. 文(문)은 글월이다. 非(비)

는 '아닌 것'이다. 詮(전)은 갖추 말하는 것이다. 體(체)는 몸이다.】

기픈 根근源원을 ᄉᄆᆞᆺ게[61] 코져[62] ᄇᆞ라노니[63]

蓋갱文문非빙爲윙經경이며 經경非빙爲윙
佛뿛이라 詮쳔道똘者쟝ㅣ 是씽經경이오 體톙道똘者쟝ㅣ 是씽
佛뿛이시니【蓋갱ᄂᆞᆫ 말ᄊᆞᆷ 내ᄂᆞᆫ 그티라[64] 文문은 글워리라 非빙ᄂᆞᆫ 아니라[65]
詮쳔은 ᄀᆞ초[66] 니를 씨라 體톙ᄂᆞᆫ 모미라 】

---

61) ᄉᄆᆞᆺ게: ᄉᄆᆞᆺ(← ᄉᄆᆞᆾ다: 꿰뚫다, 통하다, 通)- + -게(연어, 사동)

62) 코져: ᄒ(← ᄒᆞ다: 하다, 爲, 보용, 사동)- + -고져(-고자: 연어, 의도)

63) ᄇᆞ라노니: ᄇᆞ라(바라다, 望)- + -ㄴ(←-ᄂᆞ-: 현시)- + -오(화자)- + -니(연어, 설명의 계속)

64) 그티라: 긑(끝, 토, 末) + -이(서조)- + -Ø(현시)- + -라(←-다: 평종) ※ '말ᄊᆞᆷ을 내는 끝'은 문장을 시작할 때에 붙이는 어조사인 '발어사(發語辭)'이다.

65) 아니라: 아니(아닌 것, 非: 명사) + -Ø(←-이-: 서조)- + -Ø(현시)- + -라(←-다: 평종)

66) ᄀᆞ초: [갖추, 고루 있는 대로, 詮(부사): ᄀᆞᆾ(갖추어져 있다, 具: 형사)- + -호(사접)- + -Ø(부접)]

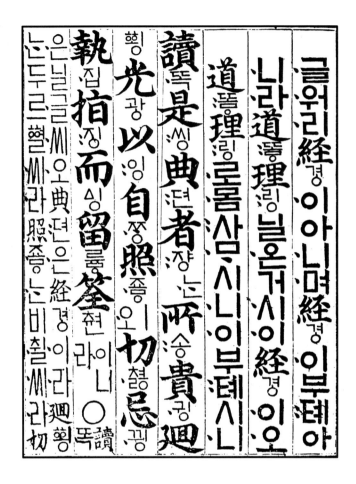

글월이 經(경)이 아니며 經(경)이 부처가 아니라, 道理(도리)를 이른 것이 이
것이 (바로) 經(경)이요, 道理(도리)로 몸을 삼으신 것이 이것이 (바로) 부처이
시니

讀是典者(독시전자)는 所貴廻光以自照(소귀회광이자조)이요 切忌執指而留筌
(절기집지이류전)이니라 【讀(독)은 읽는 것이요 典(전)은 經(경)이다. 廻(회)는 돌
이키는 것이다. 照(조)는 비추는 것이다.

글워리 經경이 아니며 經경이 부톄 아니라⁶⁷⁾ 道똘理링 닐온⁶⁸⁾ 거

시 이⁶⁹⁾ 經경이오 道똘理링로 몸 사ᄆ시니⁷⁰⁾ 이 부톄시니⁷¹⁾

讀똑是씽典뎐者쟝ᄂᆞᆫ 所송貴귕廻ᅘᆐ光광以잉自쫑照죻⁷²⁾ㅣ오 切쳻忌끵執집指징而

ᅀᅵ留륳筌쳔⁷³⁾이니라【讀똑은 닐글⁷⁴⁾ 씨오 典뎐은 經경이라 廻ᅘᆐᄂᆞᆫ 두르혈⁷⁵⁾ 씨

라 照죻ᄂᆞᆫ 비췰⁷⁶⁾ 씨라

67) 아니라: 아니(아니다, 非)- + -라(← -아: 연어)

68) 닐온: 닐(← 니르다: 이르다, 曰)- + -∅(과시)- + -오(대상)- + -ㄴ(관전)

69) 이: 이(이것, 是: 지대, 정칭) + -∅(← -이: 주조) ※ 지시 대명사인 '이'는 '是'를 직역한 것으
로 강조의 뜻으로 쓰였다.

70) 사ᄆ시니: 삼(삼다, 爲)- + -ᄋ시(주높)- + -∅(과시)- + -ㄴ(관전) # 이(이, 사람, 者: 의명) + -∅
(← -이: 주조)

71) 부톄시니: 부텨(부처, 佛) + -ㅣ(← -이-: 서조)- + -시(주높)- + -니(연어, 설명의 계속)

72) 廻光以自照: 회광이자조. 회광반조(廻光返照)와 같은 말이다. 말과 글자에 붙들리지 않고 자기
를 회고(回顧)하고 반성(反省)하여, 바로 심성(心性)을 비추어 보는 것이다.

73) 執指而留筌: 집지이류전. 달을 손가락으로 가리킬 때에 달을 보지 않고 손가락을 잡으며, 고기
를 잡고 나서 고기 잡는 그릇을 버리지 않고 두는 것이다. 이 말은 참된 목표를 잊고 그 수단
에만 붙들려 있음을 비유한 것이다.

74) 닐글: 닑(읽다, 讀)- + -을(관전)

75) 두르혈: 두르혀[돌이키다, 廻: 두르(두르다, 旋: 타동)- + -혀(강접)-]- + -ㄹ(관전)

76) 비췰: 비취(비추다, 照: 타동)- + -ㄹ(관전) ※ 15세기 국어에서 '비취다'는 자동사(= 비추다)와
타동사(= 비치다)로 두루 쓰이는 능격 동사이다.

切(절)은 時急(시급)한 것이니 '가장'이라고 하는 뜻이다. 릿(기)는 두려운 것이
다. 執(집)은 잡는 것이요, 指(지)는 손가락이요, 留(류)는 머무는 것이요, 筌
(전)은 고기를 잡는 대(竹)로 만든 것이다. 】

이 經(경)을 읽을 사람은 光明(광명)을 돌이켜서 스스로 비추는 것이 貴(귀)
하고, 손가락을 잡으며 筌(전)을 두는 것이 가장 싫으니라. 【 손가락을 잡는
것은 달을 가리키는 손가락을 보고 달을 아니 보는 것이요, 그릇을 두는 것은
고기를 잡고 고기를 잡는

切_쳃은 時_씽急_급홀 씨니 ᄀᆞ장[77] ᄒᆞ논 ᄠᅳ디라 懅_끵는 저플[78] 씨라 執_집은 자ᄇᆞᆯ 씨오 指_징는 솑가라기오[79] 留_륳는 머믈 씨오 筌_쳔은 고기 잡는 대로[80] 밍ᄀᆞ론[81] 거시라 】

이 經_경 닐긇[82] 사ᄅᆞᆷ 光_광明_명을 두르혀[83] 제[84] 비취요미[85] 貴_귕 ᄒᆞ고 솑가락[86] 자ᄇᆞ며 筌_쳔[87] 두미[88] ᄀᆞ장 슬ᄒᆞ니라[89] 【솑가락 자 ᄇᆞ면 ᄃᆞᆯ[90] ᄀᆞᄅᆞ치는 솑가라ᄀᆞᆯ 보고 ᄃᆞᄅᆞᆯ 아니 볼 씨오 그릇 두면[91] 고기ᄅᆞᆯ 잡고 고기 잡는

---

77) ᄀᆞ장: 가장, 제일, 最(부사)

78) 저플: 저프[두렵다, 懅(형사): 젛(두려워하다: 자동)- + -브(형접)-]- + -ㄹ(관전)

79) 솑가라기오: 솑가락[손가락, 指: 손(손, 手) + -ㅅ(관전, 사잇) + 가락(가락)] + -이(서조)- + -오 (←-고: 연어, 나열)

80) 대로: 대(대, 대나무, 竹) + -로(부조, 방편)

81) 밍ᄀᆞ론: 밍ᄀᆞᆯ(만들다, 製)- + -오(대상)- + -Ø(과시)- + -ㄴ(관전)

82) 닐긇: 닑(읽다, 讀)- + -읋(관전)

83) 두르혀: 두르혀[돌이키다, 回: 두르(두르다, 旋: 타동)- + -혀(강접)-]- + -어(연어)

84) 제: 저(자기, 自: 인대, 재귀칭) + -ㅣ(←-이: 주조) ※ '제'는 주격이므로 직역하면 '자기가'로 옮겨야 하지만, 여기서는 문맥에 따라서 '스스로'로 의역하여서 옮긴다.

85) 비취요미: 비취(비추다, 照: 타동)- + -욤(←-옴: 명전) + -이(주조)

86) 솑가락: [손가락, 指: 손(손, 手) + -ㅅ(관조, 사잇) + 가락(가락)]

87) 筌: 전. 물고기를 잡기 위하여 대오리로 엮어 만든 여러 가지 기구이다. 통발.

88) 두미: 두(두다, 留)- + -ㅁ(←-움: 명전) + -이(주조)

89) 슬ᄒᆞ니라: 슳(싫다, 懅: 형사)- + -Ø(현시)- + -ᄋᆞ니(원칙)- + -라(←-다: 평종)

90) ᄃᆞᆯ: 달, 月.

91) 두면: 두(두다, 留)- + -ㅁ(←-움: 명전) + -은(보조사, 주제)

그릇을 버리지 아니하는 것이니, 다 經文(경문)에 붙들린 病(병)이다. 】

嗚呼(오호)라 梵軸(범축)이 崇積(숭적)이거든 觀者(관자)가 猶難於讀誦(유난어 독송)하거니와 方言(방언)이 謄布(등포)하면 聞者(문자)가 悉得以景仰(실득이 경앙)하리니 【嗚呼(오호)는 한숨짓듯 한 토(어조사)이다. 軸(축)은 글월을 (둘둘) 만 것이다. 崇(숭)은 높은 것이요 積(적)은 쌓는 것이다. 觀(관)은 보는 것이요 猶 (유)는 그르슬 브리디 아니홀 씨니 다 經_경文_문[92]에 븐들인[93] 病_뼝이라 】

嗚_훙呼_훙 ㅣ 라[94] 梵_뻠軸_뜍[95]이 崇_쓩積_젹이어든 觀_관者_쟝 ㅣ 猶_율難_난於_헝讀_똑誦_쑝커니와 方_방言_언이 膽_뚱布_봉ᄒ면 聞_문者_쟝 ㅣ 悉_싫得_득以_잉景_경仰_양ᄒ리니【嗚_훙呼_훙ᄂᆞᆫ 한숨디틋[96] ᄒᆞᆫ 겨치라 軸_뜍은 글월 ᄆᆞ로니라[97] 崇_쓩은 노플 씨오 積_젹은 싸홀[98] 씨라 觀_관은 볼 씨오 猶_율는

---

92) 經文: 경문. 불경의 문구이다.

93) 븐들인: 븐들이[붙들리다: 븓(← 붇다: 붙다, 附, 자동)- + 들(들다, 擧: 타동)- + -이(피접)-]- + -Ø(과시)- + -ㄴ(관전)

94) 嗚呼ㅣ라: 嗚呼(오호, 아아: 감탄사) + -ㅣ(←-이-: 서조)- + -Ø(현시)- + -라(←-다: 평종)

95) 梵軸: 범축. 서천(西天)의 글자로 된 경(經)이나 범자(梵字)로 된 책이다. 서천(西天)은 고대 인도(印度)이다.

96) 한숨디틋: 한숨딯[한숨짓다, 한숨 쉬다: 하(크다, 大)- + -ㄴ(관전) + 숨(← 숨: 숨, 息) + 딯(짓다, 作)-]- + -듯(-듯: 연어, 흡사)

97) ᄆᆞ로니라: ᄆᆞᆯ(말다, 捲)- + -Ø(과시)- + -오(대상)- + -ㄴ(관전) # 이(것: 의명) + -Ø(←-이-: 서조)- + -Ø(현시)- + -라(←-다: 평종)

98) 싸홀: 쌓(쌓다, 積)- + -을(관전)

'오히려'라고 하는 말이다. 難(난)은 어려운 것이다. 誦(송)은 외우는 것이다. 方言(방언)은 우리 東方(동방)의 말이다. 謄(등)은 옮기는 것이요 布(보)는 펴는 것이다. 聞(문)은 듣는 것이다. 悉(실)은 '다'라고 하는 것이다. 景(경)은 큰 것이요 仰(앙)은 우러르는 것이다. 】

西天(서천)의 字(글자)로 적은 經(경)이 높이 쌓여 있는데, 보는 사람이 오히려 讀誦(독송)을 어렵게 여기거니와, 우리나라의 말로 옮겨 써서 펴면 들을 사람이 다 능히 크게 우러르겠으니

오히려 ᄒᆞᄂᆞᆫ 마리라 難난은 어려ᄫᆞᆯ⁹⁹⁾ 씨라 誦쑝은 외올 씨라 方방言언은 우
리 東동方방ㅅ 마리라 謄뜽은 옮길 씨오 布봉ᄂᆞᆫ 펼 씨라 聞문은 드를 씨라
悉싏은 다 홀 씨라 景경은 클 씨오 仰ᅌᅡᆼ은 울월 씨라 】

西솅天텬ㄷ¹⁰⁰⁾ 字쫑앳 經경¹⁾이 노피 사햇거든²⁾ 봃 사ᄅᆞ미 오히려
讀똑誦쑝³⁾ᄋᆞᆯ 어려ᄫᅵ⁴⁾ 너기거니와⁵⁾ 우리 나랏 말로 옮겨⁶⁾ 써⁷⁾
펴면 드릃⁸⁾ 사ᄅᆞ미 다 시러⁹⁾ 키¹⁰⁾ 울월리니¹¹⁾

---

99) 어려ᄫᆞᆯ: 어렵(← 어렵다, ㅂ불: 어렵다, 難)- + -을(관전)

100) 西天ㄷ: 西天(서천) + -ㄷ(-의: 관조) ※ 西天(서천)은 부처가 나신 나라, 곧 인도(印度)이다.

1) 西天ㄷ 字앳 經: '서천의 글자로 적은 경전'으로 의역하여 옮긴다.

2) 사햇거든: 샇(← 쌓다: 쌓다, 積, 자동)- + -아(연어) + 잇(← 이시다: 보용, 완료 지속)- + -거든(-
는데: 연어, 상황) ※ '샇다'는 자동사(= 쌓이다)와 타동사(쌓다)로 두루 쓰이는 능격 동사이다.
'사햇거든'은 '사하 잇거든'이 축약된 형태이다.

3) 讀誦: 독송. 소리 내어 읽거나 외우는 것이다.

4) 어려ᄫᅵ: [어렵게, 難(부사): 어렵(← 어렵다, ㅂ불: 어렵다, 難, 형사)- + -이(부접)]

5) 너기거니와: 너기(여기다, 思)- + -거니와(-거니와, -지만: 연어, 대조)

6) 옮겨: 옮기[옮기다, 謄: 옮(옮다, 移: 자동)- + -기(사접)-]- + -어(연어)

7) 써: ㅆ(← 쓰다: 쓰다, 적다, 書)- + -어(연어)

8) 드릃: 들(← 듣다, ㄷ불: 듣다, 聞)- + -읋(관전)

9) 시러: [능히, 得(부사): 실(← 싣다, ㄷ불: 얻다, 得)- + -어(연어 ▷부접)]

10) 키: [크게, 景(부사): ㅋ(← 크다: 크다, 大, 형사)- + -이(부접)]

11) 울월리니: 울월(우러르다, 仰)- + -리(미시)- + -니(연어, 이유)

肆與宗宰勳戚百官四衆(사여종재훈척백관사중)과 結願軫於不朽(결원진어불후)
하며 植德本於無窮(식덕본어무궁)하여 【肆(사)는 故(고)의 字(글자)와 한가지이
다. 宗(종)은 宗親(종친)이요, 宰(재)는 宰相(재상)이요, 勳(훈)은 功臣(공신)이요,
戚(척)은 친척이요, 百官(백관)은 많은 朝士(조사)이요, 四衆(사중)은 比丘(비구)와
比丘尼(비구니)와 優婆塞(우바새)와 優婆夷(우바이)이다. 結은 매는 것이요 軫(진)
은 술위

肆ᄉᆞᆼ與영宗종宰ᄌᆡᆼ勳훈寂쳑百빅官관四ᄉᆞᆼ衆즁과 結겷願원軫진於헝不붏朽ᅙᅮᆯ며 植씩德득本본於헝無뭉窮꿍ᄒᆞ야【肆ᄉᆞᆼᄂᆞᆫ 故공ᅙ[12] 字ᄍᆞᆼ ᄒᆞᆫ가지라 宗종ᄋᆞᆫ 宗종親친[13]이오 宰ᄌᆡᆼᄂᆞᆫ 宰ᄌᆡᆼ相샹[14]이오 勳훈ᄋᆞᆫ 功공臣씬[15]이오 戚쳑ᄋᆞᆫ 아ᅀᆞ미오[16] 百빅官관[17]ᄋᆞᆫ 한[18] 朝ᄠᅭᆯ士ᄊᆞᆼᅵ오[19] 四ᄉᆞᆼ衆즁[20]ᄋᆞᆫ 比뼁丘쿨[21]와 比뼁丘쿨尼닝[22]와 優ᅙᅮᆯ婆뼝塞ᄉᆞᆨ[23]과 優ᅙᅮᆯ婆뼝夷잉[24]왜라[25] 結겷ᄋᆞᆫ 밀[26] 씨오 軫진ᄋᆞᆫ 술위[27]

---

12) 故ᅙ: 故(고) + -ᅙ(-의: 관조) ※ '故(고)'는 '그러므로'처럼 원인이나 이유를 나타내는 글자다.
13) 宗親: 종친. 임금의 친족이다.
14) 宰相: 제상. 임금을 돕고 모든 관원을 지휘하고 감독하는 일을 맡아보던 이품 이상의 벼슬이다. 또는 그 벼슬에 있던 벼슬아치를 이른다.
15) 功臣: 공신. 나라를 위하여 특별한 공을 세운 신하이다.
16) 아ᅀᆞ미오: 아ᅀᆞᆷ(친척, 戚) + -이(서조) + -오(←-고: 연어, 나열)
17) 百官: 백관. 모든 벼슬아치이다.
18) 한: 하(많다, 多)- + -Ø(현시)- + -ㄴ(관전)
19) 朝士: 조사. 조정에 몸을 담고 있는 신하이다. 조신(朝臣).
20) 四衆과: 四衆(사중) + -과(부조, 공동) ※ '四衆(사중)'은 부처의 네 종류 제자, 곧 '비구(比丘), 비구니(比丘尼), 우바새(優婆塞), 우바이(優婆夷)'를 이른다.
21) 比丘: 비구. 남자 중이다.
22) 比丘尼: 비구니. 여자 중이다.
23) 優婆塞: 우바새. 집에 있으면서 부처님을 믿는 남자이다.
24) 優婆夷: 우바이. 집에 있으면서 부처님을 믿는 여자이다.
25) 優婆夷왜라: 優婆夷(우바이) + -와(접조) + -ㅣ(←-이-: 서조)- + -Ø(현시)- + -라(←-다: 평종)
26) 밀: 미(매다, 結)- + -ㄹ(관전)
27) 술위: 수레. 軫.

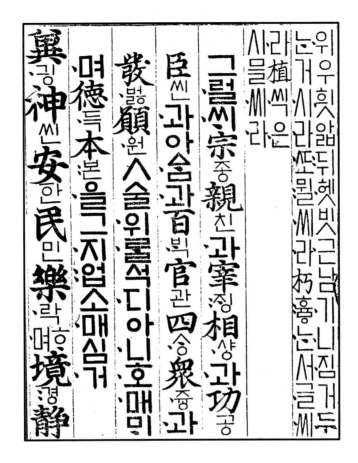

위의 앞뒤에 있는 가로지른 나무(木)이니 짐을 거두는 것이다. 또 움직이는 것이다. 朽(후)는 썩는 것이다. 植(식)은 심는 것이다. 】

그러므로 宗親(종친)과 宰相(재상)과 功臣(공신)과 親戚(친척)과 百官(백관), 四衆(사중)과 (더불어서) 發願(발원)의 수레를 썩지 아니하게 매며, 德本(덕본)을 그지없이 심어서*

冀神安民樂(기신안민락)하며 境靜

우흿²⁹⁾ 앒뒤헷³⁰⁾ 빗근³¹⁾ 남기니³²⁾ 짐 거두는³³⁾ 거시라 쏘 뮐³⁴⁾ 씨라 朽ᇢ는 서글³⁵⁾ 씨라 植씩은 시믈³⁶⁾ 씨라 】

그럴씨³⁷⁾ 宗죵親친과 宰ᄌᆡᆼ相샹과 功굥臣씬과 아ᅀᆞᆷ과³⁸⁾ 百ᄇᆡᆨ官관³⁹⁾ 四ᄉᆞᆼ衆즁⁴⁰⁾과 發ᄫᅡᇙ願원⁴¹⁾ㅅ 술위를 석디⁴²⁾ 아니호매 미며 德득本본⁴³⁾을 그지업소매⁴⁴⁾ 심거⁴⁵⁾

冀긩神씬安한民민樂락ᄒᆞ며 境겅靜쪙

---

29) 우흿: 우ㅎ(위, 上) + -의(-에: 부조, 위치) + -ㅅ(-의: 관조)

30) 앒뒤헷: 앒뒤ㅎ[앒뒤: 앒(← 앒: 앞, 前) + 뒤ㅎ(뒤, 後)] + -에(부조, 위치) + -ㅅ(-의: 관조)

31) 빗근: 빗(가로지르다, 橫)- + -Ø(과시)- + -은(관전)

32) 남기니: 남ㄱ(← 나모: 나무, 木) + -이(서조)- + -니(연어, 설명 계속)

33) 거두는: 거두[거두다, 收: 걷(걷다, 收: 타동)- + -우(사접)]- + -ᄂᆞ(현시)- + -ㄴ(관전)

34) 뮐: 뮈(움직이다, 動)- + -ㄹ(관전)

35) 서글: 석(썩다, 朽)- + -ㄹ(관전)

36) 시믈: 시므(심다, 植)- + -ㄹ(관전)

37) 그럴씨: [그러므로, 肆(부사, 접속): 그러(그러: 불어) + -Ø(←-ᄒᆞ-: 형접)- + -ㄹ씨(-므로: 연어 ▷ 부접)]

38) 아ᅀᆞᆷ과: 아ᅀᆞᆷ(친척, 親戚) + -과(접조)

39) 百官: 백관. 모든 벼슬아치이다.

40) 四衆과: 四衆(사중) + -과(부조, 공동) ※ '四衆(사중)'은 부처의 네 종류 제자, 곧 비구, 비구니, 우바새, 우바이이다.

41) 發願: 발원. 신이나 부처에게 소원을 비는 것이나, 또는 그 소원을 이른다.

42) 석디: 석(썩다, 朽)- + -디(-지: 연어, 부정)

43) 德本: 덕본. 온갖 선을 낳는 근본이다. '욕심부리지 않음', '성내지 않음', '어리석지 않음' 따위이다.

44) 그지업소매: 그지없[← 그지없다(그지없다, 無窮: 형사): 그지(끝, 한도, 限: 명사) + 없(없다, 無: 형사)-]- + -옴(명전) + -애(-에: 부조, 위치)

45) 심거: 싥(← 시므다: 심다, 植)- + -어(연어)

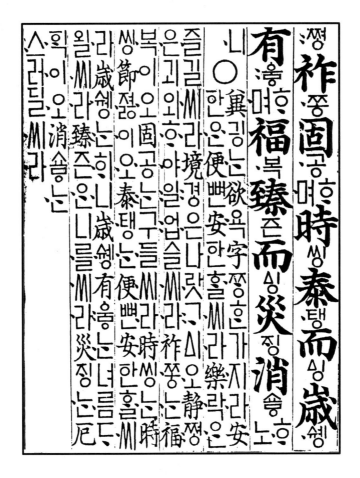

祚固(경정조고)하며 時泰而歲有(시태이세유)하며 福臻而災消(복진이재소)하니
【 冀(기)는 欲字(욕자)와 한가지이다. 安(안)은 便安(편안)한 것이다. 樂(락)은 즐기는 것이다. 境(경)은 나라의 가(경계)이요 靜(정)은 고요하여 일이 없는 것이다. 祚(조)는 福(복)이요 固(고)는 굳는 것이다. 時(시)는 時節(시절)이요 泰(태)는 便安(편안)한 것이다. 歲(세)는 해이니 歲有(세유)는 농사(農事)가 (잘) 되는 것이다. 臻(진)은 이르는 것이다. 災(재)는 厄(액)이요 消(소)는 스러지는 것이다. 】

祚_쭝固_공ᄒ며 時_씽泰_탱而_싱歲_솅有_율ᄒ며 福_복臻_즌而_싱災_징消_숑ᄒ노니【冀_킝ᄂᆞᆫ 欲_욕 字_쭝 ᄒᆞᆫ가지라 安_한ᄋᆞᆫ 便_뼌安_한ᄒᆞᆯ 씨라 樂_락ᄋᆞᆫ 즐길 씨라 境_겅ᄋᆞᆫ 나랏 ᄀᆞᇫᄋᆡ오 靜_쪙ᄋᆞᆫ 괴외ᄒᆞ야 일 업슬 씨라 祚_쭝ᄂᆞᆫ 福_복이오 固_공ᄂᆞᆫ 구들 씨라 時_씽ᄂᆞᆫ 時_씽節_졇이오 泰_탱ᄂᆞᆫ 便_뼌安_한ᄒᆞᆯ 씨라 歲_솅ᄂᆞᆫ ᄒᆡ니 歲_솅有_율ᄂᆞᆫ 녀름 드윌 씨라 臻_즌ᄋᆞᆫ 니를 씨라 災_징ᄂᆞᆫ 厄_{ᅙᅥᆨ}이오 消_숑ᄂᆞᆫ 스러딜 씨라 】

---

46) 즐길: 즐기[즐기다, 樂: 즑(즐거워하다: 자동)- + -이(사접)-]- + -ㄹ(관전)

47) ᄀᆞᇫᄋᆡ오: ᄀᆞᇫ(← ᄀᆞᆺ: 가, 邊) + -이(서조)- + -오(← -고: 연어, 나열)

48) 괴외ᄒᆞ야: 괴외ᄒᆞ[고요하다, 靜(형사): 괴외(고요: 명사) + -ᄒᆞ(형접)]- + -야(← -아: 연어)

49) ᄒᆡ니: ᄒᆡ(해, 歲) + -∅(← -이-: 서조)- + -니(연어, 설명의 계속) ※ 여기서 'ᄒᆡ'는 한자 '歲(세)'를 직역한 말인데, 이 문맥에서 '歲'는 결실(結實)이나 수확(收穫)의 뜻으로 쓰였다.

50) 歲有: 세유. 농사가 잘 되거나 풍년이 드는 것이다.

51) 녀름: 농사. 수확, 農, 收穫.

52) 드윌: 드외(되다, 爲)- + -ㄹ(관전) ※ '녀름 드외다'는 '농사가 잘되다'나 '수확이 잘 되다'의 뜻으로 쓰였다.

53) 니를: 니르(이르다, 오다, 도착하다, 臻, 至)- + -ㄹ(관전)

54) 厄이오: 厄(액) + -이(서조)- + -오(← -고: 연어, 나열) ※ '厄(액)'은 모질고 사나운 운수이다.

55) 스러딜: 스러디[스러지다, 사라지다, 消(자동): 슬(스러지게 하다, 消: 타동)- + -어(연어) + 디(지다: 보용, 피동)]- + -ㄹ(관전)

神靈(신령)이 便安(편안)하시고, 百姓(백성)이 즐기며, 나라의 주변(국경)이 조용하고, 福(복)이 굳으며, 時節(시절)이 便安(편안)하고, 농사가 (잘) 되며, 福(복)이 오고, 厄(액)이 사라지게 하고자 하니

以向所修功德(이향소수공덕)으로 廻向實際(회향실제)하여 願共一

神씬靈령이 便뼌安한ᄒ시고 百빅姓셩이 즐기며[56] 나랏 ᄀᅀᅵ[57] 괴외
ᄒ고[58] 福복이 구드며[59] 時씽節졇이 便뼌安한ᄒ고 녀르미[60] ᄃ외
며[61] 福복이 오고 厄ᅙᅵᆨ[62]이 스러디과뎌[63] ᄒ노니[64]

以읭向ᅘᅡᆼ所송修슣功공德득으로 廻ᅘᅬᆼ向ᅘᅡᆼ實씷際곙ᄒ야 願원共꽁一ᅙᅵᇙ

---

56) 즐기며: 즐기[즐기다, 樂: 즑(즐거워하다, 歡: 자동)-+-이(사접)-]-+-며(연어, 나열)

57) ᄀᅀᅵ: ᄀᆞᆺ(←ᄀᆞᆺ: 가, 境)+-이(주조) ※ '나랏 ᄀᆞᆺ'은 '나라의 주변(國境)'으로 의역한다.

58) 괴외ᄒ고: 괴외ᄒ[고요하다, 靜: 괴외(고요: 명사)+-ᄒ(형접)-]-+-고(연어, 나열)

59) 구드며: 굳(굳다, 固: 동사)-+-으며(연어, 나열)

60) 녀르미: 녀름(농사, 수확, 農, 收穫)+-이(보조)

61) ᄃ외며: ᄃ외(되다, 爲)-+-며(연어, 나열)

62) 厄: 액. 모질고 사나운 운수이다.

63) 스러디과뎌: 스러디[스러지다, 사라지다, 없어지다, 消(자동): 슬(사라지게 하다: 타동)-+-어
(연어)+디(지다: 보용, 피동)-]-+-과뎌(-게 하고자: 연어, 의도)

64) ᄒ노니: ᄒ(하다, 爲: 보용, 의도, 희망)-+-ᄂ(←-ᄂᆞ-: 현시)-+-오(화자)-+-니(연어, 설명의
계속, 이유) ※ 앞에서 나열된 사실을 '지은이(세조)'가 희망하거나 바라는 것을 표현하였으므로,
화자 표현의 선어말 어미인 '-오-'가 실현되었다.

切有情(원공일체유정)과 速至菩提彼岸(속지보제피안)하노라.【向(향)은 아니 오
랜 요사이이다. 實際(실제)는 眞實(진실)의 가(邊)이다. 共(공)은 한가지이다. 有情
(유정)은 뜻이 있는 것이니 衆生(중생)을 일렀니라. 至(지)는 이르는 것이요 彼
(피)는 저(= 저기)이요 岸(안)은 가(邊)이다.】

위에 말한, 요사이에 행한 功德(공덕)으로 實際(실제)에 돌이켜서 (실제에) 向
(향)하여, 一切(일체)의 有情(유정)과 (함께) 菩提(보리)의 彼岸(피안)에

切_쳉有_율情_쪙과 速_속至_징菩_뽕提_뗑彼_빙岸_안ᄒ노라【向_향은 아니 오란[65] 요ᄉᆞᅀᅵ라[66] 實_씷際_졩ᄂᆞᆫ 眞_진實_씷ㅅ ᄀᆞᅀᅵ라[67] 共_꽁은 ᄒᆞᆫ가지라 有_율情_쪙은 ᄠᅳᆮ 이실 씨니 衆_즁生_{ᄉᆡᆼ}ᄋᆞᆯ 니ᄅᆞ니라[68] 至_징ᄂᆞᆫ 니를[69] 씨오 彼_빙ᄂᆞᆫ 뎌오[70] 岸_안은 ᄀᆞ이라】

우희[71] 닐온[72] 요ᄉᆞᅀᅵ예[73] ᄒᆞ욘[74] 功_공德_득으로 實_씷際_졩[75]예 도ᄅᆞ혀[76] 向_향ᄒᆞ야 一_힗切_쳉 有_율情_쪙과[77] 菩_뽕提_뗑[78] 彼_빙岸_안[79]

---

65) 오란: 오라(오래다, 久: 형사)- + -Ø(현시)- + -ㄴ(관전)

66) 요ᄉᆞᅀᅵ라: 요ᄉᆞᅀᅵ[요사이, 向: 요(요, 近: 관사) + ᄉᆞᅀᅵ(사이, 間)] + -Ø(←-이-: 서조)- + -Ø(현시)- + -라(←-다: 평종)

67) ᄀᆞᅀᅵ라: ᄀᆞᆽ(←ᄀᆞᇫ: 가, 邊) + -이(서조)- + -Ø(현시)- + -라(←-다: 평종) ※ '眞實ㅅ ᄀᆞᇫ'은 '진실의 끝(末)'이다. 이는 곧 '진실의 궁극적인 경지'이다.

68) 니ᄅᆞ니라: 니ᄅᆞ(이르다, 曰)- + -Ø(과시)- + -니(원칙)- + -라(←-다: 평종)

69) 니를: 니르(이르다, 도달하다, 至)- + -ㄹ(관전)

70) 뎌오: 뎌(저, 저것, 저기, 彼: 지대, 정칭) + -ㅣ(←-이-: 서조)- + -오(←-고: 연어, 나열)

71) 우희: 우ᅙ(위, 上) + -의(-에: 부조, 위치)

72) 닐온: 닐(←니ᄅᆞ다: 이르다, 曰)- + -오(대상)- + -Ø(과시)- + -ㄴ(관전)

73) 요ᄉᆞᅀᅵ예: [요사이, 向: 요(요, 近: 관사, 지시) + ᄉᆞᅀᅵ(사이, 間)] + -예(←-에: 부조, 위치, 시간)

74) ᄒᆞ욘: ᄒᆞ(하다, 爲)- + -Ø(과시)- + -요(←-오-: 대상)- + -ㄴ(관전)

75) 實際: 실제. 허망(虛妄)을 떠난 열반의 깨달음, 또는 진여(眞如)의 이체(理體)이다. 곧, 진여의 참 이치를 깨달아 그 궁극의 경지에 이르는 것이다.

76) 도ᄅᆞ혀: 도ᄅᆞ혀[돌이키다, 廻: 돌(돌다, 回: 자동)- + -ᄋᆞ(사접)- + -혀(강접)-]- + -어(연어)

77) 有情과: 有情(유정) + -과(부조, 공동) ※ '有情(유정)'은 살아 있는 모든 중생이다.

78) 菩提: 보제. 보리. 불교에서 최고의 이상으로 치는 '불타(佛陀) 정각(正覺)'의 지혜이다.

79) 彼岸: 피안. 사바세계(娑婆世界)의 저쪽에 있는 깨달음의 세계이다. 혹은 이승의 번뇌를 해탈하여 열반의 세계에 도달한 경지이다.

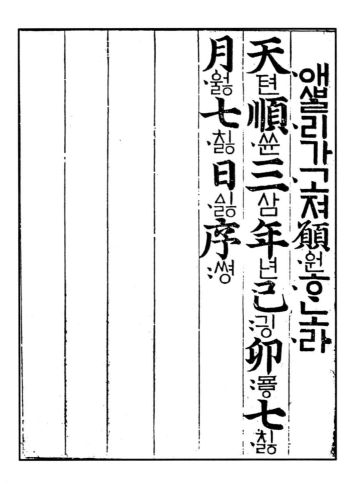

빨리 가고자 願(원)하노라.

天順(천순) 三年(삼년) 己卯(을유) 七月(칠월) 七日(칠일) 序(서).

샐리⁸⁰⁾ 가고져⁸¹⁾ 願_원호노라⁸²⁾

天_텬順_쑨⁸³⁾ 三_삼年_년⁸⁴⁾ 己_긩卯_묠 七_칧月_윓 七_칧日_싏 序_썅⁸⁵⁾

---

80) 샐리: [빨리, 速(부사): 샐ㄹ(←샏ㄹ다: 빠르다, 速, 형사)- + -이(부접)]

81) 가고져: 가(가다, 至)- + -고져(-고자: 연어, 의도)

82) 願호노라: 願호[원하다(동사): 願(원: 명사) + -호(동접)-]- + -ㄴ(←-ᄂ-: 현시)- + -오(화자)- + -라(←-다: 평종)

83) 天順: 천순 삼년. '천순(天順)'은 중국 명나라 영종(英宗) 때의 연호(1457~1464년)이다.

84) 天順 三年: 천순 삼년. 천순 삼년은 1459년(세조 5년)이다.

85) 序: 서. 서문(序文)을 쓰다.

---

* "世宗御製月印千江之曲(세종어제월인천강지곡)": 세종 임금께서 『월인천강지곡』을 지으셨다.
* "昭憲王后同證正覺(소헌왕후동증정각)": 소헌왕후(昭憲王后)께서도 함께 정각(正覺)을 깨우치셨
  다. ※ '소헌왕후(昭憲王后)'는 세종의 정비(正妃)인 심씨(1395~1446년)의 시호이다. 그리고 '정
  각(正覺)'은 올바른 깨달음으로서, 일체의 참된 모습을 깨달은 더할 나위 없는 지혜이다.

---

* "今上纂述釋譜詳節(금상찬술석보상절)": 금상(今上)께서 석보상절을 찬술(纂述)하셨다. ※ '今上 (금상)'은 당시의 왕인 세조(世祖)를 이른다.
* "慈聖王妃共成佛果(자성왕비공성불과)": 자성왕비(慈聖王妃)께서도 함께 불과(佛果)를 이루셨 다. ※ '자성왕비(慈聖王妃)'는 세조의 왕비였던 정희왕후(貞憙王后)가 생시에 쓰던 존호(尊號) 이다. 그리고 '佛果(불과)'는 불도를 닦아 이르는 부처의 지위이다. 곧 수행의 마지막 단계의 결과를 얻어서 부처가 되는 지위이다.

부록

'원문과 번역문의 벼리' 및 '문법 용어의 풀이'

부록 1. 원문과 번역문의 벼리

1. '세종 어제 훈민 정음'의 벼리
2. '석보상절 서'의 벼리
3. '어제 월인석보 서'의 벼리

부록 2. 문법 용어의 풀이

1. 품사
2. 불규칙 활용
3. 어근
4. 파생 접사
5. 조사
6. 어말 어미
7. 선어말 어미

[부록 1] 원문과 번역문의 벼리

<세종 어제 훈민정음>의 벼리

[1앞]世솅宗종 御엉製졩 訓훈民민正졍音흠

나랏 말쓰미 中듕國귁에 달아 [1뒤]文문字쭝와로 서르 스뭇디 아니홀씨 이런 젼ᄎ로 어린 百빅姓셩이 니르고져 홇 배 이셔도 [2뒤]ᄆᄎ참내 제 ᄠ들 시러 펴디 몯홇 노미 하니라. 내 이를 爲윙ᄒᆞ야 어엿비 너겨 [3앞]새로 스믈여듧 字쭝를 밍ᄀᆞ노니 [3뒤]사ᄅᆞᆷ마다 ᄒᆡ여 수비 니겨 날로 ᄡᅮ메 便뼌安한킈 ᄒᆞ고져 홇 ᄯᆞᄅᆞ미니라.

[4앞]ㄱᄂᆞᆫ 엄쏘리니 君군ᄃ 字쭝 처섬 펴아 나ᄂᆞᆫ 소리 ᄀᆞᄐᆞ니 글바 쓰면 虯끃ㅸ 字쭝 처섬 펴아 나ᄂᆞᆫ 소리 ᄀᆞᄐᆞ니라.

ㅋᄂᆞᆫ 엄쏘리니 快쾡ㆆ 字쭝 처섬 펴아 나ᄂᆞᆫ 소리 ᄀᆞᄐᆞ니라.

[4뒤]ㆁᄂᆞᆫ 엄쏘리니 業업 字쭝 처섬 펴아 나ᄂᆞᆫ 소리 ᄀᆞᄐᆞ니라.

[5앞]ㄷᄂᆞᆫ 혀쏘리니 斗듷ㅸ 字쭝 처섬 펴아 나ᄂᆞᆫ 소리 ᄀᆞᄐᆞ니 글바 쓰면 覃땀ㅂ 字쭝 처섬 펴아 나ᄂᆞᆫ 소리 ᄀᆞᄐᆞ니라.

ㅌᄂᆞᆫ 혀쏘리니 呑ᄐᆫ 字쭝 처섬 펴아 나ᄂᆞᆫ 소리 ᄀᆞᄐᆞ니라.

[5뒤]ㄴᄂᆞᆫ 혀쏘리니 那낭ㆆ 字쭝 처섬 펴아 나ᄂᆞᆫ 소리 ᄀᆞᄐᆞ니라.

[6앞]ㅂᄂᆞᆫ 입시울쏘리니 彆볋 字쭝 처섬 펴아 나ᄂᆞᆫ 소리 ᄀᆞᄐᆞ니 글바 쓰면 步뽕ㆆ 字쭝 처섬 펴아 나ᄂᆞᆫ 소리 ᄀᆞᄐᆞ니라.

ㅍ는 입시울쏘리니 漂_푤ㅸ 字_쫑 처섬 펴아 나는 소리 ㄱᄐ니라。

^[6뒤]ㅁ는 입시울쏘리니 彌_밍ㆆ 字_쫑 처섬 펴아 나는 소리 ㄱᄐ니라。

^[7앞]ㅈ는 니쏘리니 卽_즉 字_쫑 처섬 펴아 나는 소리 ㄱᄐ니 글바 쓰면 慈_쫑ㆆ 字_쫑 처섬 펴아 나는 소리 ㄱᄐ니라。

ㅊ는 니쏘리니 侵_침ㅂ 字_쫑 처섬 펴아 나는 소리 ㄱᄐ니라。

^[7뒤]ㅅ는 니쏘리니 戌_슗 字_쫑 처섬 펴아 나는 소리 ㄱᄐ니 글바 쓰면 邪_썅ㆆ 字_쫑 처섬 펴아 나는 소리 ㄱᄐ니라。

^[8앞]ㆆ는 목소리니 把_흡 字_쫑 처섬 펴아 나는 소리 ㄱᄐ니라。

ㅎ는 목소리니 虛_형ㆆ 字_쫑 처섬 펴아 ^[8뒤]나는 소리 ㄱᄐ니 글바 쓰면 洪_뽕ㄱ 字_쫑 처섬 펴아 나는 소리 ㄱᄐ니라。

ㅇ는 목소리니 欲_욕 字_쫑 처섬 펴아 나는 소리 ㄱᄐ니라。

^[9앞]ㄹ는 半_반혀쏘리니 閭_령ㆆ 字_쫑 처섬 펴아 나는 소리 ㄱᄐ니라。

ㅿ는 半_반니쏘리니 穰_샹ㄱ 字_쫑 처섬 펴아 나는 소리 ㄱᄐ니라。

^[9뒤]·는 呑_튼ㄷ 字_쫑 가온딧소리 ㄱᄐ니라。

ㅡ는 卽_즉 字_쫑 가온딧소리 ㄱᄐ니라。

^[10앞]ㅣ는 侵_침ㅂ 字_쫑 가온딧소리 ㄱᄐ니라。

ㅗ는 洪_뽕ㄱ 字_쫑 가온딧소리 ㄱᄐ니라。

ㅏ는 覃_땀ㅂ 字_쫑 가온딧소리 ㄱᄐ니라。

^[10뒤]ㅜ는 君_군ㄷ 字_쫑 가온딧소리 ㄱᄐ니라。

ㅓ는 業_업 字_쫑 가온딧소리 ㄱᄐ니라。

[11앞]ㅛ는 欲욕 字쭝 가온딧소리 ㄱᆞᆮᄐᆞ니라.

ㅑ는 穰샹ㄱ 字쭝 가온딧소리 ㄱᆞᆮᄐᆞ니라.

ㅠ는 戌슗 字쭝 가온딧소리 ㄱᆞᆮᄐᆞ니라.

[11뒤]ㅕ는 彆볋 字쭝 가온딧소리 ㄱᆞᆮᄐᆞ니라.

乃냉終즁ㄱ 소리는 다시 첫 소리를 ᄡᅳᄂᆞ니라. [12앞]ㅇ를 입시울쏘리 아래 니ᅀᅥ ᄡᅳ면 입시울 가ᄇᆡ야ᄫᆞᆫ 소리 ᄃᆞ외ᄂᆞ니라. [12뒤]첫 소리를 어울워 ᄡᅮᇙ 디면 글방 ᄡᅳ라 乃냉終즁ㄱ 소리도 ᄒᆞᆫ가지라. ·와 ㅡ와 ㅗ와 ㅜ와 ㅛ와 ㅠ와란 첫소리 아래 브텨 ᄡᅳ고 [13앞]ㅣ와 ㅏ와 ㅓ와 ㅑ와 ㅕ와란 올ᄒᆞᆫ녀긔 브텨 ᄡᅳ라. 믈읫 字쭝ㅣ 모로매 어우러ᅀᅡ 소리 이ᄂᆞ니 [13뒤]왼녀긔 ᄒᆞᆫ 點뎜을 더으면 ᄆᆞᆺ 노ᄑᆞᆫ 소리오 [14앞]點뎜이 둘히면 上썅聲셩이오 點뎜이 업스면 平뼝聲셩이오 入십聲셩은 點뎜 더우믄 ᄒᆞᆫ가지로ᄃᆡ [14뒤]ᄲᆞᄅᆞ니라.

中듕國귁 소리옛 니쏘리는 齒칭頭뚷와 正졍齒칭왜 ᄀᆞᆯ히요미 잇ᄂᆞ니 [15앞]ㅈㅊㅉ ㅅㅆ 字쭝는 齒칭頭뚷ㅅ 소리예 ᄡᅳ고 ㅈㅊㅉㅅㅆ 字쭝는 正졍齒칭ㅅ 소리예 [15뒤]ᄡᅳᄂᆞ니 엄과 혀와 입시울와 목소리옛 字쭝는 中듕國귁 소리예 通통히 ᄡᅳᄂᆞ니라.

訓훈民민正졍音흠

세종(世宗) 어제(御製) 훈민정음(訓民正音)

나라의 말이 중국(中國)과 달라서 문자(文字)와 서로 통하지 아니하므로, 이런 까닭으로 어리석은 백성(百姓)이 이르고자 할 바가 있어도, 마침내 제 뜻을 능히 펴지 못할 사람이 많으니라. 내가 이를 위(爲)하여 불쌍히 여겨, 새로 스물여덟 자(字)를 만드니, 사람마다 시키어 쉽게 익혀 날마다 쓰는 데에 편안(便安)케 하고자 할 따름이니라.

[4앞] ㄱ은 어금닛소리니 君(군)의 글자(字)가 처음 펴서 나는 소리와 같으니, 나란히 쓰면 虯(끃)의 글자(字)가 처음 펴서 나는 소리와 같으니라. ㅋ은 어금닛소리니 快(쾡)의 글자(字)가 처음 펴서 나는 소리와 같으니라. [4뒤] ㆁ은 어금닛소리니 業(업)의 글자(字)가 처음 펴서 나는 소리와 같으니라.

[5앞] ㄷ은 혓소리니 斗(둘)의 글자(字)가 처음 펴서 나는 소리와 같으니, 나란히 쓰면 覃(땀)의 글자(字)가 처음 펴서 나는 소리와 같으니라. ㅌ은 혓소리니 呑(튼)의 글자(字)가 처음 펴서 나는 소리와 같으니라. [5뒤] ㄴ은 혓소리니 那(낭)의 글자(字)가 처음 펴서 나는 소리와 같으니라.

[6앞] ㅂ은 입술소리니 彆(볋)의 글자(字)가 처음 펴서 나는 소리와 같으니, 나란히 쓰면 步(뽕)의 글자(字)가 처음 펴서 나는 소리와 같으니라. [6뒤] ㅁ은 입술소리니 彌(밍)의 글자(字)가 처음 펴서 나는 소리와 같으니라. ㅍ은 입술소리니 漂(푱)의 글자(字)가 처음 펴서 나는 소리와 같으니라. ㅁ은 입술소리니 彌(밍)의 글자(字)가 처음 펴서 나는 소리와 같으니라.

[7앞] ㅈ은 잇소리니 卽(즉)의 글자(字)가 처음 펴서 나는 소리와 같으니, 나란히 쓰면 慈(쯩)의 글자(字)가 처음 펴서 나는 소리와 같으니라. ㅊ은 잇소리니 侵(침)의 글자(字)가 처음 펴서 나는 소리와 같으니라. [7뒤] ㅅ은 잇소리니 戌(슗)의 글자(字)가 처음 펴서 나는 소리와 같으니, 나란히 쓰면 邪(썅)의 글자(字)가 처음 펴서 나는 소리와 같으니라.

[8앞] ㆆ은 목소리니 挹(흡)의 글자(字)가 처음 펴서 나는 소리와 같으니라. ㅎ는 목

소리니 虛(허)의 글자(字)가 처음 펴어 나는 소리와 같으니, ^[8뒤]나란히 쓰면 洪(薈)의 글자(字)가 처음 펴서 나는 소리와 같으니라. ㅇ은 목소리니 欲(욕)의 글자(字)가 처음 펴서 나는 소리와 같으니라. ^[9앞]ㄹ은 半(반)혓소리니 閭(령)의 글자(字)가 처음 펴서 나는 소리와 같으니라. ㅿ은 반잇소리니 穰(샹)의 글자(字)가 처음 펴서 나는 소리와 같으니라.

^[9뒤]ㆍ는 呑(툰)의 글자(字) 가운뎃소리와 같으니라. ㅡ는 卽(즉)의 글자(字) 가운뎃소리와 같으니라. ^[10앞]ㅣ는 侵(침)의 글자(字) 가운뎃소리와 같으니라.

ㅗ는 洪(薈)의 글자(字) 가운뎃소리와 같으니라. ㅏ는 覃(땀)의 글자(字) 가운뎃소리와 같으니라. ^[10뒤]ㅜ는 君(군)의 글자(字) 가운뎃소리와 같으니라. ㅓ는 業(업)의 글자(字) 가운뎃소리와 같으니라.

^[11앞]ㅛ는 欲(욕)의 글자(字) 가운뎃소리와 같으니라. ㅑ는 穰(샹)의 글자(字) 가운뎃소리와 같으니라. ㅠ는 戌(슗)의 글자(字) 가운뎃소리와 같으니라. ^[11뒤]ㅕ는 彆(볋)의 글자(字) 가운뎃소리와 같으니라.

나중의 소리는 다시 첫소리를 쓰느니라. ^[12앞]ㅇ를 입술소리 아래 이어 쓰면 입술 가벼운 소리가 되느니라. ^[12뒤]첫소리를 어울러 쓸 것이면 나란히 쓰라. 나중 소리도 한가지라. ^[13앞]ㅣ와 ㅏ와 ㅓ와 ㅑ와 ㅕ는 오른쪽에 붙여 쓰라. ㅣ와 ㅏ와 ㅓ와 ㅑ와 ㅕ는 오른쪽에 붙여 쓰라. 무릇(모든) 글자는 반드시 어울려야 소리가 이루어지느니. ^[14앞]왼쪽에 한 점(點)을 더하면 가장 높은 소리요, ^[14앞]점(點)이 둘이면 상성(上聲)이요, 입성(入聲)은 점(點)을 더하는 것은 한가지이되 ^[14뒤]빠르니라.

중국 소리의 잇소리는 치두(齒頭)와 정치(正齒)를 구별함이 있으니, ^[15앞]ㅈ ㅊ ㅉ ㅅ ㅆ의 글자(字)는 치두(齒頭) 소리에 쓰고 ㅈ ㅊ ㅉ ㅅ ㅆ의 글자(字)는 정치(正齒)의 소리에 ^[15뒤]쓰나니, 어금니와 혀와 입술과 목소리의 글자(字)는 중국(中國)의 소리에 두루 쓰느니라.

훈민정음(訓民正音)

<석보상절 서>의 벼리

[1앞] 釋석譜봉詳쌍節졇 序셩

부톄 三삼界갱옛 尊존이 ᄃᆞ외야 겨샤 [1뒤] 衆즁生ᄉᆡᆼ을 너비 濟졩渡똥ᄒᆞ시ᄂᆞ니 그지 업서 몯내 혜ᅀᆞᆯ 功공과 德득괘 [2앞] 사ᄅᆞᆷ들콰 하ᄂᆞᆯ들히 내내 기리ᅀᆞᆸ디 몯ᄒᆞᅀᆞᆸ 논 배시니라.

世솅間간애 부텻 道똘理링 비호ᅀᆞᄫᆞ리 [2뒤] 부텨 나아 ᄃᆞ니시며 ᄀᆞ마니 겨시던 처 섬 ᄆᆞᄎᆞᄆᆞᆯ 알리 노니 [3앞] 비록 알오져 ᄒᆞ리라도 [3뒤] 또 八밣相샹을 넘디 아니ᄒᆞ야 셔 마ᄂᆞ니라.

[4앞] 이 저긔 여러 經경에 글히여 내야 [4뒤] 各각別볋히 ᄒᆞᆫ 그를 밍ᄀᆞ라 일훔 지허 ᄀᆞ로ᄃᆡ 釋석譜봉詳쌍節졇 [5앞] 이라 ᄒᆞ고 ᄒᆞ마 次충第똉 혜여 밍ᄀᆞ론 바를 브터 [5 뒤] 世솅尊존ㅅ 道똘 일우샨 이ᄅᆞᆯ 양ᄌᆞᄅᆞᆯ 그려 일우ᅀᆞᆸ고 [6앞] 또 正정音흠으로ᄡᅥ 곧 因ᅙᅵᆫᄒᆞ야 더 翻펀譯역ᄒᆞ야 사기노니 [6뒤] 사ᄅᆞᆷ마다 수비 아라 三삼寶볼애 나ᅀᅡ 가 븓긧고 ᄇᆞ라노라

正정統통 十씹二ᅀᅵᆼ年년 七칧月월 二ᅀᅵᆼ十씹五옹日ᅀᅵᇙ에 首슝陽양君군 諱훵 序셩ᄒᆞ노라.

釋譜詳節(석보상절) 序(서)

[1앞] 부처가 삼계(三界)[1)]의 존(尊)[2)]이 되어 계시어, [1뒤] 중생(衆生)을 널리 제도(濟渡)하시니, 그지없어서 끝내 못 헤아릴 (부처님의) 공(功)과 덕(德)이 [2앞] 사람들과 하늘(天神)들이 내내[3)] 기리지 못하는 바이시니라.

세간(世間)에 부처의 도리(道理)를 배우는 이가, [2뒤] 부처가 나서 다니시며 가만히 계시던 처음(始)과 마침(終)을 알 이가 드무니, [3앞] 비록 (그 사실을) 알고자 하는 이라도 [3뒤] 또 팔상(八相)[4)]을 넘지 아니하여서 (아는 것을) 그치느니라.

근간(近間)에 추천(追薦)[5)]함을 인(因)하여서, [4앞] 이제 여러 경(經)[6)]에서 (내용을) 가려 내어, [4뒤] 각별(各別)히 하나의 글을 만들어 이름을 붙여 말하되 '석보상절(釋譜詳節)'[7)]이라 하고, 이미 차례(次第)[8)]를 헤아려 만든 바를 의지하여, [5뒤] 세존(世尊)이 도(道)를 이루신 일의 모습을 그려서 이루고[9)], [6앞] 또 정음(正音)[10)]으로써 곧 인(因)하여 더 번역(翻譯)하여 풀이하니, [6뒤] 사람마다 쉽게 알아 삼보(三寶)[11)]에 나아가서 (삼보에) 의지하게 하고자 바라노라.

---

1) 삼계(三界): 중생이 생사 왕래하는 세 가지 세계인데, '욕계(欲界), 색계(色界), 무색계(無色界)'가 있다.

2) 존(尊): 높으신 분이다.

3) 내내: 모두 다(부사)

4) 팔상(八相): 부처가 중생을 제도하려고 이 세상에 나타내 보인 여덟 가지 상(相)이다. '팔상도'에 대하여는 이 책 75쪽에 자세하게 풀이했다.

5) 추천(追薦): 죽은 사람의 넋의 괴로움을 덜고 명복을 축원하려고 선근 복덕(善根福德)을 닦아 그 공덕을 회향(廻向)함을 이른다. 여기서는 세종(世宗)의 정비이며 수양대군의 친모인 소헌왕후(昭憲王后) 심씨(沈氏)의 명복을 비는 추천을 이른다.

6) 여러 經: '석가보(釋迦譜), 법화경(法華經), 지장경(地藏經), 아미타경(阿彌陀經), 약사경(藥師經)' 등을 이른다.

7) 釋譜詳節: 석보상절. 석가모니의 일생의 중요한 일을 가려서 자세히 기록한 것이라는 뜻이다. '상(詳)'은 중요한 일을 상세히 썼다는 것이며, '절(節)'은 중요하지 않을 일을 덜어내고 썼다는 것이다.

8) 차례(次第): 석보상절에 기술된 내용이 부처님의 전생과 후생의 일의 차례대로 기술되어 있음을 표현한 말이다.

9) 그려: 그리(그리다, 繪)-+-어(연어) ※ 석가모니의 일생을 중요한 일을 그림(八相圖)으로 그린 팔상도(八相圖)를 석보상절의 맨 앞에 붙인 것을 이른다.

10) 정음(正音): '훈민정음(訓民正音)'이다.

正統(정통) 十二年(십이년) 七月(칠월) 二十五日(이십오일)에 首陽君(수양군) 諱
(휘) 序(서)하노라.

---

11) 삼보(三寶): 불교도의 세 가지 근본 귀의처(歸依處)로서, '불보(佛寶), 법보(法寶), 승보(僧寶)'
를 이르는 말이다.

<어제 월인석보 서>의 벼리

[1앞] 御ᅌᅥᆼ製ᄌᆒᆼ 月ᅌᅯᇙ印ᅙᅵᆫ釋셕譜봉 序씅

眞진實씨ᇙㅅ 根ᄀᆫ源ᅯᆫ이 뷔여 괴외ᄒᆞ고 性셩智딩 ᄆᆞᆰ고 괴외ᄒᆞ며 [1뒤]靈령ᄒᆞᆫ 光광
明명이 ᄒᆞ오ᅀᅡ 빗나고 法법身신이 샹녜 이셔 [2앞]色ᄉᆡᆨ相샹이 ᄒᆞᆫ가지로 업스며 能
ᄂᆞᆼ所송ㅣ 다 업스니 [2뒤]ᄒᆞ마 나며 업수미 업거니 엇뎨 가며 오미 이시리오.
[3앞]오직 妄망量량앳 ᄆᆞᅀᆞ미 믄득 니러나ᄆᆞᆯ 브트면 識식境경이 난겻 뮈여 나거든
[3뒤]緣ᅯᆫ을 브ᄃᆞᆯᄭᅵ야 가져 著땨ᄒᆞ야 長땨ᇰ常쌍 業업報ᄇᆞᇢ애 미여 [4앞]眞진實씨ᇙㅅ 覺
각ᄋᆞᆯ 긴 바ᄆᆡ 어둡게 ᄒᆞ며 智딩慧ᅘᆐᆼㅅ 누늘 긴 劫겁에 멀워 [4뒤]여슷 길헤 횟도
녀 잢간도 머므디 몯ᄒᆞ며 여듧 受쓔ᇢ苦콩애 봇겨 能ᄂᆞᆼ히 벗디 몯홀쌔 [5뒤]우리 부
텨 如ᅀᅧ來ᄅᆡᆼ 비록 妙묠眞진淨쪄ᇰ身신이 常쌍寂쪅光광土통애 사ᄅᆞ시나 [6앞]本본來ᄅᆡᆼ
ㅅ 悲빙願ᅯᆫ으로 無뭉緣ᅯᆫ慈ᄍᆞᆼᄅᆞᆯ 뮈우샤 神씬通통力륵을 나토샤 閻염浮뿔에 ᄂᆞ
려 나샤 正져ᇰ覺각 일우샤ᄆᆞᆯ 뵈샤 [6뒤]일후미 天텬人신師ᄉᆞ이시며 일ᄏᆞᄌᆞᄫᅩ미 一
ᅙᅵᇙ切쳉智딩샤 [7앞]큰 威ᅙᆐᆼ光광을 펴샤 魔망兵벼ᇰ衆즁을 ᄒᆞ야ᄇᆞ리시고 三삼乘씨ᇰ을
크게 여르시며 八바ᇙ敎ᄀᆛᆯ를 너비 부르샤 [7뒤]六륙合ᅘᅡᆸ애 저지시며 十씹方바ᇰ애 저
지샤 [8앞]法법門몬ᄒᆞ샤 말ᄊᆞᆷ마다 그지업슨 微밍妙묠ᄒᆞᆫ 뜨들 모도 자ᄇᆞ시고 句궁
마다 恒ᅘᅳ으ᇰ沙상法법門몬을 머구므샤 [8뒤]解갱脫퇋門몬을 여르샤 淨쪄ᇰ法법海ᄒᆡᇰ예 드
리시니 [9앞]人신天텬을 거려 내시며 四ᄉᆞᆼ生ᄉᆡᇰ을 거려 濟졩度똥ᄒᆞ신 功고ᇰ德득을 어
루 이긔여 기리ᅀᆞᄫᆞ려.
[9뒤]天텬龍롱이 誓쎼ᇰ願ᅯᆫᄒᆞ샤 流류ᇙ通통ᄒᆞ시논 배시며 國귁王왕이 付뿌ᇰ囑쵹 받ᄌᆞᄫᅡ
擁ᅙᅩᇰ護ᅘᅩᆼᄒᆞ논 배니 [10앞]녜 丙벼ᇰ寅인年년에 이셔 昭쟈ᇢ憲헌王왕后ᅘᅮᇢㅣ 榮ᅯᆼ養양을

샐리 브려시늘 [10뒤]셜버 슬ᄊ보매 이셔 ᄒᆞᆳ 바ᄅᆞᆯ 아디 몯ᄒᆞ다니 [11앞]世솅宗종이

날ᄃᆞ려 니ᄅᆞ샤ᄃᆡ 追뒹薦쳔이 轉뒌經경 ᄀᆞᆮᄒᆞ니 업스니 네 釋셕譜봉ᄅᆞᆯ 밍ᄀᆞ라 翻펀

譯역호미 맛당ᄒᆞ니라 ᄒᆞ야시늘 [11뒤]내 慈쭝命명을 받ᄌᆞᄫᅡ 더욱 ᄉᆞ라ᇰ호ᄆᆞᆯ [12앞]너

비 ᄒᆞ야 僧ᄉᆡᇰ祐ᅇᅮᇢ를 道똘宣쉰 두 律륧師ᄉᆡᇰㅣ 各각各각 譜봉 밍ᄀᆞ로니 잇거늘 시러

보ᄃᆡ 詳쌰ᇰ略략이 ᄒᆞᆫ가지 아니어늘 [12뒤]曉흫케 ᄒᆞ야 두 글위를 어울워 釋셕譜봉

詳쌰ᇰ節졇을 밍ᄀᆞ라 일우고 正졍音흠으로 翻펀譯역ᄒᆞ야 사ᄅᆞᆷ마다 수ᄫᅵ 알에 ᄒᆞ야

[13앞]ᄒᆞ시니 進진上쌰ᇰᄒᆞᅀᆞᄫᆞ니 보ᄆᆞᆯ 주ᅀᆞ오시고 곧 讚잔頌쑈ᇰ을 지ᅀᆞ샤 일후ᄆᆞᆯ 月

ᅌᅯᇙ印ᅙᅵᆫ千쳔江강이라 ᄒᆞ시니 [13뒤]이제 와 이셔 尊존奉뽕ᄒᆞᅀᆞ보ᄆᆞᆯ 엇뎨 누기리오.

[14앞]近끈間간애 家강叵픵을 맛나 ᄆᆞᆮ아ᄃᆞ리 즐어 업스니 父뿡母모 ᄠᅳ든 天텬性셩

에 [14뒤]根ᄀᆞᆫ源원혼 디라 슬픈 ᄆᆞᅀᆞᆷ 뮈유미 엇뎨 오라며 갓가보매 다ᄅᆞ리오.

[15앞]내 ᄉᆞ라ᇰ호ᄃᆡ 三삼途똥ㅅ 受쓩苦콩애 열오져 ᄒᆞ며 나 여희욠 道똘를 求끃코져

홀 ᄃᆡᆫ 이 ᄇᆞ리고 어듸 브트리오. [16앞]念념호ᄃᆡ 이 月ᅌᅯᇙ印ᅙᅵᆫ釋셕譜봉ᄂᆞᆫ 先션考

콜 지ᅀᆞ샨 거시니 依ᅙᅴᆼ然션ᄒᆞ야 霜샤ᇰ露롱애 애와뎌 더욱 슬허 ᄒᆞ노라.

[17앞]울워러 聿륧追뒹를 ᄉᆞ라ᇰᄒᆞ건댄 모로매 일 ᄆᆞᆺ 일우ᅀᆞ보ᄆᆞᆯ 몬져 홀디니 萬

먼幾긩 비록 하나 엇뎨 겨르리 업스리오. 자디 아니ᄒᆞ며 飮흠食씩을 니저 ᄒᆞ [17

뒤]다ᄋᆞ며 나ᄅᆞᆯ 니서 [18앞]우흐로 父뿡母모 仙션駕강를 爲ᅌᅱᆼᄒᆞᅀᆞᆸ고 亡마ᇰ兒ᅀᅵᆼ를 조

쳐 爲ᅌᅱᆼᄒᆞ야 샐리 智딩慧ᅘᅰᆼㅅ [18뒤]구루믈 ᄐᆞ샤 諸졍塵띤에 머리 나샤 바ᄅᆞ 自쭝

性셩을 ᄉᆞᄆᆞᆺ 아ᄅᆞ샤 覺각地띵를 믄득 證징ᄒᆞ시게 호리라 ᄒᆞ야 [19앞]녯 글위레 講

강論론ᄒᆞ야 ᄀᆞ다ᄃᆞ마 다ᄃᆞᆮ게 至징極끅게 ᄒᆞ며 새 밍ᄀᆞ논 글위레 고텨 다시 더어

[19뒤]十씹二ᅀᅵᆼ部뿌ᇢ 修슈多당羅랑애 出츯入ᅀᅵᆸ호ᄃᆡ 곧 기튼 히미 업스며 ᄒᆞᆫ 두 句궁

를 [20앞]더으며 더러 ᄇᆞ리며 ᄲᅮ디 ᄆᆞᅀᆞᆷ다ᄫᆞ믈 닐윓 ᄀᆞ장 긔지ᄒᆞ야 疑ᅌᅴᆼ心심ᄃᆞ빈

고디 잇거든 모로매 너비 무루믈 브터 [21앞]먼 불휘를 求꿀ᄒᆞ야 다ᄃᆞ마 一ᅙᅵᆯ乘씽의 微밍妙묳ᄒᆞᆫ ᄠᅳ들 펴 ᄀᆞ장ᄒᆞ며 道똘理링ㅅ 굼글 ᄀᆞ다ᄃᆞ마 萬먼法법의 [21뒤]기픈 根ᄀᆞᆫ源원을 ᄉᆞᄆᆞᆺ게 코져 ᄇᆞ라노니 [22앞]글워리 經경이 아니며 經경이 부톄 아니라 道똘理링 닐온 거시 이 經경이오 道똘理링로 몸 사ᄆᆞ시니 이 부톄시니 [22뒤]이 經경 닐긇 사ᄅᆞ믄 光광明명을 두르혀 제 비취요미 貴귕ᄒᆞ고 숟가락 자ᄇᆞ며 筌쳔 두미 ᄀᆞ장 슬ᄒᆞ니라.

[23뒤]西솅天텬ㄷ 字쫑앳 經경이 노피 사햇거든 봃 사ᄅᆞ미 오히려 讀똑誦쑝ᄋᆞᆯ 어려비 너기거니와 우리 나랏 말로 옮겨 써 펴면 드릃 사ᄅᆞ미 다 시러 키 울월리니 [24뒤]그럴ᄊᆡ 宗종親친과 宰ᄌᆡᆼ相샹과 功공臣씬과 아ᅀᆞᆷ과 百ᄇᆡᆨ官관과 四ᄉᆞᆼ衆즁과 發ᄫᅡᇙ願원ㅅ 술위를 석디 아니호매 미며 德득本본을 그지업소매 심거 [25뒤]神씬靈령이 便뼌安ᅙᅡᆫᄒᆞ시고 百ᄇᆡᆨ姓셩이 즐기며 나랏 ᄀᆞ시 괴외ᄒᆞ고 福복이 구드며 時씽節졇이 便뼌安ᅙᅡᆫᄒᆞ고 녀르미 ᄃᆞ외며 福복이 오고 厄ᅙᆡᆨ이 스러디과뎌 ᄒᆞ노니 [26앞]우희 닐온 요ᄉᆞᆺ시예 ᄒᆞ욘 功공德득으로 實씷際곙예 도ᄅᆞ혀 向향ᄒᆞ야 一ᅙᅵᆯ切촁有ᅀᅮᇢ情쪙과 菩뽕提똉 彼빙岸안 [26뒤]ᄲᅵᆯ리 가고져 願원ᄒᆞ노라.

天텬順쓘 三삼年년 己긩卯묳 七칧月ᄝᅯᆯ 七칧日ᅀᅵᇙ 序쎵

御製(어제) 月印釋譜(월인석보) 序(서)

[1앞] 진실(眞實)의 근원(根源)이 비어 고요하고, 성지(性智)[1)]가 맑고 고요하며, [1뒤] 신비스러운 광명(光明)이 홀로 빛나고, 법신(法身)[2)]이 늘 있어서 [2앞] 색상(色相)[3)]이 한가지로 없으며, 능소(能所)[4)]가 다 없으니, [2뒤] 이미 나며 없어짐이 없는데, 어찌 가며 오는 것이 있으리오?

[3앞] (중생들에게) 오직 망량(妄量)된 마음이 문득 일어나게 되면 식경(識境)[5)]이 다투어서 움직여서 나므로, [3뒤] 연(緣)[6)]을 붙당기어 가져서 (그 연에) 의지하여 항상 업보(業報)[7)]에 매이어, [4앞] 진실(眞實)의 각(覺)[8)]을 긴 밤에 어둡게 하며, 지혜(智慧)의 눈을 긴 겁(劫)[9)]에 눈멀게 하여, [4뒤] 여섯 길(六道)[10)]에 휘돌아다녀서 잠깐도 머물지 못하며, 여덟 수고(受苦)[11)]에 들볶여서 능(能)히 (수고를) 벗지 못하므로, [5뒤] 우리 부처 여래(如來)가 비록 묘진정신(妙眞淨身)[12)]이 상적광토(常寂光土)[13)]에 사

---

1) 성지(性智): 타고난 지혜이다.
2) 법신(法身): 법신은 불법의 이치와 일치하는 부처의 몸을 이른다. 곧, 현실로 출현하는 부처님을 초월한 영원한 부처의 본체이다.
3) 색상(色相): '색(色)'은 '빛(光)'을 이르고, '상(相)'은 '모습'을 이른다. 곧, '색상'은 빛깔과 형태가 있는 신상(身相)인데, 형체가 없는 법신(法身)에 대립되는 말이다.
4) 능소(能所): '能(능)'과 '所(소)'를 아울러 이르는 말이다. '능(能)'은 작용하는 주체(능동적인 것)이고, '소(所)'는 작용을 받는 객체(피동적인 것)이다.
5) 식경(識境): 어떤 일에 대하여 인식하는 마음의 작용이다.
6) 연(緣): '攀緣(반연)'이다. 속된 일에 이끌리는 것이다.
7) 업보(業報): 업보. 전생에 지은 선악에 따라 현재의 행과 불행이 있고, 현세에서의 선악의 결과에 따라 내세에서 행과 불행이 있는 일이다.
8) 각(覺): 깨달음이다.
9) 겁(劫): 천지가 한번 개벽한 뒤부터 다음 개벽할 때까지의 기간을 말한다. 헤아릴 수 없는 아득하게 긴 시간이다.
10) 육도(六道): 육도. 불교에서 깨달음을 얻지 못한 무지한 중생이 윤회전생(輪廻轉生)하게 되는 6가지 세계 또는 경계이다. 망자가 죽어서 가게 되는 곳 중에 가장 좋지 못한 곳인 삼악도(三惡道)는 지옥도(地獄道), 아귀도(餓鬼道), 축생도(畜生道)이다. 반면에 선인(善人)이 죽어서 가는 삼선도(三善道)는 아수라도(阿修羅道) 또는 수라도, 인간도(人間道), 천상도(天上道)가 있다.
11) 여덟 受苦(수고): 사람이 세상에서 면하기 어렵다고 하는 여덟 가지 괴로움이다. 곧 '생고(生苦), 노고(老苦), 병고(病苦), 사고(死苦), 애별리고(愛別離苦), 원증회고(怨憎會苦), 구부득고(求不得苦), 오음성고(五陰盛苦)'를 이른다.

시나, ^{[6앞} 본래(本來)의 비원(悲願)¹⁴⁾으로 무연자(無緣慈)¹⁵⁾를 움직이게 하시어 신통력(神通力)을 나타내시어, 우리 부처의 ^{[6뒤} 이름이 천인사(天人師)¹⁶⁾이시며 일컫는 것이 일체지(一切智)¹⁷⁾이시어, ^{[7앞} 큰 위광(威光)¹⁸⁾을 펴시어 마병중(魔兵衆)¹⁹⁾을 헐어버리시고, 삼승(三乘)²⁰⁾을 크게 여시며 팔교(八敎)²¹⁾를 널리 퍼뜨리시어, ^{[7뒤} (그 팔교가) 육합(六合)²²⁾에 적시시며 시방(十方)²³⁾에 적시시어, ^{[8앞} 말씀마다 그지없는 미묘(微妙)한 뜻을 모두 잡으시고 구(句)마다 항사법문(恒沙法門)²⁴⁾을 머금으시어, ^{[8뒤} 해탈문(解脫門)²⁵⁾을 여시어 (중생을) 정법해(淨法海)²⁶⁾에 들이시니, ^{[9앞} 인천(人

---

12) 묘진정신(妙眞淨身): 나쁜 짓으로 지은 허물이나 번뇌(煩惱)의 더러움에서 벗어나서, 불법의 이치와 일치하는 깨끗한 부처의 몸을 이른다.

13) 상적광토(常寂光土): 사토(四土) 중의 하나로서, 부처가 머무는 진리의 세계 또는 깨달음의 세계를 이르는 말이다.

14) 비원(悲願): 부처와 보살의 자비심에서 우러난 중생 구제의 소원이다. 아미타불의 48원(願)과 약사여래의 12원 따위가 있다.

15) 무연자(無緣慈): 무연자. 무연자비(無緣慈悲)이다. 무연자비는 삼연자비(三緣慈悲)의 하나인데, 부처가 모든 중생에게 차별 없이 베푸는 절대 평등의 자비이다.

16) 천인사(天人師): '부처'를 달리 이르는 말로서, 여래십호(如來十號)의 하나이다. 곧 하늘과 인간 세상의 모든 중생들의 스승이라는 뜻으로 쓰이는 말이다.

17) 일체지(一切智): 현상계의 모든 존재의 각기 다른 모습과 그 속에 감추어져 있는 참모습을 알아내는 부처의 지혜이다. '一切種智(일체종지)'라고도 한다.

18) 위광(威光): 감히 범하기 어려운 위엄과 권위이다.

19) 마병중(魔兵衆): 마귀(魔鬼)의 병사들이다.

20) 삼승(三乘): 중생을 열반에 이르게 하는 세 가지 교법이다. 성문승(聲聞乘), 독각승(獨覺乘), 보살승(菩薩乘)이 있다. 성문승(聲聞乘)은 부처의 설법을 듣고 아라한의 깨달음을 얻게 하는 교법을 이른다. 독각승(獨覺乘)은 홀로 수행하여 깨달음의 경지에 이르는 교법을 이른다. 보살승(菩薩乘)은 보살이 큰 서원(誓願)을 세워 위로 보리를 구하고 아래로 중생을 교화하는 교법을 이른다.

21) 팔교(八敎): '화의사교(化儀四敎)'와 '화법사교(化法四敎)'를 통틀어 이르는 말이다. '화의사교'는 설법의 형식에 따라 넷으로 나눈 부처의 가르침이며, '화법사교'는 내용에 따라 네 가지로 분류한 석가모니의 가르침이다.

22) 육합(六合): 천지와 사방을 통틀어 이르는 말로서, 하늘과 땅, 동·서·남·북이다.

23) 시방(十方): 사방(四方), 사우(四隅), 상하(上下)를 통틀어 이르는 말이다. 여기서 '사방(四方)'은 동, 서, 남, 북이며, '사우(四隅)'는 동남, 동북, 서남, 서북을 이른다.

24) 항사법문(恒沙法門): '항사법문恒(沙法門)'은 갠지즈 강의 모래알과 같이 수많은, 불경 속의 글을 이르는 말이다.

25) 해탈문(解脫門): 열반에 들어가는 문(門)인 세 가지 선정(禪定)을 통틀어 이르는 말이다. 공해탈문(空解脫門), 무상해탈문(無相解脫門), 무작해탈문(無作解脫門)의 세 가지가 있다.

26) 정법해(淨法海): 부처의 교법(敎法)을 바다에 비유한 말이다.

天)²⁷⁾을 건져 내시며 사생(四生)²⁸⁾을 건져 제도(濟度)하신 공덕(功德)을 (어찌) 능(能)히 다 기리리오?

[9뒤] (이와 같은 세존의 공덕을 기리는 것은) 천룡(天龍)²⁹⁾이 서원(誓願)³⁰⁾하시어 유통(流通)³¹⁾하시는 바이시며, 국왕(國王)³²⁾이 (세종에게서) 부촉(付囑)³³⁾ 받아 옹호(擁護)³⁴⁾하는 바이니, [10앞] 예전에 병인년(丙寅年)³⁵⁾에 소헌왕후(昭憲王后)³⁶⁾가 영양(榮養)³⁷⁾을 빨리 버리시거늘, [10뒤] 고통스러워서 슬퍼하여 (내가 어찌) 할 바를 알지 못하였더니, [11앞] 세종(世宗)이 나에게 이르시되, "추천(追薦)³⁸⁾이 전경(轉經)³⁹⁾ 만한 것이 없으니, 네가 석보(釋譜)⁴⁰⁾를 만들어 번역(翻譯)하는 것이 마땅하니라." 하시거늘, [11뒤] 내가 자명(慈命)⁴¹⁾을 받아 더욱 생각함을 [12앞] 넓게 하여, 승우(僧祐)⁴²⁾와

---

27) 인천(人天): 인간계와 천상계의 중생이다.

28) 사생(四生): 사생. 생물이 태어나는 네 가지 형태이다. 태생(胎生), 난생(卵生), 습생(濕生), 화생(化生)이 있다.

29) 천룡(天龍): 불법을 지키는 여덟 신장(神將) 가운데 제천(諸天)과 용신(龍神)을 이른다. 제천은 천상계의 모든 천신(天神)이며, 용신은 바다에 살며 비와 물을 맡고 불법을 수호하는 용 가운데의 임금(龍王)이다.

30) 서원(誓願): 신불(神佛)이나 자기 마음속에 맹세하여 소원을 세우는 것이나 또는 그 소원을 이른다.

31) 유통(流通): 막힘이 없이 흘러 통하는 것이다.

32) 국왕(國王): 국왕은 세종(世宗)의 부촉을 받아서 『석보상절』을 짓게 된 세조(世祖) 자신을 이른다.

33) 부촉(付囑): 부탁하여 맡기는 것이다.

34) 옹호(擁護): 두둔하고 편들어 지키는 것이다.

35) 병인년(丙寅年): 1446년(세종 28년)이다.

36) 소헌왕후(昭憲王后): 조선 세종의 비(1395~1446년)이자 문종(文宗)과 세조(世祖)의 어머니이다.

37) 영양(榮養): 지위가 높아지고 명망을 얻어 부모를 영화롭게 잘 모시는 것이다.

38) 추천(追薦): 죽은 사람의 넋의 괴로움을 덜고 명복을 축원하려고 선근 복덕(善根福德)을 닦아 그 공덕을 회향함을 이른다. 여기서는 세종의 정비이며 수양대군의 친모인 소헌왕후(昭憲王后) 심씨(沈氏)의 명복을 비는 추천을 이른다.

39) 전경(轉經): 전경(轉經)은 원래 불교에서 기복(祈福)을 목적으로 한 독경(讀經)을 하는 종교 의식(儀式)이다. 그러나 여기서 '전경'은 불경을 훈민정음의 글자로 번역하는 것을 이른다.

40) 석보(釋譜): 석보. 석가모니의 일대기이다.

41) 자명(慈命): 자애로운 명령이다. 곧 세조의 부왕인 세종이 수양대군에게 내린 명령이다.

42) 승우(僧祐): 중국 남북조(南北朝)시절 남제의 승려이다(435~518년). 율(律)을 강설하여 명성을 떨쳤다. 불교의 역사적 연구에 뜻을 두어 경전 목록집인 『출삼장기집(出三藏記集)』과 논쟁 자료 모음집인 『홍명집(弘明集)』, 석가모니의 연보인 『석가보(釋迦譜)』 등을 남겼다.

도선(道宣)⁴³⁾ 두 율사(律師)⁴⁴⁾가 각각(各各) 보(譜)⁴⁵⁾를 만든 것이 있거늘, (내가 보를) 얻어 보되 상략(詳略)⁴⁶⁾이 한 가지가 아니거늘, ^[12뒤]두 글월을 어울러서 『석보상절(釋譜詳節)』을 만들어 이루고 정음(正音)⁴⁷⁾으로 번역(翻譯)하여 사람마다 쉽게 알게 하여, ^[13앞](세종께) 진상(進上)하니 (세종께서) 보는 것(監修, 감수)을 주시고 곧 찬송(讚頌)을 지으시어 이름을 '월인천강(月印千江)'이라 하시니, ^[13뒤]이제 와서 존봉(尊奉)⁴⁸⁾함을 어찌 누그러뜨리오? ^[14앞]근간(近間)에 가액(家厄)⁴⁹⁾을 만나 맏아들이 요절(夭折)하여 없어지니, 부모(父母)의 뜻은 ^[14뒤]천성(天性)에 근원(根源)한 것이라, 슬픈 마음을 움직이는 것이 어찌 오래며 가까움에 다르리오?

^[15앞]내가 생각하되, "삼도(三途)⁵⁰⁾의 수고(受苦)에서 벗어나고자 하며 (삼도의 수고에서) 나가서 떨쳐 버릴 도(道)를 구(求)하고자 하면, 이것⁵¹⁾을 버리고 어디에 의지하리오?" ^[15뒤]요의(了義)⁵²⁾를 전(轉)⁵³⁾하며 이룬 것이 비록 이미 많으나, ^[16앞](내가) 생각하되 "이 『월인석보(月印釋譜)』는 선고(先考)⁵⁴⁾께서 지으신 것이니, 의연(依然)⁵⁵⁾하여 상로(霜露)⁵⁶⁾에 북받치어 더욱 슬퍼하노라.

---

43) 도선(道宣): 중국 당나라 때의 승려이다(596~667년). 남산종(南山宗)의 창시자로 각지에서 율(律)을 설법하고, 경전 한역 사업에 참여하였다. 『사분율행사초(四分律行事鈔)』, 『속고승전(續高僧傳)』, 『광홍명집(廣弘明集)』, 『석가씨보(釋迦氏譜)』 등의 저서를 남겼다.

44) 율사(律師): 계율에 정통한 승려이다.

45) 보(譜): 조상으로부터 한 가문이 갈라져 나오게 된 계통을 순서대로 기록한 것이다. 여기서는 승우(僧祐)가 만든 『석가보』와 도선(僧祐)이 만든 『석가씨보』를 이른다.

46) 상략(詳略): 상세하고 간략한 것이다.

47) 정음(正音): 훈민정음(訓民正音) 글자이다.

48) 존봉(尊奉): 존경하여 높이 받드는 것이다.

49) 가액(家厄): 집안에서 일어난 재앙이다. 이는 세조의 맏아들인 '의경세자(懿敬世子)'가 스무 살 때(1457년, 세조 3)에 죽은 것을 이른다.

50) 삼도(三途): 악인이 죽어서 가는 세 가지의 괴로운 세계로, 지옥도, 축생도, 아귀도이다.

51) 이것: 석보(釋譜)를 만드는 것이다.

52) 요의(了義): 불법(佛法)의 도리(=대승교)를 명백하고 완전하게 설명한 것이다.

53) 전(轉): 경전을 한문이나 훈민정음으로 번역하는 것이다.

54) 선고(先考): 돌아가신 자기 아버지를 남에게 이르는 말이다. '세종'을 이른다.

55) 의연(依然): 전과 다름없이 비슷한 것이다.

56) 상로(霜露): '상로지사(霜露之思)'의 준말이다. 무덤에 서리와 이슬이 내렸을 것을 생각한다. 곧, 부모의 죽음을 슬퍼함을 이르는 말이다.

[17앞 우러러 율추(聿追)⁵⁷⁾를 생각하면 모름지기 일(事)을 마저 이루는 것을 먼저 할 것이니, 만기(萬幾)⁵⁸⁾가 비록 많으나 어찌 겨를이 없으리오? 자지 아니하며 음식(飮食)을 잊어 해(年)가 [17뒤 다하며 날(日)을 이어, [18앞 위로 부모(父母)의 선가(仙駕)⁵⁹⁾를 위하고 망아(亡兒)⁶⁰⁾를 겸하여 위(爲)하여, (부모께서) 빨리 지혜(智慧)의 [18뒤 구름을 타시어 제진(諸塵)⁶¹⁾에서 멀리 (떨어져서) 나시어, 바로 자성(自性)⁶²⁾을 꿰뚫어 아시어 각지(覺地)⁶³⁾를 문득 증(證)하시게⁶⁴⁾ 하리라." 하여, [19앞 옛날의 글월⁶⁵⁾에 강론(講論)⁶⁶⁾하여 가다듬어 (진리에) 다다르게 지극(至極)하게 하며, 새로 만든 글월⁶⁷⁾에 고쳐 다시 더하여 [19뒤 십이부(十二部)의 수다라(修多羅)⁶⁸⁾에 출입(出入)하되 곧 남은 힘이 없으며, 한두 [20앞 구(句)를 더하며 덜어 버리며 쓰되(用) 마음을 다할 때까지 기한을 정하여, 의심(疑心)되는 곳이 있으면 반드시 널리 묻는 것을 의지하여서, [21앞 먼 뿌리를 구(求)하여 다듬어 일승(一乘)⁶⁹⁾의 미묘(微妙)한 뜻을 펴서 끝까지 다하며, 도리(道理)의 구멍을 가다듬어 만법(萬法)⁷⁰⁾의 [21뒤 깊은 근원(根源)을 꿰뚫게 하고자 바라니, [22앞 글월이 경(經)이 아니며 경(經)이 부처가 아니라, 도리(道理)를 이른 것이 (이것이) 바로 경(經)이요 도리(道理)로 몸

---

57) 율추(聿追): 선왕(先王, 세종)의 뜻을 뒤미쳐서 좇는 것이다.

58) 만기(萬幾): 임금이 보는 여러 가지 정무이다.

59) 선가(仙駕): 죽은 사람을 이르는 말이다. 영가(靈駕)라고도 한다.

60) 망아(亡兒): 죽은 아이이다.

61) 제진(諸塵): 많은 티끌이다. 번거롭고 속된 세상을 비유적으로 표현한 말이다.

62) 자성(自性): 모든 법(法)이 갖추고 있는, 변하지 않는 본성이다.

63) 각지(覺地): 부처의 지위, 곧 성불(成佛)의 자리이다.

64) 證(증)하다: 따져서 알다, 깨닫다.

65) 옛날의 글월: 세종이 승하하기 전에, 세종이 지은 『월인천강지곡』과 수양대군이 지은 『석보상절』의 글을 이른다.

66) 강론(講論): 사물의 이치를 강석(講釋)하고 토론(討論)하는 것이다.

67) 새로 만든 글월 : 수양대군이 지은 『석보상절』과 세종이 지은 『월인천강지곡』을 합본한 책의 초고의 글을 이른다. 이 초고의 글을 다듬고 수정하여 『월인석보』를 완성한 일을 말한다.

68) 수다라(修多羅): 부처님의 가르침을 그 경문의 성질과 형식에 따라서 열두 부문으로 나눈 것이 '십이부경(十二部經)'인데, 12부 중의 첫 부분이 '수다라'이다.

69) 일승(一乘): 모든 중생이 부처와 함께 성불한다는 석가모니의 교법이다. 일체(一切) 것이 모두 부처가 된다는 법문이다.

70) 만법(萬法): 우주(宇宙)에 존재하는 온갖 법도(法度)이다.

을 삼으시는 것이 (이것이) 바로 부처이시니, ^[22뒤]이 경(經)을 읽을 사람은 광명(光明)을 돌이켜서 스스로 비추는 것이 귀(貴)하고, 손가락을 잡으며 전(筌)⁷¹⁾을 두는 것이 가장 싫으니라.

^[23뒤] 서천(西天)⁷²⁾의 글자(字)로 적은 경(經)이 높이 쌓여 있는데 보는 사람이 오히려 독송(讀誦)을 어렵게 여기거니와, 우리나라의 말로 옮겨 써서 펴면 듣는 사람이 다 능히 크게 우러르겠으니, ^[24뒤]그러므로 종친(宗親)⁷³⁾과 재상(宰相)과 공신(功臣)⁷⁴⁾과 친척(親戚)과 백관(百官)⁷⁵⁾, 사중(四衆)⁷⁶⁾과 (더불어서) 발원(發願)⁷⁷⁾의 수레를 썩지 아니하게 매며, 덕본(德本)⁷⁸⁾을 그지없이 심어서, ^[25뒤]신령(神靈)이 편안(便安)하시고 백성(百姓)이 즐기며 나라의 주변이 조용하고 복(福)이 굳으며 시절(時節)이 편안(便安)하고 농사가 (잘) 되며 복(福)이 오고 액(厄)⁷⁹⁾이 사라지게 하고자 하니, ^[26앞]위에 말한 요사이에 행한 공덕(功德)으로 실제(實際)⁸⁰⁾에 돌이켜서 (실제에) 향(向)하여, 일체(一切)의 유정(有情)⁸¹⁾과 (함께) 보리(菩提)⁸²⁾의 피안(彼岸)⁸³⁾에 ^[26뒤]빨리 가고자 원(願)하노라.

천순(天順)⁸⁴⁾ 삼년(三年)⁸⁵⁾ 을유(己卯) 칠월(七月) 칠일(七日) 서(序)⁸⁶⁾

---

71) 전(筌): 통발. 대오리로 엮어 만든 고기를 잡는 제구이다.

72) 서천(西天): 부처가 나신 나라, 곧 인도(印度)이다.

73) 종친(宗親): 임금의 친족이다.

74) 공신(功臣): 나라를 위하여 특별한 공을 세운 신하이다.

75) 백관(百官): 모든 벼슬아치이다.

76) 사중(四衆): 부처의 네 종류 제자, 곧 비구, 비구니, 우바새, 우바이이다.

77) 발원(發願): 신이나 부처에게 소원을 비는 것이나, 또는 그 소원을 이른다.

78) 덕본(德本): 온갖 선을 낳는 근본이다. 욕심부리지 않음, 성내지 않음, 어리석지 않음 따위다.

79) 액(厄): 모질고 사나운 운수이다.

80) 실제(實際): 허망(虛妄)을 떠난 열반의 깨달음, 또는 진여(眞如)의 이체(理體)이다.

81) 유정(有情): 살아 있는 모든 중생이다.

82) 보리(菩提): 불교 최고의 이상인 불타(佛陀) 정각(正覺)의 지혜이다.

83) 피안(彼岸): 사바세계(娑婆世界)의 저쪽에 있는 깨달음의 세계이다. 혹은 이승의 번뇌를 해탈하여 열반의 세계에 도달한 경지이다.

84) 천순(天順): 중국 명나라 영종(英宗) 때의 연호(1457~1464년)이다.

85) 삼년(三年): 천순 삼 년은 1459년(세조 5년)이다.

86) 序: 서. 서문(序文)을 쓰다.

[부록 2] 문법 용어의 풀이*

1. 품사

한 언어에 속하는 수많은 단어를 문법적인 특징에 따라서 갈래지어서 그 범주를 설정한 것이다.

가. 체언

'체언(體言, 임자씨)'은 어떠한 대상의 이름이나 수량(순서)을 나타내거나 명사를 대신하는 단어들의 부류들이다. 이러한 체언에는 '명사', '대명사', '수사'가 있다.

① 명사(명사): 어떠한 '대상, 일, 상황' 등의 이름을 나타내는 단어이다.
　•자립 명사: 문장 내에서 관형어의 도움 없이 홀로 쓰일 수 있는 명사이다.

　　(1) ㄱ. 國은 <u>나라히라</u> (<u>나라ㅎ</u> + -이- + -다)　　　　　　　[훈언 2]
　　　　 ㄴ. 國(국)은 나라이다.

　•의존 명사(의명): 홀로 쓰일 수 없어서 반드시 관형어와 함께 쓰이는 명사이다.

　　(2) ㄱ. 어린 百姓이 니르고져 홇 <u>배</u> 이셔도 (<u>바</u> + -이)　　　[훈언 2]
　　　　 ㄴ. 어리석은 百姓(백성)이 이르고자 할 바가 있어도…

② 인칭 대명사(인대): 사람을 직시하거나 대용하는 대명사이다.

　　(3) ㄱ. <u>내</u> 太子를 섬기ᅀᆞᄫᅩ딕 (<u>나</u> + -이)　　　　　　　　[석상 6:4]
　　　　 ㄴ. 내가 太子(태자)를 섬기되…

＊ 이 책에서 사용된 문법 용어와 약어에 대하여는 '도서출판 경진'에서 간행한 『학교 문법의 이해 2(2015)』와 '교학연구사'에서 간행한 『중세 국어 문법의 이해: 이론편, 주해편, 강독편 (2015)』의 내용을 참조하기 바란다.

③ 지시 대명사(지대): 명사를 직접 가리키거나 대용하는 말이다.

    (4) ㄱ. 내 이룰 爲ᄒᆞ야 어엿비 너겨 (이 + -룰)　　　　　　[훈언 2]

        ㄴ. 내가 이를 위하여 불쌍히 여겨…

④ 수사(수사): 사람이나 사물의 수량이나 차례를 나타내는 체언이다.

    (5) ㄱ. 點이 둘히면 上聲이오 (둘ㅎ + -이- + -면)　　　　　　[훈언 14]

        ㄴ. 點(점)이 둘이면 上聲(상성)이고…

나. 용언

'용언(用言, 풀이씨)'은 문장 속에서 서술어로 쓰여서 주어로 표현되는 대상(주체)의 움직임이나 상태, 혹은 존재의 유무(有無)를 풀이한다. 이러한 용언에는 문법적 특징에 따라서 '동사'와 '형용사', '보조 용언' 등으로 분류한다.

① 동사(동사): 주어로 쓰인 대상의 움직임을 표현하는 용언이다. 동사에는 목적어를 취하는 타동사(= 타동)와 목적어를 취하지 않는 자동사(= 자동)가 있다.

    (6) ㄱ. 衆生이 福이 다ᄋ거다 (다ᄋ- + -거- + -다)　　　　[석상 23:28]

        ㄴ. 衆生(중생)이 福(복)이 다했다.

    (7) ㄱ. 어마님이 毘藍園을 보라 가시니 (보- + -라)　　　　[월천 기17]

        ㄴ. 어머님이 毘藍園(비람원)을 보러 가셨으니.

② 형용사(형사): 주어로 표현되는 대상의 성질이나 상태를 풀이하는 용언이다.

    (8) ㄱ. 이 東山ᄋᆞᆫ 남기 됴ᄒᆞᆯᄊᆡ (둏- + -ᄋᆞᆯᄊᆡ)　　　　[석상 6:24]

        ㄴ. 이 東山(동산)은 나무가 좋으므로…

③ 보조 용언(보용): 문장 안에서 홀로 설 수 없어서 반드시 그 앞의 다른 용언에 붙어서 문법적인 뜻을 더해 주는 기능을 하는 용언이다.

    (9) ㄱ. 勞度差ㅣ 또 ᄒᆞᆫ 쇼를 지ᅀᅥ 내니 (내- + -니)　　　　[석상 6:32]

        ㄴ. 勞度差(노도차)가 또 한 소(牛)를 지어 내니…

다. 수식언

'수식언(修飾言, 꾸밈씨)'은 체언이나 용언 등을 수식(修飾)하면서 그 의미를 한정(限定)한다. 이러한 수식언으로는 '관형사'와 '부사'가 있다.

① 관형사(관사): 체언을 수식하면서 체언의 의미를 제한(한정)하는 단어이다.

    (10) ㄱ. 녯 대예 새 竹筍이 나며   [금삼 3:23]

          ㄴ. 옛날의 대(竹)에 새 竹筍(죽순)이 나며…

② 부사(부사): 특정한 용언이나 부사, 관형사, 체언, 절, 문장 등 여러 가지 문법적인 단위를 수식하여, 그들 문법적 단위의 의미를 한정하거나 특정한 말을 다른 말에 이어 준다.

    (11) ㄱ. 이거시 더듸 뻐러딜식   [두언 18:10]

          ㄴ. 이것이 더디게 떨어지므로

    (12) ㄱ. 반ᄃᆞ기 甘雨ㅣ ᄂᆞ리리라   [월석 10:122]

          ㄴ. 반드시 甘雨(감우)가 내리리라.

    (13) ㄱ. ᄒᆞ다가 술옷 몯 먹거든 너덧 번에 ᄂᆞ화 머기라   [구언 1:4]

          ㄴ. 만일 술을 못 먹거든 너덧 번에 나누어 먹이라.

    (14) ㄱ. 道國王과 밋 舒國王은 實로 親ᄒᆞᆫ 兄弟니라   [두언 8:5]

          ㄴ. 道國王(도국왕) 및 舒國王(서국왕)은 實(실로)로 親(친)한 兄弟(형제)이니라.

라. 독립언

감탄사(감탄사): 문장 속의 다른 말과 문법적인 관계를 맺지 않고 독립적으로 쓰인다.

    (15) ㄱ. 의 丈夫ㅣ여 엇뎨 衣食 爲ᄒᆞ야 이 ᄀᆞᆮ호매 니르뇨   [법언 4:39]

          ㄴ. 아아, 丈夫여, 어찌 衣食(의식)을 爲(위)하여 이와 같음에 이르렀느냐?

    (16) ㄱ. 舍利佛이 ᄉᆞᆲ보ᄃᆡ 엥 올ᄒᆞ시이다   [석상 13:47]

          ㄴ. 舍利佛(사리불)이 사뢰되, "예, 옳으십니다."

2. 불규칙 용언

용언의 활용에는 어간이나 어미가 불규칙적으로 바뀌어서(개별적으로 교체되어) 일반적인 변동 규칙으로는 설명할 수 없는 것이 있다. 이처럼 불규칙하게 활용하는 용언을 '불규칙 용언'이라고 한다. 여기서는 'ㄷ 불규칙 용언, ㅂ 불규칙 용언, ㅅ 불규칙 용언'만 별도로 밝힌다.

① 'ㄷ' 불규칙 용언(ㄷ불): 어간이 /ㄷ/으로 끝나는 용언 중에는, 어간에 모음으로 시작하는 어미가 붙어서 활용할 때에, 어간의 끝 소리 /ㄷ/이 /ㄹ/로 바뀌는 용언이다.

> (1) ㄱ. 甁의 므를 <u>기러</u> 두고사 가리라 (긷- + -어)　　　　　[월석 7:9]
>
> ㄴ. 甁(병)에 물을 길어 두고야 가겠다.

② 'ㅂ' 불규칙 용언(ㅂ불): 어간이 /ㅂ/으로 끝나는 용언 중에는, 어간에 모음으로 시작하는 어미가 붙어서 활용할 때에, 어간의 끝 소리 /ㅂ/이 /ㅸ/으로 바뀌는 용언이다.

> (2) ㄱ. 太子ㅣ 性 <u>고ᄫᆞ샤</u> (곱- + -ᄋᆞ시- + -아)　　　　　[월석 21:211]
>
> ㄴ. 太子(태자)가 性(성)이 고우시어…
>
> (3) ㄱ. 벼개 노피 벼여 <u>누우니</u> (눕- + -으니)　　　　　[두언 15:11]
>
> ㄴ. 베개를 높이 베어 누우니…

③ 'ㅅ' 불규칙 용언(ㅅ불): 어간이 /ㅅ/으로 끝나는 용언 중에는, 어간에 모음으로 시작하는 어미가 붙어서 활용할 때에, 어간의 끝 소리인 /ㅅ/이 /ㅿ/으로 바뀌는 용언이다.

> (4) ㄱ. (道士ᄃᆞᆯ히) … 表 <u>지ᅀᅥ</u> 엳ᄌᆞᄫᆞ니 (짓- + -어)　　　　　[월석 2:69]
>
> ㄴ. 道士(도사)들이 … 表(표)를 지어 여쭈니…

3. 어근

어근은 단어 속에서 중심적이면서 실질적인 의미를 나타내는 실질 형태소이다.

    (1) ㄱ. 굴가마괴 (굴- + ㄱ마괴), 싀어미 (싀- + 어미)

       ㄴ. 무덤 (묻- + -엄), 늘개 (늘- + -개)

    (2) ㄱ. 밤낮 (밤 + 낮), 뿔밥 (뿔 + 밥), 불뭇골 (불무 + -ㅅ + 골)

       ㄴ. 검븕다 (검- + 븕-), 오ᄅ느리다 (오ᄂ- + ᄂ리-), 도라오다 (돌- + -아 + 오-)

- 불완전 어근(불어): 품사가 불분명하며 단독으로 쓰이는 일이 없고, 다른 말과의 통합에 제약이 많은 특수한 어근이다(= 특수 어근, 불규칙 어근).

    (3) ㄱ. 功德이 이러 <u>당다이</u> 부톄 ᄃ외리러라 (당당 + -이)   [석상 19:34]

       ㄴ. 功德(공덕)이 이루어져 마땅히 부처가 되겠더라.

    (4) ㄱ. 그 부텨 <u>住</u>ᄒ신 ᄯ해 ⋯ 常寂光이라 (<u>住</u> + -ᄒ- + -시- + -ㄴ) [월석 서:5]

       ㄴ. 그 부처가 住(주)하신 땅이 이름이 常寂光(상적광)이다.

4. 파생 접사

접사 중에서 어근에 새로운 의미를 더하거나 단어의 품사를 바꿈으로써, 새로운 단어를 만들어 주는 것을 '파생 접사'라고 한다.

가. 접두사(접두)

접두사는 어근의 앞에 붙어서 새로운 단어를 형성하는 파생 접사이다.

    (1) ㄱ. 아ᅀ와 <u>아촌</u>아ᄃᆞᆯ왜 비록 이시나 (<u>아촌</u>- + 아ᄃᆞᆯ)   [두언 11:13]

       ㄴ. 아우와 조카가 비록 있으나⋯

나. 접미사(접미)

접미사는 어근의 뒤에 붙어서 새로운 단어를 형성하는 파생 접사이다.

① 명사 파생 접미사(명접): 어근에 뒤에 붙어서 명사를 파생하는 접미사이다.

   (2) ㄱ. ᄇᆞᄅᆞᆷ가비(ᄇᆞᄅᆞᆷ + -가비), 무덤(묻- + -음), 노픽(높- + -이)

      ㄴ. 바람개비, 무덤, 높이

② 동사 파생 접미사(동접): 어근의 뒤에 붙어서 동사를 파생하는 접미사이다.

   (3) ㄱ. 풍류ᄒᆞ다(풍류 + -ᄒᆞ- + -다), 그르ᄒᆞ다(그르 + -ᄒᆞ- + -다), ᄀᆞ믈다(ᄀᆞ믈
      + -∅- + -다)

      ㄴ. 열치다, 벗기다 ; 넓히다 ; 풍류하다 ; 잘못하다 ; 가물다

③ 형용사 파생 접미사(형접): 어근의 뒤에 붙어서 형용사를 파생하는 접미사이다.

   (4) ㄱ. 녇갑다(녙- + -갑- + -다), 골ᄑᆞ다(곯- + -ᄇᆞ- + -다), 受苦ᄅᆞᆸ다(受苦 + -
      ᄅᆞᆸ- + -다), 외ᄅᆞᆸ다(외 + -ᄅᆞᆸ- + -다), 이러ᄒᆞ다(이러 + -ᄒᆞ- + -다)

      ㄴ. 얕다, 고프다, 수고롭다, 외롭다

④ 사동사 파생 접미사(사접): 어근의 뒤에 붙어서 사동사를 파생하는 접미사이다.

   (5) ㄱ. 밧기다(밧- + -기- + -다), 너피다(넙- + -히- + -다)

      ㄴ. 벗기다, 넓히다

⑤ 피동사 파생 접미사(피접): 어근의 뒤에 붙어서 피동사를 파생하는 접미사이다.

   (6) ㄱ. 두피다(둪- + -이- + -다), 다티다(닫- + -히- + -다), 담기다(담- + -기-
      + -다), 둠기다(둠- + -기- + -다)

      ㄴ. 덮이다, 닫히다, 담기다, 잠기다

⑥ 관형사 파생 접미사(관접): 어근의 뒤에 붙어서 부사를 파생하는 접미사이다.

   (7) ㄱ. 모든(몯- + -은), 오은(오올- + -ㄴ), 이런(이러- + -ㄴ)

      ㄴ. 모든, 온, 이런

⑦ 부사 파생 접미사(부접): 어근의 뒤에 붙어서 부사를 파생하는 접미사이다.

(8) ㄱ. 몯내(몯 + -내), 비르서(비릇- + -어), 기리(길- + -이), 그르(그르- + -∅)

　　　ㄴ. 못내, 비로소, 길이, 그릇

⑧ 조사 파생 접미사(조접): 어근의 뒤에 붙어서 조사를 파생하는 접미사이다.

(9) ㄱ. 阿鼻地獄브터 有頂天에 니르시니 (븥- + -어)　　　　　[석상 13:16]

　　　ㄴ. 阿鼻地獄(아비지옥)부터 有頂天(유정천)에 이르시니…

⑨ 강조 접미사(강접): 어근의 뒤에 붙어서 강조의 뜻을 더하면서 새로운 단어를 파생하는 접미사이다.

(10) ㄱ. 니르왇다(니르- + -왇- + -다), 열티다(열- + -티- + -다), 니ᄅ혀다(니ᄅ- + -혀- + -다)

　　　ㄴ. 받아일으키다, 열치다, 일으키다

⑩ 높임 접미사(높접): 어근의 뒤에 붙어서 높임의 뜻을 더하면서 새로운 단어를 파생하는 접미사이다.

(11) ㄱ. 아바님(아비 + -님), 어마님(어미 + -님), 그듸(그+ -듸), 어마님내(어미 + -님 + -내), 아기씨(아기 + -씨)

　　　ㄴ. 아버님, 어머님, 그대, 어머님들, 아기씨

5. 조사

'조사(助詞, 관계언)'는 주로 체언에 결합하여, 그 체언이 문장 속의 다른 단어와 맺는 관계를 나타내거나 특별한 뜻을 더해 주는 단어이다.

가. 격조사

그 앞에 오는 말이 문장 안에서 일정한 문장 성분으로서의 기능함을 나타내는 조사이다.

① 주격 조사(주조): 주어로서 기능하는 것을 나타내는 격조사이다.

(1) ㄱ. 부텻 모미 여러 가짓 相이 ㄱㅈ샤 (몸 + -이)　　　　　[석상 6:41]

ㄴ. 부처의 몸이 여러 가지의 相(상)이 갖추어져 있으시어…

② 서술격 조사(서조): 서술어로서 기능하는 것을 나타내는 격조사이다.

(2) ㄱ. 國은 나라히라 (나라ㅎ + -이- + -다)　　　　　[훈언 1]

ㄴ. 國(국)은 나라이다.

③ 목적격 조사(목조): 목적어로서 기능하는 것을 나타내는 격조사이다.

(3) ㄱ. 太子를 하늘히 굴히샤 (太子 + -를)　　　　　[용가 8장]

ㄴ. 太子(태자)를 하늘이 가리시어…

④ 보격 조사(보조): 보어로서 기능하는 것을 나타내는 격조사이다.

(4) ㄱ. 色界 諸天도 ㄴ려 仙人이 ᄃ외더라 (仙人 + -이)　　　　　[월석 2:24]

ㄴ. 色界(색계) 諸天(제천)도 내려 仙人(선인)이 되더라.

⑤ 관형격 조사(관조): 관형어로서 기능하는 것을 나타내는 격조사이다.

(5) ㄱ. 네 性이 … 죵이 서리예 淸淨ㅎ도다 (죵 + -이)　　　　　[두언 25:7]

ㄴ. 네 性(성: 성품)이 … 종(從僕) 중에서 淸淨(청정)하구나.

(6) ㄱ. 나랏 말ᄊᆞ미 中國에 달아 (나라 + -ㅅ)　　　　　[훈언 1]

ㄴ. 나라의 말이 中國과 달라…

⑥ 부사격 조사(부조): 부사어로서 기능하는 것을 나타내는 격조사이다.

(7) ㄱ. 世尊이 象頭山애 가샤 (象頭山 + -애)　　　　　[석상 6:1]

ㄴ. 世尊(세존)이 象頭山(상두산)에 가시어…

⑦ 호격 조사(호조): 독립어로서 기능하는 것을 나타내는 격조사이다.

(8) ㄱ. 彌勒아 아라라 (彌勒 + -아)　　　　　[석상 13:26]

ㄴ. 彌勒(미륵)아 알아라.

나. 접속 조사(접조)

체언과 체언을 이어서 명사구를 형성하는 조사이다.

     (9) ㄱ. 입시울와 혀와 엄과 니왜 다 됴ᄒ며 (혀 + -<u>와</u>)   [석상 19:7]

        ㄴ. 입술과 혀와 어금니와 이가 다 좋으며…

다. 보조사(보조사)

체언에 화용론적인 특별한 뜻을 덧보태는 조사이다.

     (10) ㄱ. 나ᄂᆞᆫ 어버시 여희오 (나 + -<u>ᄂᆞᆫ</u>)   [석상 6:5]

        ㄴ. 나는 어버이를 여의고…

     (11) ㄱ. 어미도 아ᄃᆞᆯ 모ᄅᆞ며 (어미 + -<u>도</u>)   [석상 6:3]

        ㄴ. 어머니도 아들을 모르며…

6. 어말 어미

'어말 어미(語末語尾, 맺음씨끝)'는 용언의 끝자리에 실현되는 어미인데, 그 기능에 따라서 '종결 어미, 연결 어미, 전성 어미'로 나누어진다.

가. 종결 어미

① 평서형 종결 어미(평종): 말하는 이가 자신의 생각을 듣는 이에게 단순하게 진술하는 평서문에 실현된다.

     (1) ㄱ. 네 아비 ᄒᆞ마 주그니라 (죽- + -∅(과시)- + -으니- + -<u>다</u>) [월석 17:21]

        ㄴ. 너의 아버지가 이미 죽었느니라.

② 의문형 종결 어미(의종): 말하는 이가 듣는 이에게 대답을 요구하는 의문문에 실현된다.

     (2) ㄱ. 엇뎨 겨르리 업스리오 (없- + -으리- + -<u>고</u>)   [월석 서:17]

        ㄴ. 어찌 겨를이 없겠느냐?

③ 명령형 종결 어미(명종): 말하는 이가 듣는 이에게 어떠한 행동을 하도록 요구하는 명령문에 실현된다.

> (3) ㄱ. 너희들히 … 부텻 마를 바다 디니라 (디니- + -라)   [석상 13:62]
> ㄴ. 너희들이 … 부처의 말을 받아 지녀라.

④ 청유형 종결 어미(청종): 말하는 이가 듣는 이에게 어떠한 행동을 함께 하도록 요구하는 청유문에 실현된다.

> (4) ㄱ. 世世예 妻眷이 ᄃᆞ외져 (ᄃᆞ외- + -져)   [석상 6:8]
> ㄴ. 世世(세세)에 妻眷(처권)이 되자.

⑤ 감탄형 종결 어미(감종): 말하는 이가 듣는 이를 의식하지 않고 자신의 감정을 표출하는 감탄문에 실현된다.

> (5) ㄱ. 義ᄂᆞᆫ 그 큰뎌 (크- + -Ø(현시)- + -ㄴ뎌)   [내훈 3:54]
> ㄴ. 義(의)는 그것이 크구나.

나. 전성 어미

용언이 본래의 서술 기능을 유지하면서도 다른 품사처럼 쓰이도록 문법적인 기능을 바꾸는 어미이다.

① 명사형 전성 어미(명전): 특정한 절 속의 서술어에 실현되어서, 그 절을 명사처럼 쓰이게 하는 어미이다.

> (6) ㄱ. 됴ᄒᆞᆫ 法 닷고믈 몯ᄒᆞ야 (닭- + -옴 + -ᄋᆞᆯ)   [석상 9:14]
> ㄴ. 좋은 法(법)을 닦는 것을 못하여…

② 관형사형 전성 어미(관전): 특정한 절 속의 용언에 실현되어서, 그 절을 관형사처럼 쓰이게 하는 어미이다.

> (7) ㄱ. 어미 주근 後에 부텨씌 와 묻ᄌᆞᄫᆞ면(죽- + -Ø- + -ㄴ)   [월석 21:21]
> ㄴ. 어미 죽은 後(후)에 부처께 와 물으면…

다. 연결 어미(연어)

이어진 문장의 앞절과 뒷절을 잇거나, 본용언과 보조 용언을 잇는 어미이다. 연결 어미에는 '대등적 연결 어미, 종속적 연결 어미, 보조적 연결 어미'가 있다.

① 대등적 연결 어미: 앞절과 뒷절을 대등한 관계로 잇는 연결 어미이다.

    (8) ㄱ. 子는 아두리오 孫은 孫子ㅣ니 (아들 + -이- + -고)   [월석 1:7]

        ㄴ. 子(자)는 아들이고 孫(손)은 孫子(손자)이니…

② 종속적 연결 어미: 앞절을 뒷절에 이끌리는 관계로 잇는 연결 어미이다.

    (9) ㄱ. 모딘 길헤 뻐러디면 恩愛를 머리 여희여 (뻐러디- + -면) [석상 6:3]

        ㄴ. 모진 길에 떨어지면 恩愛(은애)를 멀리 떠나…

③ 보조적 연결 어미: 본용언과 보조 용언을 잇는 연결 어미이다.

    (10) ㄱ. 赤眞珠ㅣ 두외야 잇느니라 (두외야: 두외- + -아)   [월석 1:23]

        ㄴ. 赤眞珠(적진주)가 되어 있느니라.

7. 선어말 어미

'선어말 어미(先語末語尾, 안맺음 씨끝)'는 용언의 끝에 실현되지 못하고, 어간과 어말 어미 사이에 실현되어서 문법적인 기능을 나타내는 어미이다.

① 상대 높임의 선어말 어미(상높): 말을 듣는 '상대(相對)'를 높여서 표현하는 선어말 어미이다.

    (1) ㄱ. 이런 고디 업스이다 (없- + -Ø(현시)- + -으이- + -다)   [능언 1:50]

        ㄴ. 이런 곳이 없습니다.

② 주체 높임의 선어말 어미(주높): 문장에서 주어로 실현되는 대상인 '주체(主體)'를 높여서 표현하는 선어말 어미이다.

(2) ㄱ. 王이 그 蓮花를 브리라 ㅎ시다   [석상 11:31]

　　(ㅎ- + -<u>시</u>- + -∅(과시)- + -다)

　　ㄴ. 王(왕)이 "그 蓮花(연화)를 버리라." 하셨다.

③ 객체 높임의 선어말 어미(객높): 문장에서 목적어나 부사어로 표현되는 대상인 '객체(客體)'를 높여서 표현하는 선어말 어미이다.

(3) ㄱ. 벼슬 노푼 臣下ㅣ 님그믈 돕ᄉᆞᄫᅡ (돕- + -<u>ᄉᆞ</u>- + -아)   [석상 9:34]

　　ㄴ. 벼슬 높은 臣下(신하)가 임금을 도와…

④ 과거 시제의 선어말 어미(과시): 동사에 실현되어서 발화시 이전에 어떠한 일이 일어났음을 무형의 선어말 어미인 '-∅-'이다.

(4) ㄱ. 이 ᄢᅵ 아들들히 아비 죽다 듣고(죽- + -<u>∅</u>(과시)- + -다) [월석 17:21]

　　ㄴ. 이때에 아들들이 "아버지가 죽었다." 듣고…

⑤ 현재 시제의 선어말 어미(현시): 발화시에 어떠한 일이 일어나고 있음을 나타내는 선어말 어미이다. 동사에는 선어말 어미인 '-ᄂᆞ-'가 실현되어서, 형용사에는 무형의 선어말 어미인 '-∅-'가 현재 시제를 나타낸다.

(5) ㄱ. 네 이제 쏘 묻ᄂᆞ다 (묻- + -<u>ᄂᆞ</u>- + -다)   [월석 23:97]

　　ㄴ. 네 이제 또 묻는다.

(6) ㄱ. 이런 고디 업스이다 (없- + -<u>∅</u>(현시)- + -으이- + -다) [능언 1:50]

　　ㄴ. 이런 곳이 없습니다.

⑥ 미래 시제의 선어말 어미(미시): 발화시 이후에 어떠한 일이 일어날 것임을 나타내는 선어말 어미이다.

(7) ㄱ. 아들ᄯᆞ를 求ᄒᆞ면 아들ᄯᆞᆯ 得ᄒᆞ리라 (得ᄒᆞ- + -<u>리</u>- + -다) [석상 9:23]

　　ㄴ. 아들딸을 求(구)하면 아들딸을 得(득)하리라.

⑦ 회상 표현의 선어말 어미(회상): 말하는 이가 발화시 이전에 직접 경험한 어떤 때(경험시)로 자신의 생각을 돌이켜서, 그때를 기준으로 해서 일이 일어난 시간을 나타내는 선어말 어미이다.

(8) ㄱ. ᄠᅳ데 몯 마즌 이리 다 願 ᄀᆞ티 ᄃᆞ외더라　　　　　[월석 10:30]

（ᄃᆞ외- + -더- + -다）

ㄴ. 뜻에 못 맞은 일이 다 願(원)같이 되더라.

⑧ 확인 표현의 선어말 어미(확인): 심증(心證)과 같은 말하는 이의 주관적인 믿음에 근거하여, 어떤 일을 확정된 것으로 표현하는 선어말 어미이다.

(9) ㄱ. 安樂國이ᄂᆞᆫ 시르미 더욱 깁거다　　　　　　　　[월석 8:101]

（깊- + -∅(현시)- + -거- + -다）

ㄴ. 安樂國(안락국)이는 … 시름이 더욱 깊다.

⑨ 원칙 표현의 선어말 어미(원칙): 말하는 이가 객관적인 믿음에 근거하여, 어떤 일을 확정된 것으로 표현하는 선어말 어미이다.

(10) ㄱ. 사ᄅᆞ미 살면 … 모로매 늙ᄂᆞ니라　　　　　　　　[석상 11:36]

（ 늙- + -ᄂᆞ- + -니- + -다 ）

ㄴ. 사람이 살면 … 반드시 늙느니라.

⑩ 감동 표현의 선어말 어미(감동): 말하는 이의 '느낌(감동, 영탄)'의 뜻을 나타내는 태도 표현의 선어말 어미이다.

(11) ㄱ. 그듸내 貪心이 하도다　　　　　　　　　　　　[석상 23:46]

（ 하- + -∅(현시)- + -도- + -다 ）

ㄴ. 그대들이 貪心(탐심)이 크구나.

⑪ 화자 표현의 선어말 어미(화자): 주로 종결형이나 연결형에서 실현되어서, 문장의 주어가 말하는 사람(화자, 話者)임을 나타내는 선어말 어미이다.

(12) ㄱ. ᄒᆞ오ᅀᅡ 내 尊호라 (尊ᄒᆞ- + -∅(현시)- + -오- + -다) [월석 2:34]

ㄴ. 오직(혼자) 내가 존귀하다.

⑫ 대상 표현의 선어말 어미(대상): 관형절이 수식하는 체언(피한정 체언)이, 관형절에서 서술어로 표현되는 용언에 대하여 의미상으로 객체(목적어나 부사어로 쓰인

대상)일 때에 실현되는 선어말 어미이다.

(13) ㄱ. 須達이 지순 精舍마다 드르시며　　　　　　　　　[석상 6:38]

　　　(짓- + -Ø(과시)- + -우- + -ㄴ)

　　ㄴ. 須達(수달)이 지은 精舍(정사)마다 드시며…

(14) ㄱ. 王이 … 누븐 자리예 겨샤 (눕- + -Ø(과시)- + -우- + -은) [월석 10:9]

　　ㄴ. 王(왕)이 … 누운 자리에 계시어…

⟨ 인용된 '약어'의 문헌 정보 ⟩

약어	문헌 이름		발간 연대	
	한자 이름	한글 이름		
용가	龍飛御天歌	용비어천가	1445년	세종
석상	釋譜詳節	석보상절	1447년	세종
월천	月印千江之曲	월인천강지곡	1448년	세종
훈언	訓民正音諺解(世宗御製訓民正音)	훈민정음 언해본(세종 어제 훈민정음)	1450년경	세종
월석	月印釋譜	월인석보	1459년	세조
능언	愣嚴經諺解	능엄경 언해	1462년	세조
법언	妙法蓮華經諺解(法華經諺解)	묘법연화경 언해(법화경 언해)	1463년	세조
구언	救急方諺解	구급방 언해	1466년	세조
내훈	內訓(일본 蓬左文庫 판)	내훈(일본 봉좌문고 판)	1475년	성종
두언	分類杜工部詩諺解 初刊本	분류두공부시 언해 초간본	1481년	성종
금삼	金剛經三家解	금강경 삼가해	1482년	성종

▌참고 문헌

〈 중세 국어의 참고 문헌 〉

강성일(1972), 「중세국어 조어론 연구」, 『동아논총』 9, 동아대학교.

강신항(1990), 『훈민정음연구』(증보판), 성균관대학교 출판부.

강인선(1977), 「15세기 국어의 인용구조 연구」, 석사학위 논문, 서울대학교.

고성환(1993), 「중세국어 의문사의 의미와 용법」, 『국어학논집』 1, 태학사.

고영근(1981), 『중세국어의 시상과 서법』, 탑출판사.

고영근(1995), 「중세어의 동사형태부에 나타나는 모음동화」, 『국어사와 차자표기-소곡 남
　　　풍현 선생 화갑 기념 논총』, 태학사.

고영근(2010), 『제3판 표준 중세국어 문법론』, 집문당.

곽용주(1986), 「동사 어간-다' 부정법의 역사적 고찰」, 『국어연구』 138, 국어연구회.

교육인적자원부(2010), 『고등학교 교사용 지도서 문법』, (주)두산동아.

교육인적자원부(2010), 『고등학교 문법』, (주)두산동아.

구본관(1996), 「15세기 국어 파생법에 대한 연구」, 박사학위 논문, 서울대학교.

국립국어원, 『표준 국어 대사전』, 인터넷판.

권용경(1990), 「15세기 국어 서법의 선어말어미에 대한 연구」, 『국어연구』 101, 국어연구회.

김문기(1999), 「중세국어 매인풀이씨 연구」, 석사학위 논문, 부산대학교.

김소희(1996), 「16세기 국어의 '거/어'의 교체에 대한 연구」, 『국어연구』 142, 국어연구회.

김송원(1988), 「15세기 중기 국어의 접속월 연구」, 박사학위 논문, 건국대학교.

김영욱(1990), 「중세국어 관형격조사 '이/의, ㅅ'의 기술과 관련된 문제 해결을 위하여」, 『주
　　　시경학보』 8, 탑출판사.

김영욱(1995), 『문법형태의 역사적 연구』, 박이정.

김정아(1985), 「15세기 국어의 '-ㄴ가' 의문문에 대하여」, 『국어국문학』 94.

김정아(1993), 「15세기 국어의 비교구문 연구」, 박사학위 논문, 서울대학교.

김진형(1995), 「중세국어 보조사에 대한 연구」, 『국어연구』 136, 국어연구회.

김차균(1986), 「월인천강지곡에 나타나는 표기체계와 음운」, 『한글』 182, 한글학회.

김충회(1972), 「15세기 국어의 서법체계 시론」, 『국어학논총』 5, 6, 단국대학교.

나진석(1971), 『우리말 때매김 연구』, 과학사.

나찬연(2011), 『수정판 옛글 읽기』, 도서출판 월인.

나찬연(2013ㄴ), 제2판 『언어·국어·문화』, 도서출판 월인.

나찬연(2013ㄷ), 제2판 『훈민정음의 이해』, 도서출판 월인.

나찬연(2013ㄹ), 『국어 어문 규범의 이해』, 도서출판 월인.

나찬연(2014ㄱ), 제5판 『중세 국어 문법의 이해-주해편』, 교학연구사.

나찬연(2014ㄴ), 제5판 『중세 국어 문법의 이해-강독편』, 교학연구사.

나찬연(2014ㄷ), 제5판 『중세 국어 문법의 이해-서답형 문제편』, 교학연구사.

나찬연(2015ㄱ), 제4판 『현대 국어 문법의 이해』, 도서출판 월인.

나찬연(2015ㄴ), 『학교 문법의 이해』 1, 도서출판 경진.

나찬연(2015ㄷ), 『학교 문법의 이해』 2, 도서출판 경진.

남광우(2009), 『교학 고어사전』, (주)교학사.

남윤진(1989), 「15세기 국어의 접속어미에 대한 연구」, 『국어연구』 93. 국어연구회.

노동헌(1993), 「선어말어미 '-오-'의 분포와 기능 연구」, 『국어연구』 114, 국어연구회.

류광식(1990), 「15세기 국어 부정법의 연구」, 박사학위 논문, 건국대학교.

리의도(1989), 「15세기 우리말의 이음씨끝」, 『한글』 206, 한글학회

민현식(1988), 「중세국어 어간형 부사에 대하여」, 『선청어문』 16, 17집, 서울대학교 국어교육과.

박태영(1993), 「15세기 국어의 사동법 연구」, 석사학위 논문, 단국대학교.

박희식(1984), 「중세국어의 부사에 대한 연구」, 『국어연구』 63, 국어연구회

배석범(1994), 「용비어천가의 문제에 대한 일고찰」, 『국어학』 24, 국어학회.

성기철(1979), 「15세기 국어의 화계 문제」, 『논문집』 13, 서울산업대학교.

손세모돌(1992), 「중세국어의 'ᄇᆞ리다'와 '디다'에 대한 연구」, 『주시경학보』 9, 탑출판사.

안병희·이광호(1993), 『중세국어문법론』, 학연사.

양정호(1991), 「중세국어의 파생접미사 연구」, 『국어연구』 105, 국어연구회.

유동석(1987), 「15세기 국어 계사의 형태 교체에 대하여」, 『우해 이병선 박사 회갑 기념 논총』.

이광정(1983), 「15세기 국어의 부사형어미」, 『국어교육』 44, 45.

이광호(1972), 「중세국어 '사이시옷' 문제와 그 해석 방안」, 『국어사 연구와 국어학 연구-안병희 선생 회갑 기념 논총』, 문학과 지성사.

이광호(1972), 「중세국어의 대격 연구」, 『국어연구』 29. 국어연구회.

이광호(1995), 「후음 'ㅇ'과 중세국어 분철표기의 신해석」, 『국어사와 차자표기-남풍현 선생 회갑기념』, 태학사.

이기문(1963), 『국어표기법의 역사적 연구-신정판』, 한국연구원.

이기문(1998), 『국어사개설 - 신정판』, 태학사.

이숭녕(1981), 『중세국어문법 - 개정 증보판』, 을유문화사.

이승희(1996), 「중세국어 감동법 연구」, 『국어연구』 139, 국어연구회.

이정택(1994), 「15세기 국어의 입음법과 하임법」, 『한글』 223, 한글학회.

이주행(1993), 「후기 중세국어의 사동법」, 『국어학』 23, 국어학회.

이태욱(1995), 「중세국어의 부정법 연구」, 박사학위 논문, 성균관대학교.

이현규(1984), 「명사형어미 '-기'의 변화」, 『목천 유창돈 박사 회갑 기념 논문집』, 계명대학교 출판부.

이홍식(1993), 「'-오-'의 기능 구명을 위한 서설」, 『국어학논집』 1. 태학사.

임동훈(1996), 「어미 '시'의 문법」, 박사학위 논문, 서울대학교.

전정례(995), 「새로운 '-오-' 연구」, 한국문화사.

정 철(1954), 「원본 훈민정음의 보존 경위에 대하여」, 『국어국문학』 제9호, 국어국문학회.

정재영(1996), 「중세국어 의존명사 'ᄃᆞ'에 대한 연구」, 『국어학총서』 23, 태학사.

최동주(1995), 「국어 시상체계의 통시적 변화에 관한 연구」, 박사학위 논문, 서울대학교.

최현배(1961), 『고친 한글갈』, 정음사.

최현배(1980=1937), 『우리말본』, 정음사.

한글학회(1985), 『訓民正音』, 영인본.

한재영(1984), 「중세국어 피동구문의 특성에 대한 연구」, 『국어연구』 61, 국어연구회.

한재영(1986), 「중세국어 시제체계에 관한 관견」, 『언어』 11-2, 한국언어학회.

한재영(1990), 「선어말어미 '-오/우-'」, 『국어 연구 어디까지 왔나』, 동아출판사.

한재영(1992), 「중세국어의 대우체계 연구」, 『울산어문논집』 8, 울산대학교 국어국문학과.

허웅(1975=1981), 『우리 옛말본』, 샘문화사.

허웅(1981), 『언어학』, 샘문화사.

허웅(1986), 『국어 음운학』, 샘문화사.

허웅(1989), 『16세기 우리 옛말본』, 샘문화사.

허웅(1992), 『15·16세기 우리 옛말본의 역사』, 탑출판사.

허웅(1999), 『20세기 우리말의 통어론』, 샘문화사.

허웅(2000), 『20세기 우리말의 형태론(고침판)』, 샘문화사.

허웅·이강로(1999), 『주해 월인천강지곡』, 신구문화사.

홍윤표(1969), 「15세기 국어의 격연구」, 『국어연구』 21, 국어연구회.

홍윤표(1994), 「중세국어의 수사에 대하여」, 『국문학논집』, 단국대학교 국어국문학과.

홍종선(1983), 「명사화어미의 변천」, 『국어국문학』 89, 국어국문학회.
황선엽(1995), 「15세기 국어의 '-(으)니'의 용법과 기원」, 『국어연구』 135, 국어연구회.

〈 불교 용어의 참고 문헌 〉

곽철환(2003), 『시공불교사전』, 시공사.
국립국어원(2016), 인터넷판 『표준국어대사전』, (http://stdweb2.korean.go.kr/main.jsp)
두산동아(2016), 인터넷판 『두산백과사전』, (http://www.doopedia.co.kr/)
운허·용하(2008), 『불교사전』, 불천.
원광대학교 종교문제연구소((1974), 인터넷판 『원불교사전』, 원광대학교 출판부.
한국불교대사전 편찬위원회(1982), 『한국불교대사전』, 보련각.
한국학중앙연구원(2016), 인터넷판 『한국민족문화대백과』, (http://encykorea.aks.ac.kr/)
홍사성(1993), 『불교상식백과』, 불교시대사.